国冬本源氏物語論

越野優子著
Yūko Koshino

武蔵野書院

序文

伊井春樹

『源氏物語』は不思議な作品で、幾度読んでも新しい発見があり、興味は尽きることなく、それに飽きることがない。なぜこれほどまでに面白い作品なのであろうか。

母方の祖父が室町中期の源氏物語学者の三条西実隆という、同じく古典学者として知られる九条稙通のもとに、ある日連歌師の里村紹巴が訪れ、どのような本を読んでいるかと尋ねると「源氏物語」、なにかよい歌書はというと「源氏物語」、どなたが訪れて閑居を慰めるのかと聞くと、これまた「源氏物語」と、三度まで同じ返答だったという(『載恩記』)。『源氏物語』にすっかり魅せられた一人といってもよく、紫式部とそれほど年代の異ならない孝標女以来、千年余を経た現代まで人気は褪せることなく、これほどまでに連綿と人気の続く長編物語は、世界でも類のない存在といえよう。

ただ、このような状況にあってもっとも頭を悩ませるのは、平安時代に流布した本文を、今の私たちも読んでいるのかという疑念で、孝標女が「をばなる人」からもらった「源氏の五十余巻」は現存本の五十四巻と重なるのかとなると、まったく不明というほかはない。作者の自筆本が伝来しているわけでもなく、平安時代に流布した本文とて存在しない。一般に用いられるのは藤原定家が校訂した青表紙本で、それを書写したという室町中期以降の大島本が伝存し、今日の主流を占める。同じ頃には源光行・親行の親子による河内本も出現し、両者拮抗しながら人々に読まれていったが、歌学における御子左家の尊崇により、宗祇や実隆の頃から青表紙本が優位となり、江戸期には他の諸本を駆逐するまでになる。定家本を忠実に継承すると大島本を顕揚し、源氏物語本文の中心に据えたのは池田亀鑑で、もう一つの系統を河内本とし、それ以外はすべて別本として一括りに処理をしたのが、現在の諸本の実情であろう。

源氏物語は人気のある作品だけに、時代を通じて人々は書写に励み、物語としては異例の諸本の多さを誇るとはいえ、それだけに本文の異同の多いのも現実である。別本の範疇にまとめられた本文の中には、青表紙本や河内本以前の物語の古い姿をとどめている可能性もあり、注目の集まるのは至当でもあろう。越野さんは伝津守国冬筆本（天理図書館蔵）の特異性に焦点を当て、そこに表現される『源氏物語』の世界を解明しようとする。とりわけ鎌倉末の書写とされる十二巻は、明らかに青表紙本などとは異なる表現や世界を持ち、丹念に読み解いていこうとする。

本文研究というのは、作品研究などとは異なり、きわめて緻密な作業と読解力が求められる分野でもある。別本はいずれもそうなのだが、全巻が揃っているわけでもなく、写本の扱いも厄介で、巻ごとの位置づけも慎重な扱いが必要となる。第1章では、そのような背景も考慮し、諸本研究における国冬本の意義を説き、自らの研究の立場を明確にする。その視点のもとに、第2章以下鈴虫巻や柏木巻・藤裏葉巻などに取り組み、独自異文の意義を解釈し、読みの世界を深めていく。本文の異同に拘泥するのではなく、呼称の問題からさらに作品論へ向かうなど、自ら新しい課題をもっておし広げようとする姿勢は、今後の研究の指針ともなるであろう。

論文として発表した段階で読んだ一つに、『あさきゆめみし』の日韓比較の研究があった。サブカルチャーの享受資料として、翻訳された作品にまで視野が及んでいることに、従来の研究とどのようなつながりがあるのかといささか驚きを持ったが、このように一書にして並べてみると、本文の享受のありようを知る研究として自然の流れのようにも思う。むしろ今後の研究はさらに広い視野を持つ必要があり、日本の古典文学研究のありようを示す一つの方法ともいえよう。

現在越野さんは中国大陸にポストを得て活躍されているだけに、日本国内にいるのとはまた異なった研究環境にある。多くの古典研究者には体験できないことだけに、その立場を有利に用いて新たな研究分野を開拓してほしいし、そこを視座とする研究の発信をしてほしいと切望する。大阪大学に在籍され、博士（文学）の学位も取られたかかわりから、長年の努力の結晶として一書にまとめられたことを喜びとし、僭越ながら序文ともする次第である。

二〇一五年十二月

――大阪大学名誉教授
阪急文化財団理事・館長――

目次

第7章　翻訳論的視座から

第8章　注釈論的視座から
――桐壺・少女・野分・柏木・鈴虫巻の物語世界を中心に――

終　章　今後の課題とあとがき――国冬本を端緒に広がる未来へ――

凡例

一　本書の使用本文については必要に応じて各章毎に記した。国冬本に関しては基本的に天理大学附属天理図書館蔵の紙焼き複製に拠り、それ以外を参照している場合はその旨記した。傍線等私に改訂を施したところがある。

序章

1　はじめに

源氏物語は作者自筆本を欠いている。もし自筆本こそが作者の原本であり源氏物語の真の姿であると考えれば残念なことかもしれない。しかし人から人へ書写によって伝播していった古典文学の場合必ずしもそうとは言い切れない。何故ならば自筆本があることで一つに限定されてしまう世界が、伝本で辿る他無いという致し方無い状況が逆に、伝本の数だけ物語世界を生み出すという多様さに繋がるからである。

稿者はこの考え方から、源氏物語の伝本の中で、鎌倉末期から室町末期に流通したと思われる、伝津守国冬筆を含む54冊、所謂国冬本源氏物語【天理大学附属天理図書館蔵】（本稿では、通称に従い単に〝国冬本〟と称する）[1]に的を絞り、幾つかの巻を取り上げ論じてきた。この伝本全体を出来る限り包括的にまとめたのが二〇〇六年三月提出の学位請求論文であり、これは既発表の論文と書き下ろしで構成した。

この二〇〇七年という年は稿者のような一個人とは別次元で源氏物語の本文史を揺るがす画期的な年であり[2]更に次年度は別本の分岐点ともなった年である（源氏物語千年紀という年とも相俟って源氏物語全体にとって記念碑的な年でもあった[3]。

そして国冬本自体に直近に大きな動きがあった。

二〇一二年〜二〇一三年にかけて二本の国冬本に特化した論考が連続して出された。工藤重矩論文(3)がそれである。このことは後述するが、注目されにくかった国冬本が耳目を浴びることができ、その本文の様相が改めて明らかになった。本序論はこの僥倖と好機を逃さず、この工藤論考を承けつつ、それに対する若干の見解とともに、稿者個人の研究史から開始しつつ、ここ数年の有り様への見解をまとめるものである。

2　国内の個人史から

まず僭越ながら稿者の国冬本研究の流れから記す。

多くの先学による源氏物語の分厚い伝本研究史の後で、稿者は一つの伝本に眼を留めて読み解くことを基本方針とした。

確かに一般的に考えれば、国冬本源氏物語は到底善本とは呼びにくい。鎌倉末期に歌人として著名な津守国冬に拠って写されたと伝承され残存したのは十二冊に過ぎない。残りの四十二冊は室町末期写とされ、伝称稿者であれ一筆本であった前者十二冊と比べ、後者四十二冊は伝称稿者も十四人からなる寄り合い書である。更に全般に言えることであるが、数多くの脱落・大小の錯簡を持つ。特に室町期末期写においては、この物語の内容を知悉していたとは思われぬ、またこの物語を書写するのに相応とは思われぬ教養の者によって書き写されたとしか考えにくい、稚拙な部分も散見し得る。また巻によって、所謂本文系統も異なる。それ故もあってか、江戸期に典型的な嫁入り本として改装され美麗な蒔絵箱に納められて以降、この伝本を主に据えて論じたものは今日まで数えるほどしかない。(4)

しかし国冬本が前述の如く、原本が現存せぬこの物語において、最古の本文とされる現存の『源氏物語絵巻』の絵詞に一部であれ類似していること、[5] この物語が鎌倉期以降しか伝本が存在せず、かつ、五十四帖全て一筆の伝本が存在しない中で、十二冊に過ぎぬとはいえ鎌倉末期に伝国冬筆の一筆本を含有すること等、伝本研究に於いて主として扱われては来ることこそなかったが、本文対照時には言及され続けされてきた伝本であり、無視出来ぬ伝本であり続けたという研究史の事実は事実としてある。

伝本とは原本から派生した存在であり、決して原本そのものではない。ということは、伝本間でその状態等から差異は生じるにしても、伝本である以上、原本を超えることは理論上あり得ない。『紫式部日記』には以下のように記されている。

「御前（彰子中宮）には御冊子（稿者注：①献上本）つくりいとなませたまふとて、明けたてば、まづ向かひさぶらひて、色々の紙えりととのへて、物語の本ども添へつつ、所々に文書きくばる」

「局に、物語の本どもとりにやりて、隠しおきたる（道長が妍子に奉った本・献上前の②草稿本）を、御前にあるほどに、やをらおはしまいて、あさらせたまひて、みな内侍の督の殿（妍子）にたてまつりたまひてけり。よろしう書きかへたりし（先の妍子に奉った草稿に手を加えた、献上本の③原本）は、みなひき失ひて、心もとなき名をぞとりはべりけむかし」（宮内庁書陵部蔵　黒川本紫式部日記／『新潮日本古典集成』所収五四〜五五頁・傍線稿者）

式部の記述に従えば、傍線を付したものだけでも、最低三本の〈源氏物語〉があったとされている。[6] 質量異なる、最低でも三本の原本が、当時の熱狂的な享受者によって読まれ、流通する過程に於いて、作者と享受者が限りなく近しい存在であった当時に於いて、どのように、又いくつのバリエーションが生まれたのであろうか。更に、今一度

『日記』本文に戻って、あちこちに献上本の書写の依頼をした際に添えた（「物語の本ども添へつつ」）草稿本のそれぞれ、また「みなひき失ひて」に見られる「みな」の複数形が示唆する複数の散逸した原本の存在を視座に入れれば、一体〈源氏物語〉は異なる存在のものが、どれだけ、どのように再生産を繰り返し流通していったのであろうか。つまりもともと原本の段階で「よろしう書きかへたりしは、みなひき失ひて」だとしたら、質も様々なまま流通し、あるものは良く流通し、あるものはそれほど流通しなかった、原作者を離れてそうなって現在の形に至ったのが源氏物語だと考えて構わないと思われる。(7)

元々の原本からして、そのような質量共に誠に多様な状況であった以上、現存する伝本の多様さこそが真の源氏物語の時を経た姿そのものと言えよう。そうなってくれば、その内容を問わず全ての伝本が揃ってこそ源氏物語は多様且つ真の姿を現すと言える。すると多様で真の姿は、そこから逆に、それぞれの伝本固有の世界を尊重する捉え方無くして、見えて来るものではない事に気付くと思われる。

時間は有限である。そこで稿者は数百と数えられる伝本の中から国冬本を選択し、この固有の物語世界を読み解くことで、源氏物語の多様で真の姿の一つを解き明かすこととした。

次に稿者の考察方法について述べる。先学は、例えば桐壺巻の人物造形、常夏巻の河内本との比較、鈴虫巻の大量の独自異文を論じてはいる(8)ものの、国冬本全体を総括的に、「国冬本とは一体何か」と述べたものは注1岡嶌氏の書誌総論はあっても、「国冬本源氏物語の物語世界とは何か」を包括的・総括的に論じたものは皆無であった。多くの脱落と錯簡・鎌倉末期一筆と室町期十三人筆の寄り合い書であること・池田亀鑑の『源氏物語大成』に青表紙本系統として所収されるもの（「若菜上」）／河内本系統として所収されるもの（「若菜下」）／別本として所収されるもの（「柏木」）等各種本文が混在していること等、(9)本伝本が全体として一つの像を容易に結ばないという事実がその理由であった。稿者はこの事実を承け、誰も今までしていないが必要と考え、国冬本を様々な角度から考察した。そしてこれら既刊行論考を総括的にまとめて学位論文とした（二〇〇七）。

直近の工藤論文（二〇一二）（二〇一三）で、「国冬本乙女巻の本文検討から言えることは、各伝本ごとの独自の世界という場合、その世界の質が問われなければならない、ということであろう」（中略）「しかし、明らかに本文の疵まである部分までも抱え込んでしまう読み方は私には違和感がある。それは本文史・享受史の事実ではあっても、源氏物語の本文としてはやはり疵である。紫式部の源氏物語までは遡れなくても、疵は疵として修復すべきであろう」（二〇一二）、「明らかな誤写とわかっている本文で源氏物語（或いは蜻蛉日記、或いは勅撰和歌集、或いは某々）を読むことにどんな意義があるだろうか」（二〇一三）と繰り返し述べた意見に接することができた。稿者は一度も国冬本を所謂一般的に善本と考えたことはない。それは拙稿で述べてきたところである（特に第2章参照）。ただ、善本ではないから検討に値しないとは考えず、また誤写かどうかの検討を放棄せず、稿者自身の解釈で読んできた。一つの源氏物語の真の姿として明らかにしたい考えから考察を進めてきた。

稿者は一九九三年に修士論文「源氏物語成立試論―初期巻々を中心に」を上智大学大学院に提出した[10]。そしてこれを加筆訂正したものを提出論文の一つとして大阪大学大学院文学研究科を受験した。その時の「出願趣意書」の題目は「〈新〉・源氏物語成立試論―別本系本文の世界を中心に」であった。稿者の「出願趣意書」には、修士論文題目と同様「成立試論」という言葉が含まれるが、思えば源氏物語研究に於ける成立論とは、独特のものであった。外部徴証の絶対的な数の不足から、ほぼ内部徴証のみに依拠したものだったのである。故にどのような有力なものであっても（例えば武田宗俊の紫の上系・玉鬘系の成立論）、仮説の域に留まる故にやがて沈滞化した[11]。稿者の修士論文が「成立論」がその研究史そのままの内部徴証からのものであったのに対し、今回稿者が目指したものは、「外部徴証」に拠る、

「〈新〉・源氏物語成立試論」であり、実質上方向は全く逆の、原本へ遡及する方向ではなく、定家本の復元を目指す方向でもない、現在ただ今の伝本の世界を読み解く、享受論的方向に位置づけられるものである。室伏信助が述べるように、「源氏物語の現存諸本はすべて後生の書写者の遺産」(12)であるならば、そこからもう一歩進んで、この物語の現存する全ての本――断簡、他作品(国の内外を問わない)・系図(古系図)・古注釈・梗概書・歌集(和歌及び詞書)等所引の本文等に至るまで(13)――、全ての本文を「外部徴証」と捉えて論じていく、本来方向が逆に思われる享受論的方向こそが、現代の〈新〉・源氏物語成立論、としてあり得るのではないかと考えるからである。(14)以上のような気持ちで稿者は進めてきた。

注

(1) この名称は、天理大学附属天理図書館の岡嶌偉久子氏の論考「源氏物語国冬本―その書誌的総論」(『ビブリア』百号、一九九四年十月。後に『源氏物語の鑑賞と基礎知識　横笛・鈴虫』至文堂　二〇〇二年十二月、及び改訂され岡嶌偉久子『源氏物語の写本の書誌的研究』おうふう、二〇一〇年に再録)からの借用である。稿者が取り扱う国冬本とは、この天理大学附属天理図書館蔵本五四冊(913.36　イ329)である。本書では、通称に従い更に略して単に〝国冬本〟と称する。書誌等詳細については、第1章4節にて、改めて触れる。天理大学附属天理図書館には、伝国冬筆は、単独巻で他に、薄雲・朝顔巻が各一冊ずつ所蔵されている(第1章6節D岡嶌論文の補注2に於いて、触れられている)。

(2) 佐々木孝浩「「大島本源氏物語」に関する書誌学的考察」(二〇〇七年初出、『大島本源氏物語の再検討』中古文学会関西部会編、和泉書院、二〇〇九年に収録)。大島本も取り合わせ本に過ぎなかったこと等を述べた論考である。

（3）工藤重矩「国冬本源氏物語乙女巻に見られる本文の疵―紫上の呼称と六条院の描写をめぐって―」（『国語国文』81二〇一二年十二月）同「国冬本源氏物語藤裏葉巻本文の疵と物語世界『中古文学』92号（二〇一三年十一月）

（4）国冬本に関する参考文献として、国文学研究資料館論文目録データベースを使用し、また管見に及ぶ限りの論考を挙げる。但し稿者は二〇〇九年九月～二〇一二年八月末まで、また二〇一二年十月から二〇一四年七月まで離日していたので、遺漏もあろうかと思う。論文題目に〈国冬本〉が言及されているもののみを集めた。本書第1章6節にまとめた。

（5）岩下光雄「伝津守国冬筆源氏物語の周辺」（『源氏物語とその周辺』伊那毎日新聞社、一九七九年）において、絵詞本文が陽明文庫本・国冬本・西行筆本・横山家本・御物本などとことごとく類似しており、特に強い類似を示す柏木巻から御法巻に至る一群であることを本文対照により指摘している。これと同様の指摘をするのが中村義雄で、氏は岩下光雄への同意を述べ、「第一章　源氏物語絵巻詞書の本文とその性格」（『絵巻物詞書の研究』角川書店、一九八二年）に於いて、「柏木巻だけについていえば、国冬本は詞書の文と同じ流れのものである。ただ国冬本にはほかの文もまじっているので、まったく同じとは言いがたい」とする。そして詞書の文と池田亀鑑『源氏物語大成』所収の文と比較し、一番類似しているものを左に挙げた（→以降）。但し柏木巻のように（「柏木」二の「臥し給へり」「宣ふに、もの言はんとおぼしたれど、いと弱げに、息もつぎ給はず」）、決定的なものは少なく、大体の目安ということで、として挙げている。→「（末摘花―別本）、（蓬生―青表紙本）（関屋―別本の陽明本、平瀬本）、（絵合―河内本）、（松風―河内本）（薄雲―別本）、（柏木―別本の国冬本、横笛―別本の保坂本、鈴虫―別本の麦生本、阿里莫本）、（夕霧―別本）、（御法―別本の保坂本）、（麦生本、阿里莫本、竹河―別本の国冬本）、（伝西行筆静嘉堂本、橋姫―別本の横山本、保坂本）、（早蕨―別本の保坂本）、（宿木―別本の陽明本）、（保坂本、東屋―別本の池田本、御物本、陽明本）」。

最近の上原作和（『光源氏物語傳來史』武蔵野書院、二〇一一年）の論考「廿巻本『源氏物語絵巻』詞書の本文史――〈摂政家伝来本〉群と別本三分類案鼎立のために」で、『源氏秘儀抄』の浮舟巻の本文、柏木三の絵詞本文の対照を行った上、最も絵詞本文と近似するのは保坂本、ついで国冬本とし、「中村氏や岩下氏によって、最も近似するとされた国冬本が、当該箇所では異文の混入や脱文の見られることを考慮する必要はあるものの、先の「むかばき」本文の位相を繋ぐのは、伝本状況からして国冬本をおいて他になく」とし、これを摂関家傳來本系の相伝されたものとする。

（6）このように執筆当時から最低三本の質量異なる本文があったことなどは、三条西公条著の『明星抄』（無刊記版本・中野幸一蔵）の「料簡　諸本不同ノ事」に「草書中書清書の三あり（清書は行成卿也云々）」（『源氏物語古註釈叢刊』）とあるところを想起させるものである。また野口元大「第十章　源氏物語成立前後」（『王朝仮名文学論考』風間書房、二〇〇二年八月）では、最低三本の稿本の可能性を述べ、更に式部の傍らには、手控え定稿本の《源氏物語》（旧稿本）と、それを土台として利用し、そっくり包摂された《新・源氏物語》という新稿本があったと、紫の上系を《旧》、それに玉鬘系の帖が加わったものを《新》とした、成立論の立場から述べている。また三田村雅子は、『物語研究』二号所収の座談会で四本あったとも言い、更に同座談会で、鎌倉期に了悟に記された島原松平文庫蔵『歌書集』の風巻所収『光源氏物語本事』の本文に触れつつ、「さっきの『光源氏物語本事』では、これは原文と違うだろうと、紫式部は多分、そんな風には考えていなかったであろうと、定家の本について批評しているのですね。「世の常の本よりも、詞を省きて書きたる本」とあって、これは普通の本とは違うと言っている。だけれども、「これは末代の証本とするに足んぬべし」とも言っている。基準本としてはこれがいいであろうと。たくさんあるけれど、基準本としてこれでいいということは、必ずしも紫式部が思っていた本と同じではない、それはもう、最初から分かっているけれど、でも、それでいいと考えている。だから、もうそのあたりから、紫式部の書いた原本にはさかのぼれないというのは、共通理解としてあった。」（「紫式部原本への断念・基準本としての正本」司会・立石和弘　出席者・三田村雅子・兵藤裕己／対論　物語・表象・記憶、二〇〇二年三月七日学習院大学にて『物語研究』二号物語研究会発行、二〇〇二年三月）。島原松平文庫蔵『歌書集』の風巻所収『光源氏物語本事』を今井源衛『源氏物語とその周縁』和泉書院、一九八九年六月）所収の影印で確かめると、当該箇所はそれぞれ「京極自筆の本とてこと葉もよのつねよりも枝葉をぬきたる本」「されとも末代の證本これにはすくへからす」となっている。加藤昌嘉「本文研究と大島本に対する15の疑問」（『大島本源氏物語の再検討』中古文学会関西部会編、和泉書院、二〇〇九年）で、「疑問14　かりに、作者自筆の「源氏物語」が発見されたとしても、それは、平安期写本の一つに過ぎないのではないだろうか?」において、「原作者自筆の『源氏物語』写本が、発見されたとする。しかし、それは、きわめて古い資料であるとはいえ、あまたの平安期写本の一つに過ぎない」と源氏物語そのものを〈解体〉する。その理由は「原作者のマニュスクリプトが、たった一つしかなかったはずがない」という加藤の考えから来ており、更に加藤は、「〝『源氏物語』の作者は紫式部だ〟といえるのか」（谷知子／田渕句美子『平安文学をいかに読み直すか』笠間書院、二〇一二年）では、そもそも『紫式部日記』その他の資料から、「作り物語の写本に、作者の名が記されることは、ない。著作権も、ない」と述べて、作者すら解体した源氏物語と容易に結びつけない。

（7）　この点で、直近の国冬本に関する二本の工藤重矩論文（二〇一二、二〇一三）の題名に両者とも〈疵〉と書かれているが、「傷／疵／瑕」という言葉には多様な意味があるけれども、〈欠点〉〈不完全な部分〉（『デジタル大辞林』より抜粋）だという意味だとしたら、いったい何に対してだろうか。工藤（二〇一二）は国冬本乙女巻の本文の乱れを詳細に論じた示唆に富む論考である。同論考の注10に「その疵や改変がどの時点で起こったか、私には判断できない。

おそらく現存の国冬本が書写される以前から起こっていたことで、それが転写のなかで増幅してきたのであろう」と記されているが、だとすればもともと源氏物語は〈そういう物語〉という解釈で良いのではないか。〈疵〉の無い伝本など無いとするならば、それは〈疵〉ではなく、通常の姿・本来の姿と考える。

（8）ここで「異文」という言葉を用いたのは、元の論考、伊藤鉃也「国冬本「若紫」における一異文の再検討——別本国冬本の表現相の定位をめざして」（『源氏物語研究序説』桜楓社、一九九〇年十月）から題目の一部を引用したことが理由である。稿者個人は、この「異文」という言葉を用いない方針である。その理由は第1章5節で述べる。

（9）国冬本は、池田亀鑑『源氏物語大成』に二十五巻所収されており、その内二十巻が別本の項に所収されている。しかし残りの五巻は青表紙本（「若菜上」）・河内本（松風・若菜下・椎本・総角）の項に所収されている。序論本文中に掲出した若菜上・若菜下・柏木は、女三宮と柏木の密通事件の発端から帰結まで一続きのものであり、それが全て異なる本文系統であるということ（特にこのうち柏木巻は独特の問題を有する。後の論考で述べる）が、本伝本を包括的に論じることの困難さを端的に示す事例と言える。

（10）これはその骨子を「源氏物語成立試論—初期巻々を中心として」（『上智大学国文学論集』三十二号、一九九九年一月）として活字化した。

（11）成立論の最近の成果としては、今西祐一郎・室伏信助監修　加藤昌嘉・中川照将編『テーマで読む源氏物語④紫上系と玉鬘系　成立論のゆくえ』（勉誠出版、二〇一〇年）がある。

（12）室伏信助（一九九三）「国文学」2月号。氏は、大島本を出来得る限り忠実に翻刻した本文に拠る『岩波新日本古典文学大系』の源氏の校訂者の一人であり、この定家の言を題目に挙げた、「〈講演〉未だ不審を散せず—源氏物語の本文整定」（『むらさき』三十九輯、二〇〇二年十二月）という論考がある。青表紙本校訂者ながら、青表紙本の相対化に積極的な考えを持つ先学の一人である。

(13)例えば伊井春樹は「院政期における伊行による『源氏釈』の引用本文が、陽明文庫本と近似する事実は、二大系統本の影響を受けていない証左であろうし」(「源氏物語の伝本」『国文学解釈と鑑賞』六五巻十二号、至文堂、二〇〇一年一月)と述べ(但し『源氏釈』の巻毎の類似本文については、渋谷栄一が更に詳細に論じている(「源氏釈所引「源氏物語」について—「桐壺」「箒木」「空蝉」」(『源氏物語の探求』第十六輯、風間書房、一九九一年十一月)、「源氏釈所引「源氏物語」本文について—「夕顔」「若紫」」(『本文研究』一巻、和泉書院、一九九六年七月)、稲賀敬二は梗概書『源氏肝要』の独自の解釈について、「源氏物語の紹介という視点で見れば、これは明らかに「逸脱」である。しかし、逸脱の果てに記される伊勢物語の歌注は、片桐洋一『伊勢物語の研究〔資料編〕』に引く冷泉家流伊勢物語抄などと一致する世界である」と述べる(「逸脱と異端のはざま・源氏物語と「中世」—逸名物語絵巻の紹介を兼ねて」『源氏物語注釈史と享受史の世界』新典社、二〇〇二年八月)と述べる。更に吉森佳奈子は、『河海抄』の『源氏物語』』和泉書院、二〇〇一年十月)にまとめた一連の論考で、河海抄所引の日本紀が、巷間知られているそれとは異なることを述べ、「『河海抄』が成り立たせた『源氏物語』」という方向から考察し、「古典は不変のテキストがあって、それに解釈が付されてゆくというものではなく、『源氏物語』は、常に同じように、客観的にあったのではないという立場から、「「享受史」とか「流布」、「研究史」等ということとは異なり、その時々にどのように『源氏物語』を見出していったか」それを問うという姿勢で論じている。

(14)但し理念はそうであっても、内容は純粋な享受論的論考であり、誤解を防ぐ意味でも、以後「成立論」の言葉は使用しない。

第1章　国冬本源氏物語の研究の位置付け

1　本文研究史――その幕開けから『源氏物語別本集成』まで――

同じ平安時代の、後期の作品狭衣物語のように、あるいは中世の平家物語のように、まず本文の批判と選定無くして読解へ進むことが出来ないほど混乱のある本文をもたない源氏物語の場合は、今日に至るまで、本文はその時代時代の潮流に身を任せるばかりであったと考える。混乱を極める本文状況を持たなかったことは、誠に幸いなことではあった。源氏物語の場合は、前述物語のような最初の煩雑な手続き無しに、読解に進むことが出来たからである。この物語の優れた作品内容がまずあってこそ、世界的な古典として認知されるに至ったのは勿論であるけれども、他作品より本文状況が良かったこと故読解に集中が出来、これ程の分厚い研究史となったことは、基本的には誠に幸いなことであった。[1]

但し良いことばかりではなかった。研究のレベルでは、まず何よりも対象となる文献の正確な読解なくして何も始まらない。しかしその対象となる文献――本文そのものが伝本として数百という夥しい数で残存しているのに、それらの検証を十分に行わないまま、現在では大島本を頂点とした、所謂青表紙本系統という伝本を底本にして読むことを前提としたような論考が主流を占めることとなったことがそれであると考える。その底本が果たして源氏物語の底本として本当に最適か。他に選択肢は無いか。そのような検証を経ることなく、底本として当然のように青表紙本系統の伝本が選択されてきたといって過言ではない。しかし本当にその選択が妥当なものであったのかを考えるために、本文研究の歴史を、まず包括的に振り返ることから始めたい。

本文の歴史は、基本的には作者自筆本から開始する。但し原本は一つも現存しないし、既に序章で述べたように、稀少な外部徴証である『紫式部日記』に、執筆の段階で既に、質量異なる数本の原本が流出していたことが述べられている。そこでいきおい、源氏物語の本文の歴史は、伝本の歴史ということになる。

「その字形書風からすると、平安朝に入るものかと思われる」(2)と池田亀鑑が述べる、源氏物語の作中人物を貴顕から順に系図にした、所謂「源氏物語古系図」の、中でも最古とされる『九条家本』は、平安後期の作かとされる。巻頭欠損があるものの、物語全般を網羅していることは、同書の「宇治宮」の系図の直系に「手習三宮」という聞き慣れない系図呼称が登場し、その注記文に「(前略)うきふねにほふ兵部卿かほる大将あらそふ心さしのしのひかたさにみをすてゝしのちよかは僧都のいもうとの尼にやしなはれておのといふところにてあまになるあつまやの君ともうきふねとも」とある中の浮舟のことで理解できる。所謂物語第三部の最後の女主人公とも言える浮舟まで記述されているからである。現在の我々の知る形かと思われる源氏物語が確かに流通していたのである。

この「古系図」の成立は承久元(一〇七七)年頃かとも言われている。その時期からほど遠からぬ元永二(一一一九)年十一月二七日条、源師時著『長秋記』の「源氏繪間紙可調進」の一節が現れている。このことが「以中将君被仰云」と記され、この中将君が「三位中将」源有仁で、この有仁が、叔父に白川上皇、更に血縁を遡ると従一位麗子(藤原・源麗子)までの繋がりで、原本を持たない源氏物語に於いて、現存する最古の伝本である、五島・徳川美術館分蔵の源氏物語絵巻の詞書の作者に比定されること、そしてその絵詞の一部との、強い類似を見せるのが、稿者が本論文で主として述べる国冬本ということは序章注5でも触れた。

古注釈に視点を移すと、最古の古注釈『源氏釈』（永暦元年・一一六〇年頃成立か）もこの頃の成立とされるが、序章注13の伊井論文に述べるように、所引本文は、陽明文庫本に近似している。更に、文明四（一四七二）年十二月脱稿の『花鳥余情』所引本文は、河内本とされるなど(3)、室町前期までの注釈書所引本文は河内本が多かったとされる。物語批評に目を移すと、やはり近い時期である正治元（一一九九）年成立とされる『無名草子』所引の源氏物語本文は別本の混成本文であったと考えられる(4)。

前述『花鳥余情』成立の文明四年までの間に、二つの重要な伝本が書写されている。即ち、元仁一（一二二五）年定家が源氏物語を書写し、建長七（一二五五）年源親行が源氏物語の校合書写を終えている。前者が後年青表紙本（または「青表紙」）、後者が河内本と一般的に呼ばれることになったのは、周知の事実である。

重要なことは、二つの、後に源氏物語伝本の二大潮流と称される伝本が生まれていようが、前述の最古の伝本である絵巻詞書・最古から鎌倉期までの注釈書の所引本文、また平安後期から鎌倉初頭期の物語批評が示しているように、少なくとも、源氏物語成立の早い時期、平安後期から鎌倉期にかけては、現在の二大潮流のような形は無かったことである。河内本が、注釈書が依拠本文としていることからも、よく流布しており、一方で陽明文庫本のような別本も流通していたのが、当初の状況だったと考えられる。

この後、室町期以降、歌人層とりわけ三条西家周辺に於いて、定家崇拝の声が大きくなり、それにつれて定家書写本の価値が大きくなることも当然であったろう。所謂青表紙本はこの頃初めて存在感を増したと言える。

ただ、定家本を支えているような層だけではなく、庶民にまで源氏物語が人口に膾炙したのが次の江戸期であった。本の事情で云えば、写本から版本の時代に入り、急速に本の流通が書写の時代とは比べものにならないほど急増したことと相まって、源氏物語の読者人口も増加した。清水婦久子によると〈版本〉の源氏物語は、山本春正作の絵入源氏物語、所謂「絵入源氏」の影響が大きい。「絵入源氏」は、清水氏の精査により初版本は慶安三（一六五〇）年とされる。そして本文は「寛文十三（一六七三）年刊『首書源氏物語』と延宝三年（一六七五）刊『湖月抄』の二書にも受け継がれる」ことになり、『湖月抄』本文は以後、先の二大系統のうち、青表紙本が台頭するまで、源氏本文の代表となる。また、『首書源氏物語』本文は近代以後の旧岩波文庫本や有朋堂文庫本の底本にまでなる。(5)(6)

『首書源氏物語』・『湖月抄』は共に「絵入源氏」を底本にしていたことで類似点をもち、一方この両書の相違点はそれぞれ『絵入源氏』の異なる版を底本にしていたから生まれたと清水は述べる（『首書源氏物語』は万治本（一六六〇年）、『湖月抄』は慶安本（一六五〇年）を底本とする）。更に清水は、これら全ての源となった「絵入源氏」の本文系統は、近年『首書源氏物語』の影印シリーズ刊行に因って（片桐洋一等、一九八〇年以降〜）、三条西家本系統に近いこと、その中に河内本系統も混ざる混態本文であることがわかったことを述べている。そしてこの〈三条西家本系統本と河内本系統本の混態本文〉という内容をもった、「絵入源氏」の親本と推定されるものとして、伝嵯峨本源氏物語を挙げている。(7)

このように近世期を席巻した『湖月抄』『首書源氏物語』の時代があり、それは以後も約三百年に亘って続く。その本文は前述のように三条西家系統本に近いものであり、そのことは、前述の昭和末期の影印シリーズ刊行で明らかにされるまで、河内本との混態本文であったなどとは思いも寄らぬ事であったほど、疑われることはなかった。更に、前述した全ての源である伝嵯峨本も、実際は河内本三帖、別本一帖が混在する本文であるということを、注7の伊井論文等が明らかにした二〇〇〇年まで待たなければならなかった。この間、河内本や別本は、鎌倉期まではごく普通に流通し、中でも河内本は源氏物語の伝本として優位にあったのに、大きな存在ではなかったのである。

こうした状況が近代まで続いた中、河内本が突然注目を浴びた時があった。それが一九二四年、山脇毅による大阪の平瀬家で発見された源氏物語五十四帖のうち、河内本三十三帖の存在の発見である。揃いの三十三帖の河内本の発見は衝撃であったであろう。これにより、中世の定家と同様、近代源氏学の権威となりつつあった池田亀鑑は、河内本を底本にして校異本の着手に取りかかった。

しかし、その後一九三〇年または一九三一年、佐渡の某家で突如、飛鳥井雅康等筆、青表紙本系統源氏物語全五十三冊（浮舟巻のみ欠如）が出現した。一時大島雅太郎が所有していたことから大島本と名付けられる。ほぼ同年頃、池田亀鑑は、河内本を底本とした『校異源氏物語』を完成していたが、この大島本の出現により、この伝本が定家本の形態を踏襲し、また一巻のみ欠くとはいえ最もよく揃った青表紙本系統本という――新美哲彦等が批判したように文献学の本来の姿である、本文の特徴ではなく、形態が判断の基準となって――河内本を底本として完成していた『校異源氏物語』の出版を取りやめ、新しく大島本を底本にして『校異源氏物語』に切り替え、これを刊行（一九四二年）、更にこれに索引篇・研究篇・資料篇・図録篇を加えた『源氏物語大成』（中央公論社、一九五三年～一九五六年）八冊が登場し、質量共に他に類を見ないこの『大成』全八冊によって、源氏物語本文研究史は、青表紙本系統本を通行本文として扱うという帰結をみる（『大成』凡例に池田は「厳密ナ考證ヲ重ネタ結果、藤原定家ノ青表紙本ヲ以テ之ニ當テルコトトシ、花散里・柏木・早蕨ノ三帖ハ現存スル定家本ヲ用ヰタ。ソノ他ノ諸帖ニ於テハ、現存諸本中定家本ノ形態ヲ最モ忠實ニ傳ヘテヰルト考ヘラレル大島本ヲ用ヰタ」と記している）。以後、『大成』は、この物語の本文研究の指針となって久しい。それと同時に『大成』の底本である青表紙本とりわけ大島本は絶対的な位置を得て君臨することになった。

それから半世紀以上たった今日、既に『大成』の諸本の取り扱いのあり方、異同等の誤りの指摘、底本に用いた大島本の質を問う論考など、批判も出ており、『大成』の相対化も当たり前のこととなった(9)。大部の著書だけに、遺漏も多いのはある意味致し方ないことでもあろうし、注9稲賀論文にあるように、本文研究の基礎的なモデルを作った功績は計り知れない。一方で〈それ以外の伝本〉――河内本や別本とされるもの等がすっかり忘れられた存在になったことは、今まで記してきた源氏物語本文史を振り返れば、遺憾な事である。何故ならその理由が、これらの伝本の質の問題ではなく、単に藤原定家・池田亀鑑の存在に因っているからである。この中世と近代の先学二人の名声への恐懼が、それ以外の伝本を長らく隅に追いやることとなったと考えられる。

この状況に肯んじなかったと考えられるのが加藤洋介で、池田亀鑑によって「簡略ヲ旨トシタ」と、青表紙本と採用基準を異にして『大成』に収録されていた河内本を、三十七本の河内本系伝本を対照し、「『大成』の青表紙本校異と同じ基準にて採用したものをまとめた」のが、最終的に『河内本源氏物語校異集成』(風間書房、二〇〇一年二月)に結実した。

そして別本に関しては、複製では最初に陽明文庫本が上梓された(思文閣出版、一九七九年~八二年)。陽明文庫本は最古の注釈『源氏釈』の所引本文との類似が指摘され古い伝本と考えられ(序章、注13)、全冊ではないにしても三十九帖もの揃いで登場した。これを元に、一九八四年頃から一つの企画が生まれ[10]、やがて革命的な『源氏物語別本集成』十五巻(おうふう、一九八八~二〇〇二年)の刊行に繋がる。その革命性は、単に別本の集大成という理由からだけではなかった。

2 『源氏物語別本集成』の意義と電子メディア時代

前節で『別本集成』が源氏物語別本史において、分岐点となる存在だったと述べた。その理由は一般的には、陽明文庫本を底本とする『源氏物語別本集成』(伊井春樹・伊藤鉄也・小林茂美編、おうふう)の二〇〇二年十月に於ける五十四帖全巻完結に拠って、我々がこの物語が全巻に亘って知られざる豊潤な別本という世界を有する事実に、包括的に接することが可能となった故と考えられている。しかし校異に別本が集められただけならば、『源氏物語大成』で既に行われている。『別本集成』の革命的な分岐点とはどこにあったのだろうか。

そのことに前書きの形で言及しているのが加藤洋介であった。前節で言及した『河内本源氏物語校異集成』（風間書房、二〇〇一年二月）は、氏の「平成12～14年度科学研究費補助金（基盤研究（C）（2））研究成果報告書　河内本源氏物語の本文成立史に関する基礎的研究　付　源氏物語大成校異篇　別本校異補遺　稿（上）（桐壺～幻）」作成途上で河内本の研究の成果としてまとめられたものであった。本書ではそれだけではなく、先の科学研究費補助金研究成果報告書の副題〈別本校異補遺　稿（上）（桐壺～幻）〉にあるように、かつてほぼ存在を忘れ去られた別本に関しても、『大成』が「簡略ヲ旨トシタ」ことに対して、青表紙本と同じ基準で校異がまとめられている。その前書き（「はじめに」）にこのように記してある。一部を抽出する。

「別本についてはすでに『源氏物語別本集成』が刊行されている。この本の特徴は、『大成』が青表紙本を底本として校異を掲出するのに対し、別本を底本とし、それに対校させる形で別本諸本の校異を掲載していることと、その校異は漢字と仮名の表記や仮名遣の違いまで取り上げていることにあると思われる。底本が違うということは物の見え方が変わることであり、表記や仮名遣の違いも、それを目的とする調査には有効であろう」

問題は稿者による傍線部である。『別本集成』の革命的な点は、何よりも底本が別本の陽明文庫本であったことである。陽明文庫本が選択されたのは、別本の中で最初に複製・翻刻が刊行されたこと、三十九帖もの揃いの伝本であることが大きいし、また何度も記したが伊井春樹に拠って、最古の『源氏釈』所引本文との近似が明らかにされたことから、別本の底本に適切という位置づけが出来たことが大きいであろう。[11]しかし陽明文庫本が選択されたことが問題なのではなく、初めて、別本を底本に、校異を考えるという枠組みが生まれたことこそが重要だったのであった。加藤氏の述べる通り「物の見え方が変わる」ことが初めて可能になったからである。それが十五巻完結によって、物語全体に可能になったのであるから、そのことが『別本集成』の本当の革命性といえる。

『別本集成』が完結した二〇〇二年以前に、特筆すべき刊行物があった。情報化時代の象徴とも言うべき、伊井春樹編「CD-ROM 角川古典大観源氏物語」（角川書店、一九九九年十月〈CD-ROM1枚 +操作の手引1冊〉）の刊行があった。別本を含む四本の本文が収められており、画像・語彙等各種検索・系図・年立などもあり、ニューメディア時代の象徴とも言うべき代物であることは間違いがない。但し四本の内訳は〈校訂本文（底本大島本）・陽明文庫翻刻本文・保坂本翻刻本文・尾州家河内本翻刻本文〉となっている。別本二本、河内本一本を収容し、底本はやはり大島本であった。河添房江はこれについて「信頼できる大島本を底本とし」と書いている。[13]刊行当時一セット二十七万三百円という高価なものであり、利益を考慮するとき、『別本集成』のように、底本を陽明文庫本にするという冒険は、出来なかったのであろう。ともあれ大島本しか読まなかった読者が、簡単に別本を見られることを可能にしたことが最大のメリットとは言えるのかもしれない。

別本研究は先の『別本集成』がやはり最も重要な存在である。その続編の刊行が二〇〇五年五月から始まっている（続第一巻は桐壺巻〜夕顔巻、現時点では二〇一〇年六月刊行の続第7巻：野分〜梅枝巻まで）。先の十五冊に未収録の伝本が更に数を増やし対校本文として挙がっている。底本は続編も一貫して陽明文庫本である。

こうした別本研究の牽引者となった『別本集成』刊行者の伊井春樹・伊藤鉃也・小林茂美の功績は計り知れない。

このうち伊井春樹は、「CD−ROM　角川古典大観源氏物語」や本文研究の諸論考や翻刻を情報処理の分野も含めて学際的に揃えた『本文研究―考証・情報・資料』第一巻〜第六巻（和泉書院、一九九六年七月〜二〇〇〇年五月）などを刊行し常に別本研究をリードし続けてきたし、伊藤鉄也は、今では当たり前になった源氏物語のHP運営の草分け的存在の一人で、電子メディアの導入によって多くの未詳の伝本の翻刻・考察を行い、別本研究をリードしてきた。[14]また伊藤鉄也と共同研究を行ってきた大内英範は、独自のデータベースを構築し、本文研究の新しい方法を見出している。[15]こうした時代にふさわしいアプローチ方法が次々と生まれている。電子メディアの発展は、数種類の伝本の対照により生まれる膨大な異同を、瞬時に処理することを可能にするのであり、多くの伝本をもつ源氏物語の分野には常に非常に期待される研究方法であろう。

今日、既に序章注6で述べたが、加藤昌嘉（二〇〇九）は「疑問11　或る写本を《青表紙本》か《河内本》か《別本》か、分類することは可能だろうか」「疑問12　そもそも、なぜ、何のために諸本を分類するのだろうか」[16]とも述べている。先学の歴史に敬意を払いつつ、稿者も別本の中の一つとしての国冬本、という意識ではなく、源氏物語の伝本の一つとしての国冬本という意識で臨むべきだと現時点では考えている。

3　原点（混沌）への回帰とこれから

1―2節までは伝本研究を支える装置の側の整備の革命であった。より根源的な源氏物語の本文そのものの革命は、佐々木孝浩の論考から始まった二〇〇七〜二〇〇八年にあると稿者は考える。[17]源氏物語の伝本の中でも頂点にあった大島本が、飛鳥井雅康自筆本ではなくその転写本であり、更に浮舟巻のみを欠く残り五三冊の一筆本ではなく、二系統に分かれ書写者も数人にわたる取り合わせ本に過ぎなかったことが看破されたのである。元々既に大島本への疑問点は伊井春樹などにより提示されてきたのであるが（第1節注9）、佐々木の考察は大島本の根本的な價値を覆すものであった。本文をめぐる状況は大きく動いた。

そしてそのような中で、別本に初めての劇的な転機が、源氏物語千年紀と言われる（紫式部日記での、源氏物語に関すると思われる記述の一〇〇八年から千年目の）二〇〇八年に訪れた。まず、三月一〇日京都の揚屋・角屋にて、全く存在の知られていなかった「末摘花」鎌倉末期一冊の現存が発表され（加藤洋介による。現在は財団法人角屋保存会保管所蔵）、次に七月一二日東京都内某家より「飯島本」（池田亀鑑の『源氏物語大成　研究篇』二七二頁に存在は記されていた）伝本の全五十四帖が現存することが発表され（池田和臣による。現在は春敬記念書道文庫が保管所蔵）、同じく『大成　研究篇』二五六頁に記載の「大澤本」が七月二二日、全五十四帖現存することが発表された（伊井春樹による。現在は「宇治市源氏物語ミュージアム」が保管所蔵）。更に十月二九日、神戸市の甲南女子大学で同大学所蔵の源氏物語のうち梅枝巻が、鎌倉中期の写本で本文の中身も独自の本文であることが報告された（田中登による。大内英範等の調査論考がある）。

これらの新出伝本に共通する重要な点は、

・「源氏物語の「別本」、京都・島原の「角屋」で発見」（角屋本／讀賣新聞三月一〇日記事タイトル）

・「54帖の半数近くが別本がとみられ」（飯島本／讀賣新聞記事本文）

・「別本は28帖にのぼり」（大澤本／朝日新聞日記事本文）

・「「別本」系統の寫本が、鎌倉中期のものと確認されたと」（甲南女子大本／毎日新聞記事本文、以上傍線は稿者）

など、全て別本という言葉と共に報じられたことである。初めてそしてしかも大々的な形で別本が注目を浴びた極めて特筆すべき出来事であった。ただここで誤解してはならないのは、重要なことは別本という分類にあるのではないということで、別本という〈その他大勢〉にかつてない注目が集まったということは、源氏物語の世界は一つではなく複数あるということに関心が寄せられたということに他ならず、そのことが大きな出来事であったと考えている。

これは混沌への回帰だろうか？　それとも原点への回帰だろうか？　前節で触れた通り、商業ベースに乗るか乗らないかという現実的な問題があるので、源氏物語に関する主な注釈書の底本がすっかり別の本文に入れ替えられるような余裕はどの出版社にも昨今は無いと思われるから、大きな変化は今後ともないだろう。しかし、今後論文で底本としてあるいは引用して使用する際に、研究者がそれぞれの立場でいろいろな伝本を選択して使用していくことが少しずつ増えるのではないだろうか。稿者は、本文分類には関係なく「底本には○○本を使用した」とは書いていくつもりである。他伝本との差異がある箇所は、その都度適宜述べればいいと考えている。

こうした、各々の伝本にはその伝本毎の固有の物語世界があると考え、そしてその固有の世界を一個の独立したものとして尊重する考察方法は、伊井春樹を嚆矢に[18]、それぞれの研究者が切り開いてきた[19]。従前のような、青表紙本に代表される通行本文の解読の援用としての対照本文の位置づけではなく、――つまり通行本文との差違を異同さらには誤謬と捉えず、各々の伝本の独自の物語世界の在り方としてありのままに捉え、その世界を読み解く方法である。保坂本、陽明文庫本など、複製・翻刻が刊行されているものについては、五十四帖を同筆で完備している訳ではないにしても、それぞれの伝本毎の本文を、掲出された異同を接続させるという手段の必要なく、繋がった普通の本文として読むことが出来るので、注18の伊井論文に続く論考は生まれている[20]。但し、いずれも断片的に問題点を掘り下げるという形である。もちろん一つの突破口から、その伝本全体の問題までが見えてくることもあるだろうが、少なくとも一つの伝本全体を俯瞰的に見わたし、出来る限り多くの問題点を見つけ、包括的にその物語世界全体を読み解こうとする試みは、作品が大部ということもあろうか、なかなかなされてこなかった。

稿者の研究はその試みを、国冬本で行うものである。すでに述べてきた通り、数々の錯簡・大小の脱落等この伝本の特徴については、十分に認知している。失われた部分について〈かつてそうだったであろう姿〉を仮構築し論考を進めるのは、空想論で片付けられかねない危険性も承知している（無いことを証明することは極めて困難な道である）[21]。しかし眼前に現存する伝本のありのままの姿を、出来得る限り恣意的でない形で、〈このような世界である〉と現状として捉えることが、無意味であるとは稿者は考えていない。平安時代の物語は、こうした特徴をもちつつ現在に至るのが、本当の姿だろうと考える故であるし、更に伝本の中でも国冬本は序論で述べた通り、古い歴史をもち読み解くだけの価値のある伝本であると考えるからである。

4　国冬本概論――書誌的

この項で、国冬本について伝本の概要を述べる。序章注1で述べたように、まず書誌については、現所蔵者・天理大学附属天理図書館司書、岡嶌偉久子の論考「源氏物語国冬本―その書誌的総論」（『ビブリア』百号、一九九三年十月。後に『源氏物語の鑑賞と基礎知識　横笛・鈴虫』至文堂、二〇〇二年十二月に再録、『源氏物語の写本の書誌的研究』おうふう、二〇一〇年に再録）が、最も基礎的かつ最重要の論考である。[22]この岡嶌の論考を土台にして、稿者も若干を付け加えて、以下、わたくしに書誌をまとめる。

・書名　『天理圖書館稀書目録　和漢書之部　第三』（一九六〇年十月）に拠れば「源氏物語　寫　五十四巻　五十四冊　紫式部著　傳津守國冬等筆　混合本　鎌倉時代末期至室町時代末期寄合書」（稿者に因る抜粋）

とある。空蝉巻以外の五十三冊の表紙見返しまたは前付遊紙に貼付の極め札は二人（古筆了雪・琴山）で、それ及び附属の稿者目録に拠れば鎌倉末期筆十二冊は、津守国冬、室町末期筆四十二冊は十四人の稿者名が並ぶ。いずれも伝称。因って岡嶌氏の命名による「伝津守国冬等各筆源氏物語」という名称、略称としては通称「国冬本」（天理大学附属天理図書館蔵）が妥当と考える。

・所蔵者　天理大学附属天理図書館で貴重書として所蔵。一九五二年五月二一日蔵書印。桃園文庫旧蔵。収納の木箱に記されたのは「紅梅文庫」文庫主「前田善子」

・所蔵先整理番号　913.36　イ—329　貴重書なので、紹介状を所属する図書館の共同利用掛に提出の上所定の用紙に閲覧希望日の二週間前までに申し込む。一回につき五冊（例えば桐壺・帚木・空蝉・夕顔・若紫で五冊）まで閲覧可。

・外題　題簽が表紙中央（亀甲文様青色臘箋紙）にあり全冊同筆。「きりつほ」「はゝき木」等　伝青蓮院尊朝法親王筆。

・内題　無し

・書写年時　料紙・筆跡から、伝津守国冬筆は鎌倉末期、その他は室町末期と考えられる。

・蔵書印　無し

・表紙　原装ではなく、室町末期以降の改装。枡目毎に花鳥が織り出された緞子表紙。各冊で色替わりの仕立て。

・装丁　枡型の綴葉装

・見返し　金銀切り箔散らし。用紙の新しさ、文様から江戸期のものと考えられ、改装と考えられる。

・料紙　雁皮紙。このうち鎌倉末期十二冊は同質。

・数量　五十四冊（但し「匂ふ兵部卿」の題簽の一冊の中身は後述するが夕霧巻後半部が全てで、よって国冬本に匂宮巻は存在しない）
・寸法　縦十六．四糎　横十六．五糎
・表紙以外の紙数（遊紙）　墨付以外に数枚。須磨・宿木・東屋は総丁・墨付丁が一致。
・一面行数　九から十一行
・書入　ごくわずかずつ、本文同筆と思われる書き入れが多くの巻にあり
・奥書・識語　無い。但し鎌倉末期十二冊中九冊に本文と同筆で「南無阿弥陀佛十遍」、このうち桐壺巻は「是見人々南無阿弥陀佛十遍」とある。
・本文　校異の掲出という形で、『大成』、『別本集成』に収録されている。翻刻は前述のように『本文研究』全六巻（和泉書院、二〇〇四年五月）までに胡蝶巻までを伊藤鉃也・岡嶌偉久子が行った。鎌倉末期十二冊は同筆本。
・保管　蒔絵箱に納められ、更に木箱が覆う。尚、一九九二から六月一四日まで東京千代田区の天理ギャラリーで行われた第九十二回展「王朝物語の世界―源氏物語とその周辺」の際の目録には、蒔絵箱と桐壺巻冒頭一丁の写真が収められている。(23)
・附属資料　小さな桐箱に「源氏物語稿者目録」二通等が収められている。
・津守国冬について　津守国冬　文永七（一二七〇）年六月九日～元応二（一三二〇）年六月一七日没、享年五一。四九代住吉神主。二条派の歌人として名高い。「新後撰和歌集」「続千載和歌集」の連署衆を務める。(24)
・その他　多量の錯簡があり、それが、現存では全冊同一の装丁の元に収められていること、前述したように見

返しの文様から考えて、中身の確認のないままで、江戸期に嫁入り本などの用途で、全冊改装が行われたものと考えられる。

以上、大まかに書誌を述べた。前出岡嶌論文では、かつては鎌倉末期本・伝国冬筆が五十四帖存在していた可能性という極めて興味深い指摘を、現存の伝日比正廣筆絵合巻が全丁、伝同正廣筆夕顔巻が一丁～二一丁あたりまで伝国冬筆の臨模風の本文が見られることから、行っている。

本項を考える為に、本書末（255頁～）に、「国冬本源氏物語一覧表」を収録した。

5 〈独自本文〉という言葉の使用

序章注8で既に述べた、本文研究の用語である「異文」という言葉の扱いについて、稿者の見解を述べておく。稿者は「独自本文」という言葉を「異文」の代わりに使用している。「校異」「異同」という言葉については、単に本文研究における〈言葉の一致・不一致〉についての用語と考えられる。しかし「異文」そして「異本」は「流布本」「通行本文」「定本」といった類の言葉との関連が考えられ、本文の価値に関わる用語である。繰り返し述べて来たように、この物語の本文研究が根本から解体と再生を迫られる時期を迎えた現在、価値に関わる用語を敢えて使用しない方向で本論文をまとめていきたいという理由で、「独自本文」という言葉を使用することにした[25]。尚、「異文」「異本」という言葉は異端という言葉を連想させもする。「異端」は「正統」に対する言葉であり、やはり稿者の姿勢からは、この言葉を使うことには抵抗を覚える。

6　国冬本に関する参考文献

本項では、現時点で管見に及んだ、国冬本を主として論じた論考をほぼ年代順に列挙した。序章注4に述べたように、国文学研究資料館論文目録データベースの援用を得た。

・A　岩下光雄「伝津守国冬筆本源氏物語の周辺」(『源氏物語とその周辺』伊那毎日新聞社、一九七九年十一月)

・B　中村義雄「源氏物語絵巻詞書についての基礎的考察」(『絵巻物詞書の研究』一九八二年二月)

・C　五島和代「河内本源氏物語と国冬本―常夏巻の場合」(『北九州大学文学部紀要』三六号、一九八六年三月)

・D　岡嶌偉久子「源氏物語国冬本―その書誌的総論」(『ビブリア』百号、一九九三年十月。『源氏物語の鑑賞と基礎知識　横笛・鈴虫』(至文堂、二〇〇二年十二月に再録、『源氏物語の写本の書誌的研究』おうふう、二〇一〇年に収録)

・E　伊藤鉃也「帚木巻における一異文の再検討―別本国冬本の表現相の定位をめざして」(『源氏物語受容論序説』桜楓社、一九九〇年十月)

・F　伊藤鉃也『『源氏物語』の異本を読む―「鈴虫」の場合』(国文学研究資料館　原典講読セミナー七)臨川書店、二〇〇一年七月)

・G　伊藤鉃也「「桐壺」における別本群の位相―桐壺帝の描写を中心として」(『源氏物語本文の研究』おうふう、二〇〇二年十一月)

・H　伊藤鉃也「国冬本「若紫」における独自異文の考察――いわゆる青表紙本に内在する異本・異文について」右

伊藤著書

・I　伊藤鉄也「別本本文の意義―「澪標」における別本群と河内本群」右伊藤著書

・J　伊藤鉄也「源氏物語別本群の長文異同―国冬本「鈴虫」の場合」右伊藤著書

・K　越野優子「国冬本における女三宮について―鈴虫の巻を中心に」（『国語国文』二〇〇二年二月）

・L　藤井日出子「源氏物語国冬本の性格―桐壺の巻の人物造形をめぐって」（『論叢源氏物語4　本文と表現』、新典社、二〇〇二年五月）

・M　永井和子「影印本を読む―国冬本「鈴虫」（天理大学附属天理図書館蔵）（『源氏物語の観賞と基礎知識　横笛・鈴虫』至文堂、二〇〇二年十二月）

・N　越野優子「影印本を読む―国冬本「梅枝」「藤裏葉」巻」（河添房江編『源氏物語の鑑賞と基礎知識　梅枝・藤裏葉』（至文堂、二〇〇三年十一月）

・O　越野優子「伝国冬本源氏物語の世界―藤裏葉巻をめぐって」（『詞林』三十五号、伊井春樹教授御退官記念特集号、二〇〇四年四月）

・P　越野優子「源氏物語の別本の物語世界―伝国冬本少女巻を中心に」（『文学・語学』一八二号、二〇〇五年七月三〇日）

・Q　越野優子「「柏木」、「柏木の右衛門督」、「柏木権大納言」のこと―享受史を巡りつつ」（『詞林』三八号、二〇〇五年十月二〇日）

・R　越野優子「国冬本源氏物語の「光る君」―特異な桐壺巻巻末の物語るもの」（『物語研究』、物語研究会、二〇〇八年）

・S　越野優子「独特な物語世界の解析及び可視化方法の一考察―国冬本源氏物語を素材として」研究と資料（「研究と資料61輯、一頁～一一頁、二〇〇九年）

・T　拙稿「『国冬本源氏物語』注釈書の試み―桐壺・少女・野分・柏木・鈴虫巻の物語世界を中心に」「『国冬本源氏物語』注釈書の試み―桐壺・少女・野分・柏木・鈴虫巻の物語世界を中心に」（『国文学研究資料館紀要　文学研究篇』35（大学・研究所等紀要）、二〇〇九年）

・U　越野優子「『國冬本源氏物語』と韓国語譯について―未詳の傳本がみせる多様な物語世界」（「日語日文學研究」韓国日語日文学会69-2、二〇〇九年）

・V　工藤重矩「国冬本源氏物語乙女巻に見られる本文の疵―紫上の呼称と六条院の描写をめぐって―」（『国語国文』81、二〇一二年十二月）

・W　工藤重矩「国冬本源氏物語藤裏葉巻本文の疵と物語世界」（『中古文学』92号、二〇一三年十一月）

注

（1）分厚い狭衣物語の本文批判研究史において、最近の成果として例えば、一文字昭子「伝為明筆本『狭衣』の本文異同について―深川本・伝為家筆本・伝慈鎮筆本との比較」（『中古文学』75号、二〇〇五年五月）等があり、一文字は四本の精査の元、「一つの原本」の定説に異を述べる。

（2）池田亀鑑「源氏物語古系図の成立とその本文資料的価値について」（『日本学士院紀要』九巻二号、一九五一年七月）

（3）加藤洋介「河内本について」（『源氏物語の鑑賞と基礎知識　花散里』至文堂、二〇〇三年六月）。加藤は、定家編『物語二百番歌合』の精査により、依拠本文が河内本的性格をもつ別本であったことを述べ、河内本あるいは別本に特有の要素をそぎ落としたものが青表紙本であろうとの見通しで結んでいる。尚加藤の河内本享受史の論考として、「河内本の成立とその本文―源親行の源氏物語本文校訂―」（『源氏物語研究集成』十三巻、二〇〇〇年五月）がある。

（4）『無名草子』所引の源氏物語本文については、第6章　注3で述べた。

（5）清水婦久子『源氏物語版本の研究』（和泉書院、二〇〇三年三月）。尚「絵入源氏」は国文学研究資料館編のCD-ROM版（承応版本、岩波書店）がある。

（6）注5清水同書より引用。

（7）参考文献として、伊井春樹「伝嵯峨本源氏物語の本文」（『源氏物語研究集成』十三巻、二〇〇〇年五月）等がある。

（8）「揺らぐ「青表紙本／青表紙本系」」（『国語と国文学』83-10、二〇〇六年）、「『源氏物語』諸本分類試案―「空蝉」巻から見える問題」（『国語と国文学』84-10、二〇〇七年）、『源氏物語の受容と生成』（武蔵野書院、二〇〇八年）収録。

（9）伊井春樹「大島本源氏物語の本文―『源氏物語大成』底本の問題点」（『詞林』三号、一九八八年五月）、稲賀敬二「『源氏物語大成』から半世紀―本文研究の未来像は」（『源氏物語注釈史と享受史の世界』新典社、二〇〇二年八月）、加藤洋介「『源氏物語大成』のこと―青表紙本校異をめぐって」（『むらさき』四十一輯、二〇〇四年十二月）等。

（10）『別本集成』十五巻完結を記念して、『別本集成』編集者の一人伊藤鉄也氏より、出版の顛末や十五巻の扉・凡例・補遺・作業担当者一覧等を一冊にまとめた『私家版・別冊　源氏物語別本集成』（二〇〇二年十二月）を頂戴した。記して謝意を表する。その前書きに、「源氏物語別本大成」が構想の最初であったことが記されている。

（11）『別本集成』第一巻「編集経過覚え書き」に、「別本の性格としてはすぐれた内容を持つと思われる陽明文庫本」という文言がある。ただ稿者は述べてきた如く、他諸本との質量的差異を特徴と捉える立場である。

（12）急速に進んだ情報化時代の中の源氏物語研究については、河添房江が、二〇〇〇年の国文学研究資料館での「第五回国文学シンポジウム」においてなど、積極的に発言しており、論文では「源氏研究のネットワーク化」(『源氏研究』六号、二〇〇一年四月)、「第六章　情報化時代の『源氏物語』」(『源氏物語時空論』東京大学出版会、二〇〇五年十二月)があった。

(13)注12の『源氏物語時空論』より。

(14)著書として『源氏物語本文の研究』(おうふう、二〇〇二年十一月)等。また源氏物語の専門的なHPの草分けとしてはもう一人、渋谷栄一の「源氏物語の世界　定家本系「源氏物語」(青表紙本)本文に関する情報と資料の研究」http://www.sainet.or.jp/~eshibuya/も、資料価値の高さ、情報共有の精神といい、学ぶことが多い。

(15)「シソーラスを用いた本文データベースの試み―源氏物語・鈴虫巻を例に」(『本文研究』四巻、二〇〇一年五月)、「源氏物語本文資料整理の方法」(『情報知識学会誌』十三巻二号、二〇〇三年)、また自身のHP http://homepage1.nifty.com/h-ouchi で情報を公開してきた。このHPには「諸本情報」の欄もあり、後に触れるが国冬本の書誌情報もまとめられている。尚、伊藤鉄也・大内英範の他、電子メディアに拠るアプローチについては、『本文研究』全六巻の情報メディア系諸論考、著者として谷口敏夫・中村一夫・大谷晋也等。出版社としては笠間書院の「kasamashoin online」(http://kasamashoin.jp/)が日本語日本文学およびその周辺について多くの情報を集約しており、便利である。それから、各大学が特色あるデータベースをますます増補しつつある。そして国文学研究資料館の電子図書館(http://www.nijl.ac.jp/pages/database/)各種データベースがある。また、各研究者はfacebook.twitterで情報を共有・発信するのが今日的な姿となった。ただ、もっと多くの情報革新があったであろう直近数年間は、三分の二を国外で過ごしたため、遺漏もあろうと思う。諒とされたい。

(16)「本文研究と大島本に対する15の疑問」『大島本源氏物語の再検討』(中古文学会関西部会編、和泉書院、二〇〇九年)

（17）佐々木孝浩「「大島本源氏物語」に関する書誌学的考察」（二〇〇七年初出、『大島本源氏物語の再検討』中古文学会関西部会編、和泉書院、二〇〇九年）に収録。

（18）伊井春樹「陽明文庫本源氏物語の方法」（『国語国文』一九九三年一月）、「保坂本源氏物語の表現―「けはひ」と「けしき」」（『詞林』二十号、一九九六年十月／『保坂本源氏物語』別冊二に採録。おうふう、一九九七年）等。

（19）伊井の編集に拠る『本文研究―考証・情報・資料』第一巻～第六巻、和泉書院、一九九六年七月～二〇〇〇年五月）所収の諸論考など。また、『源氏研究』十号（翰林書房、二〇〇五年四月）の秋本宏徳に拠る「物語の未来へのための文献ガイド」には、このように記されている。

1　加藤洋介編『河内本源氏物語校異集成』（風間書房、二〇〇一年）

2　源氏物語別本集成刊行会編『源氏物語別本集成』おうふう、一九八八～二〇〇二年）が出揃ったことを重く見ておきたい。これらと、池田亀鑑編著『源氏物語大成』（中央公論社、一九五三～五六年）とを併用することによって、『源氏物語』の本文の状況が格段に見やすくなったことは疑いない。とはいえ、大島本に代表される青表紙本や、それらを底本とする通行の校訂本文をいたずらに相対化するためにではなく、加藤昌嘉「源氏物語のさまざまな貌―文化でなく文献でなく」（『源氏研究』六、二〇〇一年四月）が論じたように、読者の一人ひとりが、「文化」でも「文献」でもない、『源氏物語』の「さまざまの貌」と出会い、向き合うためにこそ、これらの労作は大いに活用されるべきなのであろう。

3　伊藤鉄也『『源氏物語』の異本を読む―「鈴虫」の場合』（臨川書店、二〇〇一年）

4　伊藤鉄也『源氏物語本文の研究』（おうふう、二〇〇二年）

5　中村一夫『源氏物語の本文と表現』（おうふう、二〇〇四年）

6　越野優子「国冬本における女三宮について—鈴虫の巻を中心に」（「国語国文」七一—二、二〇〇二年二月）

7　藤井日出子「源氏物語総角の巻の中京大本・阿里莫本の本文—匂宮・中君像の造形をめぐって」

（「中京国文学」二一、二〇〇二年三月）

などは、本文間の優劣を問うのではなく、まずはそれぞれの本文を丹念に読み込み、それらが控え持つ豊かな表現の世界に触れようとする先駆的な試みである

(20) 中村一夫「保坂本源氏物語の一性格—朝顔巻の別本をめぐって」（『本文研究』第一巻、一九九六年七月）、中川照将「陽明文庫本『源氏物語』における「男」と「女」—源氏と六条御息所を中心に」（『本文研究』第三巻、二〇〇〇年八月）等

(21) 別本等の独自本文が作り出す物語世界について論述する場合の最大の問題点については、後藤康文に拠る「平成十四年国語国文学界の動向—中古散文」（『文学・語学』百七十八号、二〇〇四年三月）の「近年の『源氏物語』の異本研究の活性化」に関する次の意見が本質に関わると思われるので引用する。

ある伝本の「文芸的」特徴や傾向を割り出そうとする場合、その論拠となる独自異文が機械的に生じたものでないことが確認され、なおかつ、書写者の一貫した改変意識が明瞭に説明されえなければ、論はおのずと説得力を失うことになろう。むずかしいのは、そこのところではないか。

後藤が用いる「改変」の言葉は、独自本文の世界を読み解く論考に、しばしば散見する。稿者は、現代と異なる時代の作品のもつ特異性に着目して考えたい。著作権とも無縁の物語創成の時代に生まれた作品の今日までの過程には、意識無意識という言葉で安易に片づけられぬ変容の理由があったのではないだろうか。（序章注6の一連の加藤昌嘉の論考及び同『揺れ動く『源氏物語』』（勉誠出版、二〇〇一年）が最も端的にこの問題を述べているので参照された

い)。「改変」の意識が有ったのであれなかったのであれ、ともかくも今、眼前にある物語世界がこう描かれている、という眼前の姿に着目し、それを提示して、その意味するところを読み解くしかないと考えるものである。

(22) この他の書誌に関する参考文献として、大内英範の http://homepage1.nifty.com/h-ouchi/ の諸本情報に、国冬本の書誌情報があり、帖で区切った表形式で、〈概要/文献/巻別情報/奥書/勘物等/メモ〉が記されている。巻別情報には、『大成』所収か否か、また本文系統の種類(三系統)が記されているものもある。またメモには、全五十四冊同筆の題簽の稿者として、添付の極書が記す青蓮院尊朝法親王について簡単な注記を記している(尚、岡嶌は同親王の真筆とは見ない)。その他、本章第6節でも挙げた、永井和子「影印本を読む—国冬本「鈴虫」(天理大学附属天理図書館蔵)『源氏物語の観賞と基礎知識 横笛・鈴虫』至文堂、二〇〇二年十二月)が、鈴虫巻の国冬本影印・翻刻と簡単な書誌を附している。永井は『大成』に所収された山科言経自筆書き入れ本と国冬本との近似について言及している。

(23) 展示目録は岡嶌氏より頂戴した。記して謝意を表する。

(24) 津守国冬及び津守家に関する文献として、保坂都『津守家の歌人群』武蔵野書院、一九八四年十二月)がある。

(25) 「独自本文」に対しては以上の通りであるが、「通行本文」という言葉に関しても述べておきたい。国冬本との差異を際だたせるのに、通行本文と対照するのが最も有効との考え方で、稿者は多く大島本を使用している。最も流通しているものとの対比がより差異が際立つからであり、それ以上の理由は無い。

第2章　作品論的視座から——国冬本少女巻を中心に

1　はじめに

本項目では、国冬本少女巻を基に、作品論的視座からの考察を行う。

序章で述べたように、工藤重矩論文によって、国冬本が単独で近年立て続けに注目を浴びるという幸運を得た(1)。稿者が想像し得なかったことであり、この機会は逃すべきではない。そこでこの工藤論文を適宜参照しつつ、論考を進めたい。

2　大学の博士の描写

国冬本少女巻を見る。まず本の状態から述べると、岡嶌論文(2)が詳細に記すように「脱落」・他巻混入（帚木巻の一部）と混乱の多い、書誌的観点からは一般的に善本とは云いがたい。しかし工藤が題にも付し、論文でもしばしば言及する「疵」というニュアンスでのみ本当に見るべきであろうか。以下述べるが、この巻の物語世界は極めて興味深いのである。

まず順にみると、本章題目に挙げた、大学の博士の描写について、が挙げられる。資料1に国冬本の当該箇所の影印と翻刻、次に対照本文として通行本文（大島本）の同箇所を挙げた。

【資料1】博士の描写その1――嘲笑的本文の欠如

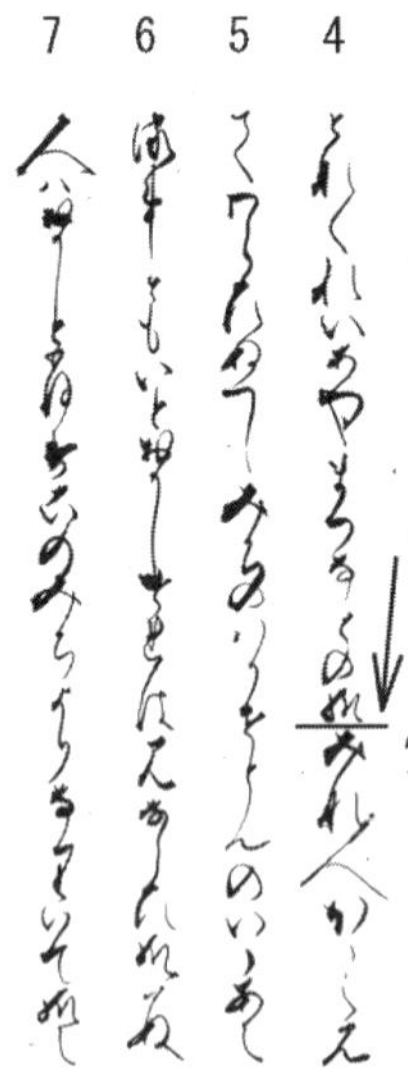

六丁オ

（天理大学附属天理図書館蔵）

は[1]、かることなくれいあやまつなとの給★★[2]みな人
ほ、えみてわらひぬへしみちのはかせとんのい、あえる
事ともいとおかしけれは見ならひ給はぬ人はおかしとお
ほすこのみちよりなりいて給え（るかんたちめなとは）

（国冬本・少女巻、六丁オ3行〜7行）

は[1a]はかる所なくれいあらむにまかせてなたむる事なくきひしうをこなへとおほせ給へは★しいてつれなく思ひなしていへよりほかにもとめたるさうそくとものうちあはすかたくなしきすかたなとをもはちなくおも、ちこはつかひむへむへしくもてなしつ、座につきならひたるさほうよりはしめ見もしらぬさまともなりわかききんたちはえたへすほうゑまれぬさるはものわらひなとすましくすくしつ、しつまれるかきりをとゑりいたしてへいしなともとらせ給へるにすちことなりけるましらひにて右大将民部卿なとのおほな〳〵かはらけとり給へるをあさましくとかめいてつ、をろすおほしかいもとあるしはなはたひさうに侍りたうふかくはかりのしるしとあるなにかしをしらすしてやおほやけにはつかうまつりたうふはなはたおこなりなといふに★人[2a]〃みなほころひてわらひぬれはまたなりたかしなりやまむはなはたひさう也。さをひきてたちたうひなんなとをとしいふもい[3a]とおかし

（大島本・少女巻、七丁オ8行〜八丁オ9行）

資料1に於いて国冬本に無くて大島本にある本文箇所は、全て波線で示した。特に注2岡嶌論文が国冬本少女巻の最初の「脱落」と論じた箇所は、影印3行目下から5文字から4行目源氏の博士への下命「はゝかることなくれいあやまつなとの給」と、↓で示した直後の「みな人ほゝえみてわらひぬへし」との間のもので、大島本がもつ半丁程の文章、**資料1**後半の大島本少女巻の★〜★の文章がそれに当たり、諸本文中国冬本のみこれが無い。又国冬本のルビ1、2、3と大島本の1a、2a、3aの傍線部分は語句はやや異なるものの対応する。波線箇所をみると、揃って大学の博士たちの滑稽な描写であり、この描写をもたない国冬本の文章が齟齬なく続いていることから、国冬本のこの箇所の特徴は、単なる目移りや親本を二丁一緒に捲った類の事故による脱落ではない可能性が生じ始める。更に1と1aを比較すると、1は1aの内容を変えず、巧みに短縮した文となっていることが注目される。つまり博士の滑稽な描写が敢えて為されなかったのが国冬本であると言えるのである。

【資料2】博士描写その2——嘲笑的語句の欠如

（国冬本・少女）

いさゝかのことをもとかむとかしかましうのゝしりをるかほのよにいりて中〱けちえんなるほかけにわひしく道の人はいとさまことなるわさけり（六丁オ9行〜六丁ウ1行）

（大島本・少女）

いさゝかものいふをもせいすなめけなりとてもとかむかしかましうのゝしりをるかほともの夜にいりては中〱いますこしけちゑんなるほかけにさるかうかましくわひしけに人わるけなるなとさま〱にけにいとなへてならすさまことなるわさなりけり

（八丁ウ5行〜九丁オ1行）

更に次の資料2の大島本の傍線部「さるかうかましく」「人わるけなる」に目を移しても、やはり博士の滑稽な描写の語句があるのは大島本など通行本文側で国冬本にはこれが無い。一方でこうした者ばかりではなく、一目を置かれる博士もこの巻には登場する。資料3がそれである。この箇所は国冬本だけでなく、諸本異同なく有している。

【資料3】博士描写その3—優れた博士

（国冬本・少女）

かたちいときよけなる人のおの〳〵しうこはつかるかみさひておほえなとことなるはかせなり（七丁オ1〜3行）

右の如くそれは国冬本も描いており、以上こうして資料1・2・3と通してみると、一貫して国冬本少女巻は博士を侮蔑する視点をもたない本文であると言える。何故か。我々の見知る少女巻の博士の戯画化には、先蹤『うつほ物語』の藤英の描写を引継ぎ、大学寮の衰退という当時の現実を象徴していると新大系は解く。(3)にもかかわらず源氏は嫡男夕霧に、約束された未来を度外視した位階を与え大学寮入学を敢えて命じた。大学の活況・文人層把握に拠る、嘗ての聖代の再現を図る為であるとか、(4)更には単なる〈政治家・策謀家〉を超えた源氏の底知れぬ深慮遠謀が窺える(5)との先学の説が生まれる所以である。ここで博士の〈戯画化〉描写の〈有る〉大島本と〈無い〉国冬本の相違を再度比較したい。どちらも夕霧入学の記述は為されている。すると学者を侮蔑しない国冬本には、大学・文人が在るべき姿で機能していた頃のいにしえの御代そのままが描かれている世界と読むことができる世界と言えるのである。

3　大島本とは異なる夕霧像について

夕霧に関する箇所は、大きな脱落箇所がある。資料４に掲出したが八丁裏と九丁表の間の版心の空隙の跡は手で触れても生々しく、無論両丁の内容も全く繋がらず、こちらは正に物理的「脱落」そのものであろう。欠損丁数は注１岡嶌論文も述べる通り二五〜六丁に及ぶという量の多さ故、影響は甚大極まりない。書かれていたはずの内容を箇条書きに纏めると次の如くである。

【資料４】国冬本少女巻の脱落箇所

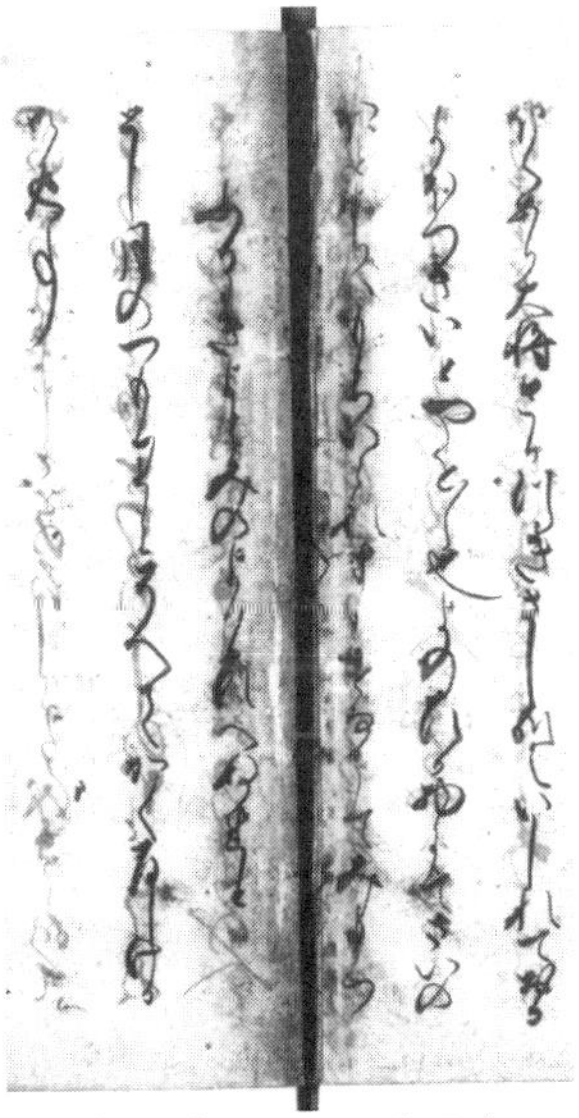

（天理大学附属天理図書館蔵）

・秋好中宮の立后
・夕霧の初恋と別離
・夕霧、五節の舞姫を垣間見、恋慕
・宮中で五節の舞の儀
・源氏、昔の愛人筑紫の五節を思い出し歌を贈る
（それに対する五節の返歌の上の句までが、国冬本の脱落部分）

この内前者二点、秋好立后と、少女巻でも最も多くの紙幅を割く夕霧と雲居雁の恋物語が欠損していることは、読解上実に遺憾である。その原因や時期は定かではない。しかし眼前の本の現存の姿を読み解くという稿者の姿勢に則り考察を続ける。するとまず脱落後の残存本文中に出現している独自本文が、極めて興味深いことがわかる。前掲の

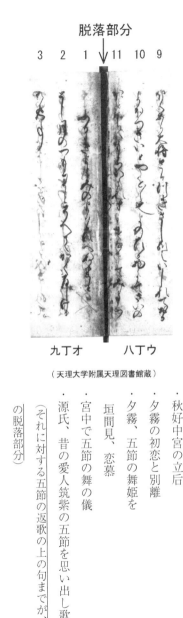

如く脱落直後は、筑紫の五節の、源氏への返歌の下の句「ふかきよとみの」（大島本「ふるきよのとも」）から始まっており、その直前に、大島本では雲居雁との悲恋に傷心の夕霧が惟光の娘五節の舞姫を垣間見、思いを寄せる描写がある。これを資料5に大島本と共に掲出してみよう。

【資料5】脱落後の、夕霧の藤典侍への思慕の描出箇所

（国冬本・少女）　大かくのきみはこのまいひめを人のめと、むるにつけても人しれす思ひいて給ことありて見ありき給へと（九丁オ8〜11行）

（大島本・少女）　冠者の君も人のめとまるにつけても人しれすおもひありき給へと（四三丁オ4〜7行）

※「火さの君」伝讃岐筆本・保坂本・陽明文庫本・「くわさの君」麦生本・阿里莫本「火さのきみ」尾州家河内本

諸本中一つ国冬本のみ、傍線部「大かくのきみ」という呼称であること、更に「このまいひめを」という目的語があることに着目したい。舞姫（以後通称名「藤典侍」で記す）への夕霧の垣間見と思慕は、具体的な場面を伴い今まで物語に描出されて来ていたから、他諸本は無くても分かるとして目的語を省略している。藤典侍との経緯を脱落に因り持たない国冬本も、当然残存本文は、存在したであろう本文を承けて書写されているから、となると国冬本の独自本文としてのこの目的語は、藤典侍の存在を強調してのものであると言い得よう[6]。何故か。そのことを次に、夕霧・雲居雁の恋物語について論じていく過程で纏めて考えたい。

一部始終を失っている夕霧の恋物語を、残存本文に拠って仮に再構築していこう。注目されるのは、前掲資料5のとおり、一つ国冬本のみ「冠者の君」でなく「大学の君」になっている点である。少女巻の夕霧の呼称について纏めたのが資料6の表である。

【資料6】少女巻での夕霧の呼称の比較

（国冬本及びその丁行数・対応する大島本）

	三丁オ11行	九丁オ8～9行	一一丁オ1行
国冬本	おほとの、わかきみ	大かくのきみ	との、くわんさのきみ
大島本	大殿はらのわか君	冠者の君	との、くわさの君

	一一丁オ11行	一五丁オ3行	一五丁オ8行	一七丁ウ9行
国冬本	かの人	おほとの、	太郎きみ	大かくのきみ
大島本	かの人	大殿のたらう君	火さの君	大かくの君

このうち波線を付した国冬本「との、くわんさのきみ」（一一丁オ1行）惟光と息子せうとの童《わらわ》との会話中の呼称がありはするが、これを除くと国冬本少女巻は、地の文で夕霧を「冠者の君」という呼称で一切記述していないことが分かる。「冠者の君」は周知のように元服・初冠を済ませた若者を意味する。少女巻は、一般には伊勢物語二十三段筒井筒の話との関連が言われ、現行少女巻の夕霧の恋物語で繰り返し記される「冠者の君」の呼称は、初段の「初冠《うひかうぶり》」の「いちはやきみやび」を原点として展開する勢語世界そのものを強く想起させる。例えば高橋文二が「伊勢物語の世界は、（中略）まめなるものの愚直さと、それをうち破ろうとする情念の自然さとの緊張関係を軸とするものであると考えられるが、その志向するところは、やはりこの段の「いちはやきみやび」的ありようの中にあったのだ」と述べる如くである。[7] こうした呼称が国冬本のみ残存本文の〈地の文〉に一切無いのは何故か。無論脱落箇所にあったであろう呼称を忘れてはならないが、確かめる術は無い。しかし残存本文を辿ることで亡失した世界を推

察する方法はあり得る。残存本文が大島本と異なるならば、亡失部分も同様に異なっていた可能性が高いからである。
次の資料7を見る。

【資料7】国冬本少女巻に於ける夕霧の恋の後日譚の描かれ方

①（国冬本・少女）　大かくのきみはこのまいひめを・・・つらき人の御なくさめにも見はやとおほす（九丁オ8行～九丁ウ4行目）

①'（大島本・少女）　冠者の君も・・・つらき人のなくさめにもみるわさしてんやとおもふ。（四三丁オ4～10行）

②（国冬本・少女）　かはかりの人を見さらましやはとおほしてわさとならねとなみたくまれ給おりあり（九丁ウ11行～一〇丁オ2行）

②'（大島本・少女）　おもふ心ありとたにしられてやみなん事とわさとのことにはあらねとうちそへてなみたくまる丶おり〳〵あり。（四四丁オ1～3行）

※保坂・陽明文庫本・讃岐本も「うち添えて」無し

③（国冬本・少女）　かの人はわりなく恋しき御おもかけをまたあひみはやとおもふよりほかの事なし（一一丁オ11行～一一丁ウ2行）

③'（大島本・少女）　かの人は、ふみをたにえやり給はすたちまさるかたのことし心にか丶りて、ほとふるま丶にわりなくこひしきおもかけに、またあひ見てやと思ふよりほかのことなし。（四五丁ウ5～10行）

波線が雲居雁を指し、①には国冬本・大島本共にやや語句は異なるが〈つらき人の慰め〉、③にも〈わりなく恋しき面影〉と描かれる。ここは共通するが、②及び③の傍線部は注目される。このうち②「うちそへて」は陽明文庫本・讃岐本も無い語句だが、③「たちまさるかた」は諸本文中国冬本のみ無い。つまり「うちそへて」「たちまさるかた」両方とも無い本文は国冬本以外無いのである。これらは、あるものに付け加えて、あるいは比較してという事を表す語であり、今新しく始まった藤典侍への思慕は、常に雲居雁への思慕の附属であり、比較されて考えられる類のものに過ぎないことを表す言葉である。そしてこれらの言葉を一切持たない国冬本少女巻では、現在進行中の藤典侍とは別の、やや遠景に雲居雁への思慕があるという描き方になっていると言える。以上に加えて資料5で述べた藤典侍の強調、そして夕霧の呼称が地の文で「冠者の君」では決して記されていない点を考え合わせてみよう。藤原克己が「長編物語の主人公としては、色好みよりむしろ〝まめ人〟を志向していた物語史の流れのなかで、業平的人間像を継承した光源氏の創造は、まことに希有な一回的であるほかない達成なのであった。夕霧はむしろ、『うつほ』の正頼や仲忠のような〝まめ人〟の系列につらなる(8)」と大島本の世界に述べるように、平安の長編物語史の人物像が「まめ人」こそ典型的であり、それに対して「冠者の君」の象徴する勢語世界の主人公像を加えることこそがむしろ例外的なことであったならば、国冬本少女巻の夕霧とその恋物語の世界は、我々が見知るものとは異なるものとして読むことができる可能性も十分考えられてくるのではないか。同じ藤原論文が「しかしながら、夕霧が、仲忠や正頼よりもはるかに血の通った男として描出され得」とするように、業平的側面も含むことで、長編物語史の中で極めて独創的且つ多層的人物造型が認められる大島本があり、一方国冬本は、長編物語史に於いてもことごとく定石的な描かれ方が為され、且つ「まめ人」としての夕霧のこの後の人物造型の源泉的な描かれ方が為されていたと指摘し得るのである。このことを更に二つの注釈から確かめたい。

少女巻の夕霧大学入学の条のみを扱った、江戸期の鈴木朖著『少女巻抄注』に寄せた千村仲雄の序に、「同しくは御うひかうふりのほとの事…後世となりては此まきに見えたるのみにてをさ〳〵世にしられすなりきぬるを」（文政十三年刊本、久松國男蔵）云々に見える「御うひかうふりの事」は、前出注7高橋文二の述べる勢語全体を貫く概念としての言葉ではない。更に遡る『河海抄』（文禄五年書写、角川書店）の注「六位をは冠者と云無官のものをは冠者といふ也」も同様に、『河海抄』少女巻の他箇所で二度引かれる勢語は引かれず、ここでの「冠者」の注は、東宮学士任命前の「無職にて江冠者とてありける」（『古事談』）不遇時代の大江匡房をも想起させる、若き学士としての側面に焦点が当てられており、以上二つの注釈は、「冠者の君」夕霧を勢語受容の観点からのみ読み解くべきではないことを示唆するものと言える。そして国冬本少女巻の残存本文からは、正にそうでない夕霧像が浮かび上がる。前節では、〈古代的〉な視点から書写された故の結果と纏めたが、本節では、夕霧が平安長編物語史の主人公の〈源泉的〉描かれ方が為された故と結論づけられる。これら〈古代的〉〈源泉的〉という言葉に留意しつつ、最後の問題点、少女巻で造営されるはずの六条院が国冬本でどのように描かれているかの記述を見、併せて言及してきた問題点の収斂するところを探ることとする。

4　邸宅造営にみる独自性

この節が工藤（二〇一二）がほぼ全編を割いて言及している部分である。

【資料8】邸宅造営の記事

①（国冬本・少女）　二条きやうこくわたりによきまちをしめてふるき宮のほとりにつくらせ給へり

（一八丁オ11行～一八丁ウ2行）

①′（大島本・少女）　六条京極のわたりに中宮の御ふるき宮のほとりをよまちをこめてつくらせ給（五四丁ウ1～3行）

②（国冬本・少女）　八月にそあのとのへわたり給へきひつしさるのかたを中宮のいてさせ給へ、きをりの御方との、おはしますへきかたはたつみうしとらはひんかしの院の御方いぬゐはあかしの御方と（一九丁ウ8行～二〇丁オ2行）※との、おはしますへきかた（国）――河内本も「かた」、戌亥の町――讃岐本「うち」

②′（大島本・少女）　八月にそ六条院つくりはてゝわたり給ひつしさるのまちは中宮の御ふる宮なれはやかておはしますへしたつみは殿のおはすへきまちなりうしとらはひんかしの院にすみ給たいの御かたいぬゐのまちはあかしの御かたと（五六丁オ2～6行）

十八丁オ～ウ

（国冬本　天理大学附属天理図書館蔵）

五四丁ウ

（大島本　『大島本源氏物語　四』（古代学協会編　角田文衞・室伏信助監修　平成八年五月）

資料8傍線部の如く、驚くべき事に国冬本のみ、六条でなく二条京極に屋敷が造営されている。もともと二条院の準拠としては『河海抄』が陽成院『花鳥余情』等が法興院を挙げており、法興院は二条京極東辺りとされている（『拾芥抄』）。物語では「さとのとの」（国冬本桐壺巻、三二丁ウ1行）と初出し、「二条院」の名が具体的に二条のどの辺りであったかの説明無く、源氏の里邸として帚木巻以降当たり前のように頻出する。近年発掘史料を基にこの点をまとめた辻和良によると、法興院は藤氏の邸であって、『河海抄』の挙げる陽成院のみ皇統に関わっており、史料では平安初期に陽成院は二条大路と西洞院大路の交差点を南東隅とした南北二町の邸宅だが、中世には縮小されて南の一町になっており、桐壺更衣の里邸に相応しい大きさであると述べている。(9) いずれにしろまだ二条院の準拠は諸説成り立ち得る状況といえる。

影印をみると資料8①と影印の国冬本傍線部・大島本波線部を見る限り、「六」と「二」、「よきまち」と「よまち」が紛らわしく、当然誤写も考えられる。しかし②傍線部・波線部を併せ見ると、単なる誤写で済まされないことが分かる。国冬本少女巻では「六条院」の記述は一つも無く、②傍線部のように「あのとの」等と記され、更に大島本のように四つの「町」でなく②傍線部のように四つの「方」になっている。①が仮に誤写だったにしても②は①の世界を継承し一貫して二条京極の話として描いている。そして二条院といえば、当初二条の東の院の増築が予定されていたのが構想の変化によって六条院に発展したという、高橋和夫を嚆矢とする先学の研究史があった。(10) ここで注10研究史のうち、伊井春樹が「桐壺巻の執筆時期については、諸説あって定まらないが、その問題はさておき、初巻を発表した時点における想念には、二条院栄花の物語を結実させることが、一貫したテーマとして存在していたはずである（傍線・稿者）」と述べた説が想起される。となれば、故御息所と娘秋好中宮縁《ゆかり》の六条を源氏が選択する理由が、「藤壺薨去後の冷泉王朝、あるいは次期王朝における源氏一門の永続的な繁栄」（注10鈴木日出男論文）の為に不可欠であり、そのことが十分首肯出来ることであるにしろ、それとは別に〈当初の構想通りの二条院完成の本文〉があったとしても不思議では無い。そしてこのことと、国冬本少女巻の特徴として前節までに挙げてきた〈古代〉〈源泉的〉という特徴と絡め、その収斂するところをみるならば、伝文の数だけ有る源氏物語の世界の一つとして、大島本より、物語史の中で、より〈始原的な源氏物語少女巻の世界〉もが見えてくることが確認できるのである。

ただこの特異な少女巻の世界が以後発展するかというとそうではなく、螢の巻で唐突にみなみ（南）の「町」が登場し（「みなみのまちもとをしてはるとあれは」）、野分巻で六条院が当前のように登場している（「三条の宮と六条ゐんとにまいりて御覧ぜられ給はぬはなし」）。特異な世界はこの巻で封印されていることも事実である。しかしだからといって、単なる閉ざされた特殊世界としてこの巻を扱えるかというとそうではない。紫の上の呼称について見過ごせぬ記述があるからである。

5　紫の上の呼称について

【資料9】 地の文の「北の方」

（国冬本・少女）　しきふきやうの宮あけむとし五十になり給える御賀の事きたのかたおほしもうく
（一八丁ウ2〜4行）

（大島本・少女）　式部卿宮あけんとしそ五十になり給ける御賀の事たいのうへおほしまうくるに
（五四丁ウ3〜5行）

（国冬本・藤裏葉）　そのよはきたのかたそいてまいり給に（二〇丁オ4行）

（大島本・藤裏葉）　其よはうへそひてまいり給ふ（一八丁ウ5行）

紫の上の処遇について、なかんずく正妻や否やをめぐり未だに論議があることは周知のことであるが、その大きな要因に、地の文で「北の方」と一度も呼ばれない点が挙げられる。(11) ところが国冬本では資料9の通り少女巻・藤裏葉巻の地の文で計二回北の方が現れている。地の文に北の方が現れるのは陽明文庫本玉鬘巻にも一例ある（「きたの御方」）。しかし少女と藤裏葉という、構想を引き継ぐ二つの巻で地の文に「北の方」が現れるのは国冬本以外に無い。紫の上の論議は呼称のみで解決することではなく、また前述の如く各々の伝本には各々特有の世界があるので、国冬本の呼称はあくまで国冬本の世界のこととして論じるべきであろう。ただ紫の上を「北の方」と遇している伝本があることを、今後の論議で参考として参加させることも必要ではないだろうか。

6 終わりに

以上本章では、国冬本少女巻を作品論的視座から考察した。国冬本少女巻には、我々が知ることの無かった源氏物語の世界が、このように極めて興味深い形で現存しており、それぞれの収斂する所を読み取ることによって、新しい読みの可能性が開けてくることを述べておきたい。

注

（1）工藤重矩↓第1章6節参考文献V、W。この論考については、加藤洋介の学会時評（笠間書院online、二〇一二年より）で取り上げられた。工藤論文及び同学界時評とも、別本研究がまず何よりも本文批判を精緻に行った上で行うべきである旨を述べている。このことは肝に銘じるべき基本であることを改めて確認し、以後も大切な指針の一つとしたい。

（2）岡嶌偉久子「源氏物語国冬本—その書誌的総論」（『ビブリア』百号、一九九三年十月）『源氏物語写本の書誌学的研究』（おうふう、二〇一〇年五月）（所収）→第1章6節参考文献D。

（3）岩波新大系②二八四頁、脚注9

（4）松岡智之「冷泉帝の光源氏」（『むらさき』三十四輯、一九九七年十二月）

（5）塚原明弘「光源氏の摂政辞退と夕霧の大学入学」（『源氏物語の鑑賞と基礎知識　少女』至文堂、二〇〇三年三月）

（6）菊池真「『源氏物語』夕霧と藤典侍の恋」（『アジア遊学』別冊2、二〇〇三年）は、学生が仙女（舞姫＝藤典侍）と恋する唐代伝奇を取り込むために、不自然な設定をしてまで夕霧に学生の恋をさせたとする。参考として挙げる。

（7）高橋文二「まめなるものの顛落」（『駒沢国文』十三号、一九七六年三月）

（8）「幼な恋と学問—少女巻」（『源氏物語講座』三巻（勉誠社、一九九二年五月）

（9）辻和良「二条院」（『源氏物語事典』二〇〇二年五月）

（10）高橋和夫「二条院と六条院」（『源氏物語の主題と構想』桜楓社、一九六六年三月）、鈴木日出男「六条院創設」（『中古文学』十四号、一九七四年十月）伊井春樹「六条院の形成」（『源氏物語論考』風間書房、一九八一年六月）等

【補記】工藤（二〇一二）は精緻にこの六条院造営辺りの記事の国冬本の本文の不審点について言及している。工藤の論考の収斂するところは①誤写②書写者の素養の不足③河内本の簡略化にまとめられると考える。国冬本少女巻は確かに問題の多い巻であり、所謂〝善本〟でないことは承知していることは本稿でも再三述べたばかりである。いくつかについて私見を述べる。

まず「二条きゃうこく」（国冬本少女巻）とそのまま読んだとしても、「ふるき宮のほとり」（国冬本少女巻）と記

されている事実があり、これは「中宮のふるき宮のほとりとあれば、六条であることは疑いがない」（工藤二〇一二）とあるが、もちろんそうであろう。すると二条院造営と一貫して読むという稿者の姿勢に矛盾が生じないかという疑念が生まれるかもしれないが、述べてきたように当初二条院構想であったものが六条院に変化発展していったことの証左として六条を表す語が残存していたと考え得るのである。

更に「よきまち」（国冬本）と「よまち」（大島本）についてであるが、「支」の崩し字が「よ」や「爾」と混同しやすいことは事実であり、傍書の本文化も十分にあり得るだろう。ただこの箇所、一八丁表から裏にわたる国冬本に傍書の痕跡は無いので（そもそも全体的に傍書等が皆無に近い。一丁裏の「見くるしきことに」に補入「院ハ」とあり、傍書は九丁裏「このたひはまに〳〵させて」の横に「本ま丶」とある。九丁裏にはもう一か所傍書「本ま丶」があるのが確認できるが）、ここに至る過程での可能性はあると記すに留めたい。

何よりも述べたいのは、こうした指摘は傾聴しつつも、ここに至るまで大学の博士・夕霧の描写とこの造営記事を考え合わせ、その収斂するところを総合的に考慮した結果、このような世界が見て取れるという結果に至った本章と、そういう過程とは異なる観点で論じた工藤（二〇一二）は、価値観を異にする論考であることである。

(11) 工藤重矩「紫の上に対する呼称」（『源氏物語の婚姻と和歌解釈』（風間書房、二〇〇九年、初出二〇〇二年）、木村佳織「紫の上の妻としての地位」（『中古文学』五二号、一九九三年十一月）、胡潔『平安時代の婚姻慣習と源氏物語』（風間書房、二〇〇一年八月）等

【補記】この紫の上の地の文での呼称が工藤（二〇一二）の出発点である。拙稿が言及されたことに深謝する。

まず本章で述べているように、稿者は国冬本少女巻・藤裏葉巻（また工藤（二〇一二）では甲南女子大本伝為家筆

梅枝巻にとの指摘もある）の地の文に「北の方」が出ていることへの指摘をした。現時点でも前掲「各々の巻々にはそれぞれ独自の世界がある」ので「今後の論議で参考として参加させることも必要ではないだろうか」という、情報の提示に留まるという姿勢に変わりは無い。ただ前掲「少女と藤裏葉巻という、構想を引き継ぐ二つの巻で」と記した点については、同じ国冬本でも少女巻は鎌倉末期筆の伝国冬筆であるが、藤裏葉巻は室町末期筆の伝飛鳥井頼孝筆本であり、容易に繋ぐことは出来ないことを拙稿の勇み足として補記したい。ただし年代が新しい室町末期筆の国冬本だからといって価値が減ずるわけではないことは第4章及び第7章第2節等で論じる通りである。

第3章　人物論的視座から――国冬本鈴虫巻を中心とした女三宮について

1　はじめに

国冬本源氏物語で一番注目された巻は、伊藤鉄也の論考に詳しいが鈴虫の巻である。理由は最大五三九字の独自本文を有しており、そこに描かれた内容に特筆すべきものがあるからである。さて鈴虫巻では女三宮の出家という注目すべき事件がおきるが、この独自本文の中で国冬本の女三宮は如何に描かれているのか。そしてそれがどのように読み解けるか。本章ではそれを述べていく。対象作品それ自体への考察が文学研究の原点であることは言うまでもないことであるが、その作品への先学論考自身の内に問題点を探ることから始まる考察も有り得るであろう。そこで特に今回の考察を成すに当たり重要と思われる箇所を、以下に各先学論文から抜粋羅列し、それを検討することから始めたい（論文は発表年順で同一稿者ごとに、先頭に中黒を付けた。同一稿者の論文の引用が複数箇所ある場合はなるべく改行せずに、「　」で括って区別した。一論文ごとに空行を置いた。また（　）内は稿者が抜粋の読解の便を考慮し私に補助した部分である。尚国冬本に関する論文は第1章6節にまとめてあるので、論文稿者名とそこで用いたアルファベットの略称で記した。傍線などは私に付したものである）。

2　先学論考より

まずは、以下先学論文の引用から始める。

・「（常夏巻における論文稿者の調査により）国冬本が河内本と最大の一致を見せているが、その三二八箇所の内訳は、国冬本単独異文二一六箇所、国冬本・保坂本共通異文三二箇所、国冬本・保坂本・陽明文庫本共通異文十二箇所となる。河内本は、源氏物語大成に載せられている諸本中、国冬本に一番近く、しかもその過半は、国冬本単独の異文に等しいといえよう。その中には、単なる小異としての一字違いの異文も多いが、次のように、他本に比べ少なからぬ違いをみせる注目すべき異文もある。（五島氏は1～24の用例を示し、ここで尾州本（河内本）と国冬本が、揃って独自本文をもっていたりする例を示す）このように、河内本は常夏巻では、国冬本本文に最も近いといえるが、その一致は、国冬本が河内本の影響を受けたというのではなく、逆に河内本が国冬本の影響を受けたゆえの一致であるということができる（以下括弧内略）。その証の一は、国冬本は独自異文を多く持っている点にある。（中略）独自の多くの異文を有している国冬本と、独自異文を五二箇所しかもたない河内本を比べてみると、国冬本は、いわゆる別本としての独自性をもった本であり、河内本は混成本文であるということができよう」

「その証の二は、国冬本は意味の通らない箇所を数ヶ所持っているのに対し、河内本は親行奥書が言っているように、意の通りやすい本文を持っている点にある。国冬本が河内本の影響を受けたとするなら、当然、意味不明の箇所を通りやすい河内本の本文にかえたはずである。それをしていないというのは、国冬本は河内本の影響を

受けていないことを意味する。」（五島和代　第1章　6‐C）

・「従来問題になってきた帚木巻の大島本のみの独自異文二七文字（「やかてそのおもひてうらめしきふしあらさらんやあしくもよくもあひそひて」）の箇所は、『大成』所収の青表紙本四本（伝為家筆本・池田本・伝冷泉為秀本・三條西家本）では共にこの箇所を欠いているが、国冬本では接続詞を違えた形（大島本冒頭語「やかて」が「さて」の形となり、かつ「やかて」は「あひそひて」の前に置かれた形で「さてその中を思いてうらめしき事あらしやあやしくもよくもやかてあひそひて」という本文）（中略）そこで私が問題にしたいのは、（中略）つまり、国冬本が書写に当たって用いた本か、あるいはそのまた親に当たる本文の「やかて」が「さて」と誤写されたという想定は、十分考えられることである。とすると、二七文字の脱落の原因が見えて来そうである。二つの「やがて」に挟まれた字句が、書写時のどこかの段階で〈目移り〉したことによって欠文となってしまったのではないか、ということである。ただしこう考えるための前提として必要なのが、国冬本が伝える本文は青表紙本や河内本の成立する以前の本文の形を伝えるものだ、ということである」（伊藤鉄也　同　6‐E）[1]

・「桐壺帝に関していえば、別本とされている陽明本・伝阿仏尼筆本・国冬本・伝慈鎮筆本では、帝の意志の強調や、登場人物の心情を深く描写する点、また人物の対立を避けるかのような描写が確認できた。更衣のイメージを払拭しきれない帝の心情や、光源氏を大切にする桐壺帝が読み取れた。弘徽殿女御の心情も、一歩踏み込んだ描写となっている（国冬本の独自本文の例として、一の皇子の母弘徽殿女御が、光源氏の美質と父桐壺帝のただならぬ寵愛に、わが子の東宮冊立に危惧を抱く箇所「この御子のたまふへきなめりと一の御子の女御はおほしうたかへり」と大島本にあるところが、国冬本は「このきみをすゑたてまつり給へきなめりと一のみこの女御はめさましうむねつふれてさるともやとおほしうたかへり」が提出されている）」（伊藤鉄也　同　6―G）

・「（国冬本の独自本文によって）藤壺との愛執に苦しみ、自分の罪業の深さを痛感する光源氏の内面を、文脈の上に浮き出たせる効果を発揮している」「「しかし、国冬本「若紫」の後半部分には注目すべき独自異文が伝存している」「（光源氏が僧都に幼い紫上を引き取りたい旨を延べる際に、自らの所業を「あやしきことなれど」と言っているが、国冬本ではその言葉に更に「うちつけ」という語句が加わり「あやしきうちつけことなれと」となっていることについて）光源氏の申し出がいかにも突然のことであり、それが予期せぬ展開となっていくことが、僧都とともに読者にも伝えられる。この語句の有無によって、事態の意外さがより強調されるのである」「（夜更けに幼い紫の上を盗み出す為に訪れた源氏の様子を描写する国冬本の独自本文は「ありなれたらん事の様にきみ入りたまへば」の傍線部分で）、ここで国冬本は、やけに馴れ馴れしく若紫のもとへ入って行く光源氏の態度を描写している。強引な光源氏像に、さらに尊大さを匂わす表現となっているのである」「（国冬本の独自本文は「今日宮のわたりたまひて、おぼしのたまはむこと、いかになりはてたまふべき御ありさまにか心からうもてなしたてまつりたるとそおほさん」の傍線部分で）、若紫の父兵部卿宮の行動を具体的に思い描き、現在の少納言が置かれている板挟みの立場を、国冬本では鮮明に表している。（中略）国冬本では心情描写が少納言にまで及び、目配りのなされた表現になっているのである」「（お渡りの途絶えた源氏に左大臣側が気をもむ様を、国冬本では独自本文の形で「君は二三日内裏へも参り給はておほとのにも時のまとていて給しま丶にわたり給はねはいかならんとおほせと」とあり）、若紫を理想的な女性に育てるために、光源氏は内裏に参上もせずに二条院で若紫の相手をしているのであった。ここで国冬本は、三五文字もの長文の異文を持つ本文を伝えている。（中略）ここでも国冬本では、左大臣家の祈るような思いをよそに身勝手な行動をする光源氏が強調されて語られている。国冬本以外は、左大臣家への視点をカットして、あくまでも光源氏主体の世界を語っているのである」「特に、後半（直前に挙げた国冬本の実例等の如く）に顕著に認められる国冬本の独自異文において、光源氏に関しては、尊大で身勝手な人物として、言葉を変えれば、語り手が光源氏を少し突き放して描写していると言えるような本文となっている。それに対して、左大臣や少納言については、その心情に共感を持って細やかに描写しているのである。このような傾向は、「桐壺」や「澪漂」でも確認しているものである」（伊藤鉄也　同　6―H）

・「鈴虫」の第三節（『CD―ROM版角川古典大観　源氏物語』の小見出し）から第四節へと話題が変わるところで、国冬本には次の長文異同が見られる。この国冬本では、柏木との懊悩から女三宮が仏道に専念できないことを語っている（盛儀を極めた女三宮の持仏開眼の法要が終わり、僧都が帰ったところで、通常青表紙本等では、話題が転換し、その後の源氏の宮の仏道生活への気配りと三条の宮の改築などが述べられるが、国冬本ではここで仏道に専念できない宮のことを語っている次の異文があるのである「（僧都ハ）帰りける。宮、月ごろなん、恐ろしかりし御事、名残悩ましう思されて、御行ひなどもけざやかには、え言ひ給はず。御念仏のれうの数珠ひき隠し、紛らわし給へるを、（光源氏ハ）今はかゝる方の御ありさまにてもなし聞こえ給へて」。）「これまでの例で明らかなように、長文異同のすべてが女三宮に関するものであることに注目しておきたい（稿者注：氏が文例1から14までで示した問題とし得る長文異同のうち、前半文例1から7までの全てが女三宮に関するものであることが示されている。例えば、先に示した三宮の苦悩の独自本文の後「いましも心苦しき御おもひそはかりなくもてかしつき、こへさせ給」を挟んで、経を教える光源氏と世の憂さを思う女三宮を語る文章が三七七字の長文の独自本文を生み出している例等がある）」「前段落末尾の「およすけてえさしもしひ申したまはず」から次の段落にかけて、国冬本には五三九文字もの長文の異文が確認できる。次の段落とは、平成一二年七月発行の新二千円札裏面に印刷されて有名になった、『源氏物語絵巻詞書』の「十五夜の夕暮れ、仏の御前に宮おはして云々」という所である。（中略）この異文の特徴は、文字数において長いばかりでなく、また話題転換部分である以外に、この異文の中に七人もの人物が登場していることである。そこには、女三宮・薫・光源氏・小侍従君・柏木・夕霧・一条御息所の動静が語られるのである。（中略）こうした人々の「鈴虫」のこの場面での登場は、どのような意味をもつのであろうか。私は、物語作者が、ここでひとまず筆を置いた時の本文の姿を伝える異文ではないか、と思っている」「前項で検討した〈文例8〉（「およすけて」から始まる五三九文字の長文異文のこと）は、それまでの異文が女三宮中心であったものから、物語中の他の巻の他の人物へと視点が移っていくものであった。以下の例からは、それが光源氏を中心とした異文となっていくことがわかる。（中略）私は、〈文例8〉を境にして、それ以前とそれ以降では、国冬本が伝える本文は質が異なっていると考えている。〈文例8〉までの国冬本には、「鈴虫」の形成過程を見せる異文が混入して伝流していると見られるからである」（伊藤鉄也　同　6-J）

ここに挙げられたそれぞれの論文で対象にしている巻のうち、鎌倉末期伝津守国冬筆本という同一カテゴリに属するのは、桐壺・帚木・鈴虫巻のみである。しかしながらそのカテゴリに属さない、十四人の伝称混合稿者による室町末期本である若紫・常夏巻についても、こうして諸論文から重要と思われるところを列挙してみると、通底するものを見出すことが出来るのである。即ち、「河内本が国冬本の影響を受けたゆえの一致である」（五島・常夏巻）「河内本は親行奥書が言っているように、意の通りやすい本文を持っている点にある」（同五島・常夏巻）「国冬本が伝える本文は青表紙本や河内本の成立する以前の本文の形を伝えるものだ」（伊藤E・帚木巻）「帝の意志の強調や、登場人物の心情を深く描写する点」（伊藤G・桐壺巻）「一歩踏み込んだ描写」（伊藤G・桐壺巻）「この語句の有無によって、事態の意外さがより強調される」（伊藤H・若紫巻）「国冬本では心情描写が少納言にまで及び、目配りのなされた表現になっている」（伊藤H・若紫巻）「国冬本には次の長文異同が見られる。この国冬本では、柏木との懊悩から女三宮が仏道に専念できないことを語っている」（伊藤J・鈴虫巻）等々と、前掲箇所から更に抜粋し並べて眺めてみると、国冬本源氏物語とは、池田亀鑑が「文意の解明」を目指したとし、[2]また阿部秋生が「多くの伝本のよしと思われる辞句を取って本文を作り[3]」、一般的に説明的な本文を持つとされる河内本に影響を与えた可能性を持ち、逆のいい方をすれば、その河内本の校訂者である源光行・親行が取得したいと望むような心情・表現描写を有する本文、我々が大島本のような通行本文で見知っている源氏物語の本文の表現より、一層踏み込んだ詳しい心情・表現描写を有する本文なのではないか、という予測がたつということである。そしてそれは先述の如く、伝津守国冬筆であるなしに影響されず、つまり成立時期や伝称稿者の相違を越えて、言える可能性がある。

もちろんこれは、以上のように五十四帖のうちの前述の五帖についてのみ凡そそのような傾向を掴むことが出来るということであり、そこから一足飛びに全体的な国冬本の総合的所見に至ってしまえるわけではない。本文研究を前提とした考察に於いて、そうした計量的な客観性に対して厳密な態度であるのは言うまでもないことであるが、一方で、「数の多寡と、問題の軽重とは、同じではない[4]」でもある。鎌倉末期伝国冬筆であろうと、室町末期取り合わせ本に拠ろうと、国冬本による桐壺・帚木・若紫・常夏・鈴虫の五巻が、その心情・表現描写において大島本より詳しく踏み込んだ本文を有しているということ、そしてそのことを更に踏み込み、そこから見えてくるものを見据えることが次に大切なことではないか。前掲一連の伊藤論文では前述の如く、国冬本の桐壺巻や若紫巻において、主役である源氏に関しては突き放し、脇役である桐壺帝や少納言や左大臣や小侍従等の心情には細やかな目配りをきかせた表現で彩っていたと論じられていたが、そのことは言い換えれば、中心より周辺に目配りをし、源氏を支える人々に焦点を当て、しかもその周辺の人々の側に立った視点をもつのが国冬本の表現の特徴だということになる。このことが今回中心的に扱いたい鈴虫巻でどのような形で現れ、どのような意味をもつことになるのか、次に本文を追って見ていくことにする。

3　国冬本鈴虫巻の独自本文

用例①

・へたてなくはちすのやとをちきりても君か心やすましとすらむとかき給へれはいふかひなくもおもほしくたすかなとうちはらひなからなをあはれと物をおもほしたる御気色なりれいのみこたちなともいとあまたまいり給へり。（大島本・鈴虫巻、四丁オ10行〜ウ5行）

・へたてなくはちすのやとをちきりても君かこゝろのすましとすらむあかすとおほしたる御気色なりとみにもえいて給はすとはかりおはします御めのとふるき人〳〵もみなかなしきことをおもひつゝうちなきあへりひんかしのさうしの中にそおましあれはそなたにわたり給ぬれいの御こたちあまたまいり給へり（国冬本・鈴虫巻、八丁オ11行〜ウ七行）

用例①はいよいよ法要が始まり、女三宮の本格的な入道生活が始まろうとする前に、西廂に居た女房たちを北廂に招き入れ、宮と仏道生活に入るにあたりその心得などを源氏は解き明かしながらしめやかに会話し、涙し、唱和した後の場面である。傍線部が国冬本の独自本文で、他に類似本文として、言経本でほぼ同様の独自本文が、親王が来た後の位置にある。(5) 特に乳母たち古顔の者の、若い宮の出家という結末を迎えることの嘆きは当然のことであろうが、その前の場面は、法会を前に事々しく着飾った女房達が仰々しく大騒ぎをし、空薫物をくゆらせ、思わず源氏は説教をしたのであった。そんなあとで、皆を集め、主人の入道の宮と共に懇々と言い聞かせる源氏の言葉に、さすがに古参の者は涙するという独自本文が傍線部中の後半部分である。若い者達の騒動の場面はあってもこの古参の者達の嘆きの場面は大島本にはない。しかし幼い日から大切に傅き育てた、限りなく気高い内親王を若くして尼とする日を迎えることになったことは、長の年月仕えた者として、その嘆きは如何許りのものであっただろうか。国冬本はそうしたお付きの者の心情にも心を配り、どうしてもこの独自本文を付け加えたかったのであろう。これは確かに先述した、〈中心より周辺に目配りをし、源氏を支える人々にスポットを当て、しかもその周辺の人々の側に立った視点をもつ〉国冬本の独自本文の特徴に合致している。

用例②

・さま〳〵の御たからとも院の御そうふんにかすもなくたまはり給へるなとあなたさまの物はみなかの院にはこひわたしこまかにいかめしうしをかせ給。（大島本・鈴虫巻、六丁ウ1〜五行）

・さま〳〵にしをかせ給つゝいろ〳〵の御たから物ともゐんの御そうふにかすもなく給はり給えるなとあなたさまのものはかの宮にみなはこひわたしよろつにくちすさましうゆくすゑの御有さまをおほしやりこをかせ給（国冬本・鈴虫巻、一一丁ウ2行〜7行）

用例②はいずれ三条の宮で本格的に入道生活を送る女三宮のために、源氏は本格的な別居を惜しみつつも、朱雀院から数限りなく相続された三宮用の宝物を皆住居の宮へ運び渡し、設いを立派に整えたという場面である。傍線部分が国冬本の独自本文箇所である。最初の独自本文「さま〳〵にしをかせ給つゝ」は、文末「をかせ給」との類似から書写時の目移りの結果ではないかとも思われる。問題は二つ目の傍線部分で、この部分も位置を違えて類似文として言経本があるが、それはともかく大島本にない源氏の心中が国冬本で提示されていることは事実である。源氏は先に別居の準備を整えるのに際し、

用例③

・「よそにてはおほつかなかるへしあけくれみ奉りきこえうけ給はらむことをこたらむに、ほいたかひぬへしけにありはてぬ世いくはくあるましけれど、なをいけるかきりの心さしをたに失ひはてじ」

（大島本・鈴虫巻、六丁オ1〜6行）

・「よそ〳〵にてはおほつかなかるへしあけくれきこへうけ給はるへき事をこりほいたかひ侍りぬへしけにありはてぬよなれとめくらはんかきりは心さしをたにうしなはしときこへ給つゝ」（国冬本・鈴虫巻、一一丁オ1行〜6行）

と、別居しては満足な後見が出来ない恐れもあり、そうはありたくない思いを述べていた。傍線部分が大島本との主な相違部分である。前半傍線部分に関して、大島本は「み奉り聞こえうけ給はらむことおこたらむに」（お世話申し上げたりご用をお聞きできないことになり本意と違ってしまう）となるが、「おこたらむ」は「怠る」のことであり、一方

国冬本の「をこり」は「起こり」で〈お世話申し上げたりご用をお聞きしなければならない事が起こるのに〈お側にいないのでそれが出来ず〉本意と違ってしまう〉という文意で、言葉は違うが、文意は結局同様である。後半は「ありはてぬよなれど、めくらはん〈世の中に生き長らえる限りは〉かきりは」とあり、大島本は「けにありはてぬよいくはくあるましけれとなをいけるかきり」であり、表現の違いはあれ、これも文意は違わず、結果としてこの両部分は内容は大島本・国冬本ともほぼ同意と言ってよかろう。源氏の三宮への細やかな思いやりは既に用例③で提示されているのであり、国冬本の独自本文「ゆくすゑの御有さまをおほしやりて」〈用例②〉はそれに更に重ねたものと言える。源氏の思いやりの深さを表すためのものとも言えようが、その思いの先は女三宮であり、若くして出家し、源氏ともいずれ別居する宮の行く末の心細さへの憂慮を、源氏の言葉を借りて国冬本が更に追加したと言えよう。

ところでこうして例を挙げて見てきたが、〈中心より周辺に目配りをし、源氏を支える人々にスポットを当て、しかもその周辺の人々の側に立った視点をもつ〉のが国冬本の特徴とすると、用例①はまさに女房たち即ち〈周辺の人々〉で、国冬本の特徴に当てはまるが、用例②で思いやられる対象は女三宮で、女三宮は果たして〈周辺の人々〉だろうか。女三宮とはいかなる存在と言えるのか。一般的には、宮が所謂第二部を幕開ける重要人物であることは言うまでもないことであり、決して物語の周辺を蠢く類の人物ではないことは明白である。しかしだとするとこの用例②③で三宮は、国冬本の〈特徴〉と照らし合わせるとこの箇所において、〈周辺の人物〉として捉えられているということになる。既に前掲伊藤論文Jより、特に前半部分の国冬本の長文独自本文が女三宮に関するものが多く、しかもその内容には「柏木との懊悩から女三宮が仏道に専念できないことを語っていた」ようなものがあったことも述べられていた。一体国冬本にとって女三宮とは何なのか。

4　国冬本鈴虫巻の女三宮

鈴虫巻では、大島本で、豪勢な法要が終わり、僧都たちが寺に帰っていった後、本来ならば次に源氏の三宮の入道生活への様様な配慮が描かれる場面に転換するのだが、国冬本ではその前に、長文の独自本文がある。次の用例④全体がそれで、

用例④

・宮月ころなんおそろしかりし御事なこりなやましうおほされて御をこなひなともけさやかにはえならひ給はす御ねんふつのれうのすゝあきかくしまきらはし給へるをいまはかゝるかたの御有さまにてもなしきこへ給ていましも心くるしき御おもひそはかりなくもてかしつきゝこへさせ給（国冬本・鈴虫巻、九丁ウ9行〜四丁オ6行）

となっている。この独自本文の後半「いまはかゝるかたの」以降はそのまま大島本の次の場面の冒頭部に重なっていく内容であり、表現はやや異なるが文意に違いはない。問題は傍線を附したこの独自本文の前半部分である。前掲伊藤論文Ｊの解釈ではこの「おそろしかりし御事」の「なこり」は柏木との不義密通とその結果に対する精神的な苦悩という解釈であったが、肉体的苦悩即ち、華奢な身体で臨んだお産の産後の肥立ちが良くなく、それが行いを妨げていたとも読めよう。柏木に端を発することである点では同じなのであるが、そうなるとこの箇所は興味深いものがある。「月ころ（数ヶ月間）」とあることが問題である。柏木の死去の折こそ、「さま〳〵もの心ほそうてうちなかれ給ぬ」（大島本・柏木巻三一丁オ4行）であった三宮であるが、あの密通事件以降宮を最も悩ませていたのは、密通事件

を源氏に知られたことに端を発する源氏の冷淡さであった。しかしそれはその源氏とこの世での繋がりを断つことが出来れば「いまはもてはなれて心やすきに」（大島本・鈴虫巻、八丁オ2〜3行）となる類のものであった。いずれ源氏の目には「この世にうらめしく御心みたるゝ事もおはせすのとやかなるまゝにまきれなくをこなひたまひてひとかたにおもひはなれ給へる」（大島本・幻巻、一〇丁オ7〜10行）と映じ、どのあたりまでの深さかはともかく、心身ともに好調に仏道三昧の日々を送ることになる女三宮は、あれだけの大事件を起こした張本人且つ自らも出家という事態に至りながら、宛ら蝉の脱皮のように淡々と別次元に渡ってしまう。しかし同時に彼女の存在の所謂第二部以降の物語の展開における重要性を思うと、結果として彼女には「物語の空疎な中心ゆえに、さまざまな主題を映し出す鏡のような存在（6）」という言葉を与えるしかなくなるのである。因みに今提示した柏木・鈴虫・幻巻は国冬本では

用例⑤

・さま〳〵もの心ほそくうちなき給ぬる（柏木巻、二七丁オ2行）
・いまはもてはなれて心やすきになむ（鈴虫巻）
・この世うらめしく御心みたるゝこともおはせすのとやか成まゝにまきれなくおこない給てひとゝかたに思ひはなれ給へるも（幻巻、一〇丁オ3〜6行）

と、大島本と比較して、字句の異同以上のものはなく、三宮の柏木の存在などどこへやらの心境に国冬本も変わりはない。持仏開眼供養に始まり、本格的な三宮の仏道生活が送られてゆく中で、唯一の瑕瑾は源氏の不心得な未練の表出だけであって、それ以外宮の静かな生活を乱すものはもはや何もないのである。柏木はこの巻にはもはやどこにも

描かれることはない。少なくとも我々が通行本文の大島本等から導き出してきた解釈は以上のようなものであり、故に国冬本鈴虫巻のこの箇所の独自本文は、出家することで源氏と距離が置かれ、心の平安を得ることが出来、いずれ何の憂いもない仏道生活に至るという変遷に、決してそれだけではなく、宮に、描かれることのなかった、それも数ヶ月間にも及ぶ出家生活さえ危ぶまれるほどの苦悩があったという内容上の深みを付け加えるものであると言える。ここでも再び、先述の〈中心より周辺に目配りをし、源氏を支える人々に焦点を当てる〉という国冬本の物語世界の特徴と思しきものを考えれば、鈴虫巻筆記時に国冬本は、物語の中心ではなく周辺の人として三宮を認識し、こうした記述を加えたということになるだろう。

そして次に示すのは、今の本文に引き続いて存在する長文の独自本文であり、それが用例⑥全体である。特に問題となるのは傍線部分である。大島本にはこの箇所は無い。

用例⑥

・きやうなと御身つからおしへきこえ給又さるへきあまたちなとのせかいゐんのあたりになりふから物なとならひしよをすくすたくひはうせにゝたれとひとなこやからすみゝはせあいをいにふはしくたつねとらせ給へきにおほしおきてたり世中ひとへにおほしおこりあそひたはふれ事にうつらせ給にきしかたこそすこしいはけたる事もおはしましけれよのうきことを人しれすおほししるわか御心つからのことにはあらねとなを心つかひすへきよにこそ有けれなとおほしわかるゝ事ともありていとふかうのとやかに御をこなひをし

（国冬本・鈴虫巻、一〇丁オ6行〜四丁ウ9行）

細かな部分の判読にやや難はあるが、以下私に訳すと、源氏が宮やそのお付きの者たちにお経やその他のことなどを教え諭し、そんな日々の中で語られるのが、傍線部分の女三宮の思惟と日常についてだが、宮は、世の中を奢り（「おほしおこり」）戯れごとに日々を過ごし、今までこそ少し幼稚（「いはけたる」）ところはあったけれども、世の中の憂き事を人知れず知るように（宮は）なった。（その憂きことは）宮自ら望んだことではないけれども、やはり自らを律して生きていくべき世（「心つかひすへきよ」）なのであることよ、と判るようになって、丁寧にまたのどやかに仏行の日々を送っていた、という場面である。

用例④に引き続いての独自本文であるが、悩みの深さの余り、勤行もままならぬ日々であったという用例④の独自本文と、様様の悩みの中にも悟り知ったりすることのあったのどやかな仏道生活の日々であったという用例⑥の独自本文は、矛盾している。勤行もままならぬという切迫した状況と、のどやかな仏道生活という状況を、引き続いて存在させてしまっているからである。そうした意味でこの辺り、問題のある本文の流れと言うことは出来るが、国冬本は何よりも、用例④⑥の独自本文に共通すること即ち、女三宮の、大島本では描かれることのなかった、苦悩の深さとその結果としての内面の成長を、繰り返し表現したかったと思われる。用例⑥では、あの幼かった（いはけなし）宮も変わって来たと述べているのである。「いはけなし」とは、源氏の目に初めて宮が映じた最初「いといはけなき気色」（国冬本・若菜上）以来、宮を頻繁に彩ってきた形容詞であったが、用例⑥の国冬本では宮も成長したとある。しかし少なくとも我々が（通行本文等で）見知ってきた女三宮とは、一体内面的成長があった人物だったのだろうか。無論例えば自ら出家を思い立ち、源氏に次に父朱雀院に懇願し、夫源氏の反対や嘆きを押し切り遂に出家へと進むところには、受動的で人形の如きだった宮の変化の証といえるものがあるのかもしれない。現に大島本のみならず国冬本にも、宮がその所望を源氏に伝えた時の様子が「つねの御けはひよりはおとなしくきこえ給へは」（国冬本・柏木巻、一一丁2〜3行）であったという箇所があるのは事実である。しかしそれについては、諸古註釈の中で『湖月抄』単独の解釈であるが、「女三はつねにはかやうには、きと物のたまふ事はなきなるべし。是實は靈のいはせまひらするなるべし」と北村季吟が注するように、[7]物の怪が一時的に宮を変貌させた可能性が否定できない。事の真相は定かではないが、少なくとも物の怪の存在が宮の出家後確かに物語に描かれたことによって、出家に至る宮の心中の逡巡と懊悩の数々すらが、遡って真摯さを疑われる類のものに変貌してしまったとは言えるだろう。そしてもしそんなことから世を捨てたとしたら、事後の宮自身の信心の深さもどれ程のものかと疑われるというものである。しかし国冬本は大島本にはない用例④⑥を付け加えることによって、例えその理由が如何なるものであれ、出家後の宮が苦悩の中で自らを振り返り、過去こそ幼稚であったが、今は様様に思い知ることがあるのだ、と宮の心中を付け加え、宮の人物描写に新評価を加えるものであるということが出来るのである。

但し問題は、そうした宮の心中の成長とも言える部分を、源氏本人は知ることがないということである。あくまでそれは宮の心の中だけで生じた変化という体を国冬本はとっている。前掲伊藤論文Jが述べるように、「現在のところ、本文異同は物語における筋書きの変更にまでは至っていない」。宮は表面上は「をよすけてえさもとひきこえ給はす」（国冬本・鈴虫巻、一三丁ウ1行）なのであり、源氏の側の宮への評価も終生「いかにおほすらん、ものはふかくおほさゝめれと」（国冬本・柏木巻）というものであり、源氏の宮への一定の（低い）評価については、大島本・国冬本本文とも字句以上の異同はなく、変わることはない。ただ結果として、国冬本は、鈴虫の巻において、源氏の知ることのなかった宮の一面を確かに描いており、しかもそれは宮の側に立った視線である。

次の独自本文の問題箇所を挙げる。これは用例④⑥からやや離れて、伊藤論文J先述の、五三九字に亙る長文の一部である。源氏の今更の執心に困惑し、別居を所望するけれどもとてもそんなことを口に出せない宮であった、とあり、話題は転じて八月十五夜の鈴虫の贈答歌の場面になる、その直前に独自本文はある。そこから三宮に関係する部分を中心に挙げてみる。

用例⑦

・さふらふ人〳〵もさらはよをはそむけともむけにもてはなれつれ〳〵なる御すまひはなをいと心ほそかるへしゐんを見たてまつらは日はいかてふへきそとかなしかるへきことを思ひいふわかきみの月日にそへてうつくしうなりまさり給を人しれすあはれにおもほしなからあひなうはつかしつゝましとおもひきこえ給しすちのましりてみもいれたてまつり給はぬやうなり（国冬本・鈴虫巻、三丁ウ2～11行）

傍線部分が女三宮の心中部分である。幼い薫が日々可愛らしく成長するのを見るにつけ、思いに耽るのであるが、問題はこの「あひなう」である。この形容詞のもつ意である、〈本来はそうあるべきではないのにそうなってしまった〉ことへの当惑と違和と嫌悪と羞恥、〈あひなし〉には複雑な思いが込められているが、こう解釈していくと宮のこの思いの対象は柏木とのあの密通事件と考えられる。大島本の鈴虫巻にはもはや触れられない柏木事件への様様な思いが、薫を通して描かれているのである。前掲伊藤論文Jが述べた如く、この箇所は全体五三九字の中に総花的に七人の人物の動静が描かれており、ここでひとまず今までのまとめに入ったということになろうか。三宮はやはり、「この世うらめしく御みたるゝこともおはせす」（前述）と幻巻の源氏の眼に映じたような、単純な心情を生きていなかった。用例④⑥⑦と、三度、繰り返し、国冬本は、源氏の知るところのない三宮の内面を描いて倦むことがない。はっきりと宮の側に立ち、その内面を細やかに執拗に追っている。多少の話の流れの矛盾をも厭わず、源氏の知るところではないけれども、読者には知ってもらいたい三宮を、その筆は描いて止まない。

さて、今まではその内面を追ってきたが、国冬本鈴虫巻には、宮の外面即ち姿描写にも興味深い独自本文が存在する。

用例⑧

・宮は人けにおされ給ていとちいさくおかしけにてひれふし給へり。（大島本・鈴虫巻、三丁ウ4〜5行）

・宮は人のけにおされ給ていとちいさくあへかにてよりふし給へりきはもなくあてにうつくしう見え給

（国冬本・鈴虫巻、一三丁ウ4〜6行）

※言経本も「あへか」（「あへか」に「をかしけ」が見せ消ち）

※言経本・穂久邇本・保坂本も「ひれふし」でなく「よりふし」。（言経本は「ひれ」が見せ消ち）言経本は「きはもなくあてにうつくし」

用例⑧は入道生活の為に美しく設えられた室内が、僧都や殿上人、お付の女房たちで所狭きまでになった中で、人気におされて小さくなっている姿が可愛いのを描写した場面である。傍線部分が国冬本の独自本文の箇所である。この部分は、諸本類似のものがいくつかあり、特に言経本はほぼと同様といってよく、僅かに文末表現が異なる。但しこの文末表現は、この部分の国冬本本文を締めくくるにふさわしい、見逃せぬ重要さを有している。大島本の「ちいさく」という客観的な表現に対して、それでは足りず、また「おかしけ」という表現では飽き足らず、「あえか」―触れれば零れ落ちそうなかよわさで、人気に押されている―を加え、そして「きはもなく、あてにうつくしう」―限りなく上品で限りなく保護意識を駆り立てられるようにか弱く可愛いらしく「見え給」と描写する。大島本の表現が簡潔なのに比べて国冬本の表現は濃い。更に大島本はもとより、他諸伝本・言経本にもないこの「見え給」が加わることによって、〈〜と私には感じられる〉というニュアンスが加わり、客観的な地の文の形ではなく、国冬本稿者の感情移入とも言えそうな主観的な文になっている。

但しこの国冬本の姿描写は、ここまで物語を読み進めてきた者にとっては決して目新しいものではない。若菜上・若菜下巻にも類似表現が見られるからである。

用例⑨

・女宮はいとらうたけにおさなきさまにて御しつらひなとのこと〳〵しくよたけくうるはしきに身つからはなに心もなくものはかなき御ほとにていと御そかちにみもなくあえかなりことにはちなともし給はすたゝちこのおもきらいせぬ心ちして心やすくうつくしきさまし給えり（国冬本・若菜上巻、五四丁オ3〜11行）

用例⑨は、女三宮降嫁後、新婚五日目の宮の様子であるが、物理的状況からも用例⑧と用例⑨は類似する部分がある。朱雀院鍾愛の内親王の降嫁とあって、新婚の設いの豪華さは並ぶものもなく磨きあげられたものであり、そんな中に衣に埋もれそうな華奢な姿の女三宮である。大島本とも字句以上の異同はない。ここにも「あえか」で「うつくしき」宮が描かれている。更にもう一件。時は流れて六・七年後、源氏は朱雀院の五十の賀に三宮の琴（きん）の琴（こと）を披露する計画を立て、宮に琴を伝授する。年明けて、源氏は宮の琴の上達ぶりを褒め、それを嬉しく思う宮の描写は次の通りである。

用例⑩

・廿一二はかりになり給へと猶いといみしくかたなりにきひわなる心ちしてほそくあえかにうつくしくのみ見え給

（国冬本・若菜下巻、三一丁オ3〜6行）

用例⑩も大島本と字句以上の異同はない。それにしても、用例⑨の降嫁直後の宮ならばまだしも、用例⑩の存在には、月日が立ったことが信じられぬほど相変わらずの宮の有り様を実感させられる。源氏の元で既に人の妻となり、幾年を経ても宮は「あへか（あえか）」で「うつくしい」。つまりは宮とは恒常的にこうした人なのだと、大島本・国冬本とも物語は語っている。言葉を替えれば宮の象徴的記号として〈あえか〉・〈うつくしい〉があるのであろう。国冬本鈴虫の巻の独自本文である用例⑧は、こうした例を受けて、大島本が別の言葉で簡潔に描写した宮の姿を、そうではなく、〈あえか〉で〈うつくしい〉人として、宮の象徴的記号で表現をしたことになる。先述の、国冬本が鈴虫巻で宮の内面描写に対してとった態度を考え合わせれば、その姿描写も、大島本のような形ではなく、おなじみの記号的表現を用いて、〈三宮とはこういう人であった〉ということを、ここでまとめるような思いでその表現を選んだと言えるのではないか。先述した独自の内面描写といい、国冬本鈴虫巻は、かなり意識的に独自に表現描写を選び取っている。そしてそうした身の入れ方は、〈中心より周辺に目配りをし、源氏を支える人々に焦点を当て、しかもその周辺の人々の側に立った視点をもつ〉という手法に当てはまってくる。そうした形で鈴虫巻の女三宮は描かれているのである。問題は女三宮が〈周辺の人々〉かどうかということである。

5　国冬本の他巻における女三宮

さて、前章の結末で述べたように、鈴虫巻の女三宮は先学研究から帰納的に見えてきた国冬本の記述の特徴に当てはまるのだが、だとすれば国冬本にとって宮とは〈周辺人物〉という認識ということになる。しかし度々述べるように我々の知る女三宮は、そういう存在ではない。となると国冬本は、享受史のうちに、意識するしないに関わらず、我々の知るのとは異なる女三宮を書写し創造したということなのだろうか。今まで見てきたのは、あくまで鈴虫の巻における宮であった。宮が本当に国冬本においてそうした認識のもと書写されたのかどうかを知るには、他巻における宮をも確認する必要があるだろう。

先の用例⑧で、鈴虫の巻で宮の可憐な容姿を描くのに、「あへか」という言葉が使われていることを述べた。この「あへか」という言葉は先述の如く、三宮の可憐な容姿を物語に述べるときにごく初期から繰り返し使われてきた言葉であるが、そうした可憐な容姿が物語に最初に描かれるのは、降嫁前に父朱雀院の目に

用例⑪

・ひめ宮のいとうつくしけにてわかくなに心なき御有さまなるを（国冬本・若菜上巻、一〇丁ウ2～4行）

と映じたときからであった。この『何心なし』は、三田村雅子も述べているように、所謂第一部では紫の上に集中して語られ、しかもそれはその時点では「純粋無垢な少女性の幻想と神話」の象徴として、「全面的に肯定すべき」言葉であった[8]。この言葉は第二部では女三宮に継承され、かつ「否定的なニュアンス」（前出三田村）を帯びた言葉へと変貌を遂げることになる。その最初がこの箇所であった。但しここではまだ、その否定的な部分は隠されたままであり、それが徐々に露呈するのは源氏の目を通してであった。

用例⑫

・ひめ宮はけにまたいとちいさくかたなりにおわするうちにもいといはけなき気色してひたみちにわかひ給えり。（国冬本・若菜上巻、四五丁オ5～8行）

・これはいといはけなくのみみえ給へは（国冬本・若菜上巻、四五丁オ10～11行）

・いとあまりものゝはへなき御さま哉とみたてまつり給（国冬本・若菜上巻、四五丁ウ2～3行）

・御てけにいとわかくおさなけなりさはかりの程に成りぬる人はかくはおはせぬ物をと（国冬本・若菜上巻、五三丁ウ1～3行）

用例⑫に並べたのは国冬本の宮の降嫁後の描写だが、大島本とはほぼ同文といえる。逡巡しつつも源氏に内心の期待も抱かせた内親王降嫁だったが、源氏は初対面の段階から徐々にその幼稚さ、物足りなさに落胆を感じ始める。そして新婚五日目の昼に宮の寝殿に渡った時の描写として、用例⑨の「身つからはなに心もなくものはかなき御ほとにて」（国冬本・若菜上巻）が描かれるのである。ここに記される「なに心もなく」は、もはや源氏の十分な落胆の中でのそれであり、三田村の述べる「何心なし」の正から負への転換と継承は完了したと言えよう。この新婚五日目の宮の描写は前述の通り、鈴虫の巻の独自本文であった用例⑧の、豪奢な設いと人気に圧倒された宮の描写の場面と類似し、宮はやはり「あえか」で「うつくしき」様をしているのである。しかし若菜上のそれは、「何心なし」の負の転換の如く、源氏に「なまくちをし」（国冬本・若菜上巻）「むかしの心ならましかはうたて心おとりせましを」（国冬本・若菜上巻）という思いをおこさせるものであった。一方国冬本鈴虫巻のそれは、そうしたマイナス評価からのものではない。ただひたすら喩え様もなく小さくて可憐なのだと記し、源氏の未練を誘うばかりなのである。用例④⑥⑦のような心中描写と両々相俟って、深い思慮と触れなば落ちんばかりの可憐な容姿の女性として、鈴虫の巻は好意的に宮を描いているとすら言える。しかしそうした描き方は、物語における三宮の描写全体から考えると特異なことであるのは言うまでもない。

既にいくつか用例でも挙げた如く、多くの独自本文をもつ鈴虫巻とは異なり国冬本若菜上・下巻は字句の異同以上の、特筆すべき本文のある巻ではない。つまり我々が見知る宮がそこには存在するのであり、ということは宮の高いとは言えぬ評価は、国冬本も字句の異同はあれ同様に描いているということになる。この後も、「おさな心ち」（国冬本・若菜上巻）が何心もなくひき起こす大事件に関する宮に対しても、国冬本は大島本と変わらぬ評価を下し書写しているのである。いくつか用例を挙げる。

用例⑬

・大将は心しりにあやしかりつるみすのすきかけ思ひいつることやあらんと思ひ給いとはしちか成つる有さまをかつはかる〳〵しと思らんかしいてやこなたの御有りさまのさはあるましかめる物をとおもふにかゝれはこそ世のおほえのほとよりはうち〳〵の御心さしぬるきやうには有けれと思あはせてなをうちとのようゐおほからすいはけなきはらうたきやうなれとうしろめたきやうなれやと思ひおとさる　（国冬本・若菜上巻、一一九丁オ5～同ウ）

用例⑬は夕霧の三宮への評価の箇所である。六条院の蹴鞠の際、不用意にも宮が端近に居たことで思わぬことからその姿を見ることになった事に対して、夕霧は、宮に思いを寄せている柏木もあれを見て、一方では姿を見たことで心惹かれただろうけれども、他方軽軽しく姿を見せたことに落胆の気持ちも起こっているであろう、と内心呆れ、源氏の宮への愛情もこんな風だからそれほどのものではなく、可愛くても「いはけなき」は頼りないものだ、と貶め軽んずる場面であり、一方姿を見られたその宮は、

用例⑭

・大将のさること有りしとかたりきこへたらん時いかにあはめ給はむと人の見たてまつりけんことをはおほさてまつは、かりきこへ給心の中そおさなかりける

（国冬本・若菜上巻、一二四丁ウ6～9行）

柏木に姿を見られた事が如何に大きな落ち度かは考えもせず、源氏に知られて叱責されることをまず恐れるその心は幼稚（「おさなかりける」）というばかりであった。そして次は更に年月を重ねたが、宮はやはり一向に変わる気配もなく、

用例⑮

・けにかゝる御うしろみなくてはましていはけなき御ありさまかくれなからんかしと人々も見たてまつる。

（国冬本・若菜下巻、三二丁オ9行～同ウ1行）

本当に源氏のような行き届いた後ろ見がなくては、二十一、二にもなって未だ幼稚な有様が世間に知れることになってしまうであろうとお付きの者などが内心思ったという場面が用例⑮である。⑭⑮では表記ではなく、単語レベ

ルの異同を傍線で示したが、用例⑭の「心の中」が大島本では「心のうち」、用例⑮の「いはけなき御ありさま」が大島本では「いはけなくおはします御ありさま」となっているくらいで、文意への影響のあるものではない。前に挙げた例もそうであるがこのように、国冬本若菜上下巻でも我々が見知っている〈いはけなき〉宮がそこにはいるのである。この時点ではこの後の鈴虫巻であれほど三宮の描写に独自の本文が付け加わるとは想像もつかない。結果として、鈴虫巻で宮の心中に思いを馳せ、細やかな表現をし、宮の新評価と言えるべくものを見せていたのが、物語の〈周辺の人々〉として、中心より周辺に焦点が当てられていた証左なのだとしたら、そこから逆に、国冬本若菜上下巻では、我々の見知ってきたこの物語の世界と同様に、宮が〈中心に位置する人々〉として扱われている証左であるという結論が導き出されてくる。国冬本若菜上下巻に於いては、決して新しい三宮像は作り出されていない。それがどのような「空疎」なものであれ、若菜上下巻では、独自本文を必要とせぬ過不足のない表現で「中心」的存在であることを示していたといえるのである。

6　国冬本柏木巻の女三宮

では、更に次の柏木の巻ではどうであったか。

国冬本柏木の巻は、語句・表現レベルの異同の多い、問題のある巻である。まず冒頭、大島本が「衛門督のきみかくのみなやみわたり給ことなををこたらてとしもかへりぬ」（大島本・柏木巻、一丁オ1～2行）であるのが「衛門督かくのみなやみ給てとしもかはりぬ」（国冬本・柏木巻、一丁オ1～2行）と、省略化されたかのような表現で始まり、巻末、若くして病死した柏木を悼み「ましてうへには御あそひなとのおりことにもまつおほしいて、なんしのはせ給けるあはれ衛門督といふことくさなにことにつけてもいはぬ人なし」（大島本、五一丁ウ3～7行）と大島本がなっているのが、「ましてうえには御あそひなとのおりにもまつおほしいて、なんあはれかり衛門督といふことくさなに事にもたえす」（国冬本・柏木巻、四四丁ウ10〜四五丁2行）となっており、柏木巻巻末を飾る印象深い決り文句「あはれ衛門督」という、著名な感動詞的な文言の部分に、独自本文がある。(9) 他にも、重病の柏木が小侍従と語らう言葉の中の、「人の御名をもたてみをもかへりみぬたくひ」（大島本、六丁オ10行〜ウ1行）が国冬本で「さるたくひ」（国冬本・柏木巻、五丁ウ7行）と短縮されていたり、三宮がよりによって男宮を出産したと聞いて源氏が「女こそなにとなくまきれあまたの人のみるものならねはやすけれとおほすに」（大島本、一〇丁オ7〜9行）と複雑な心境を見せる部分が、国冬本では「女こそうちまきれ人のみぬものなれは心やすけれと」（国冬本・柏木巻、八丁ウ11行〜九丁オ1行）と表現を変えていたり、また三宮が産後「いといたうあをみやせてあさましうはかなけにてうちふし給へる」（大島本、一四丁オ8行〜10行）のが、国冬本では「いといたうあをみやせ給える」（国冬本・柏木巻、一二丁2行）とやはり表現が省略化しているのである。このように国冬本柏木巻では、文意を変えない程度に表現が、短縮・省略化されているという特徴を有するようである。さてそうした中で、三宮は如何に描かれているか。国冬本柏木巻はこのような特徴をもち、つまり前述の如く鈴虫巻のように、独自本文で宮に独自の解釈が施されているのとは正反対であり、ということは三宮側に立って物を見るような視線はないということになる。それどころか、三宮の柏木への最後の文においてすら、次のようであった。

用例⑯

・たちそひてきえやしなましうきことをおもひみたるゝけふりくらへにをくるへうやはとはかりあるを（大島本・柏木巻、八丁オ3〜5行）

・たちそひてきえやしなましうきことをおもひこかるゝけふりくらへにとあるを（国冬本・柏木巻、七丁オ4〜5行）

榎本正純は「あのいはけなく幼稚な（？）宮に、かくも風格のあるうたを詠ませているのである」[10]と、三宮の歌を評価し、七首を挙げるが、その中にこの〈煙くらべ〉の歌は入っている。また、鈴木宏子は〈煙くらべ〉の言葉について「管見のかぎり源氏物語と同時代までの文献に見られない、特異なものである。女三の宮は決して非凡な歌の詠み手として造型されてはいないが、心身ともに追い詰められた極限状況にただ一度、独自の表現を生み出したということになろうか」という。[11]そうした高い評価の歌であるが、大島本が「おもひみだる、」であるのが国冬本は「おもひこかる、」である。更に歌の後の詞「をくるべうやは」（遅れをとりましょうか）は国冬本には無い。影印を見ても、文章も齟齬無く続いていることが確認される。ここでも国冬本柏木巻の表現の特徴である省略化が行われている。大島本の歌と後の詞は、〈自分も煙になって消えたい。色々な思いに乱れる煙の激しさはどちらが強いか比べたいから〉と述べ、〈遅れをとりません（私のほうがもっとその苦しみは勝っている）〉と自ら答えを出しているという趣旨であるが、国冬本は〈自分も煙になって消えたい。思いに焦がれる煙の激しさはどちらが強いか比べたいから〉と記すのみと読み取れる。「をくるべうやは」には、宮の心の中で結論が出ていることを示し、宮の珍しい強さを感じさせるが、この言葉を欠く国冬本の歌では、自分も消えたいという二句目が強い印象を残すのみである。結果として国冬本柏木巻の表現の省略化傾向により、宮の結論がうかがえないことになっている。

国冬本柏木巻の特殊さはまた別に論じられなければならないが、それはともかく女三宮を中心とする視点に戻れば、国冬本において三宮は、その初登場の若菜上巻から柏木巻まで、所謂第二部の「中心」に位置する存在として認識されていたということであろう。そしてそれならば大島本とも変わることはない。こうして次に、殆ど宮の描かれる事のない小さな横笛巻を経て、問題の鈴虫の巻に至るのである。

7　終わりに

鈴虫巻は、女三宮が本格的に世を異にして仏道生活に入っていくのと同時に、物語の中心からも静かに去っていく巻である。〈あえか〉で〈うつくしい〉まま精一杯物語の「中心」でその役割を果たし遠景に去り行く宮を慰労するかのように、鈴虫巻で宮は珍しく否定的な評価と無縁であった。以上が大島本等で我々が見知ってきた鈴虫巻であるが、国冬本にもそうした宮の有り様から外れた書写はなされていない。ただ〈周辺の人々〉へ静かに去り行く宮の側に立ち、そうした立場からの言葉を繰り返し付け加えたのが、国冬本鈴虫巻の独自本文と言える。国冬本についてはまだまだ検討すべき巻・検討すべき課題が多くあるが、以上女三宮が鈴虫巻の独自本文によってどのように表されたか、また三宮によって鈴虫巻の独自本文がどのようなものであるか、その解明を目指して本項目は書かれたものである。

述べて来たように、国冬本が鈴虫巻で独自本文によって得た女三宮の新解釈は、国冬本の存在価値の小さからぬことを十分に示している。更なる解明の必要を提唱しつつ本章を締めくくりたい。

注

（1）但し本伊藤論文Eについては、後に、上原作和「〈青表紙本『源氏物語』伝本の本文批判〉とその方法論的課題―帚木巻における現行校訂本文の処置若干を例として」（『中古文学』五十五号、一九九五年五月、『光源氏物語學藝史―右書左琴の思想』〈翰林書房、二〇〇六年五月〉に再録）に於いて、伊藤が使用した部分が「異文率が極めて高く、伊藤論文程、この本文を評価することに躊躇せざるを得ない」と批判している。

（2）『源氏物語大成』の解説より。

（3）『平安時代史事典』の阿部秋生による「河内本源氏物語」の項目解説より。
（4）加藤昌嘉「本文の世界と物語の世界」（『源氏物語研究集成』十三巻、風間書房、二〇〇〇年五月）
（5）言経本いわゆる前田家蔵山科言経自筆書き入れ本については、国冬本との強い類似が、前出伊藤論文F、また同伊藤の論文Jでも指摘されている。鈴虫の巻においては、前半部分は類似を見せており、後半異なってくることから、前後で国冬本の質的変貌を伊藤は指摘している。言経本の存在は興味深く、国冬本と関連付けて今後研究を進めなければならない本文だろう。但し本稿では国冬本の本文研究を基に人物論へとシフトしているので、今回は簡単に言及するに止めた。
（6）河添房江「女三の宮素描」（『源氏物語表現史』翰林書房、一九九八年三月）
（7）『湖月抄』は、有川武彦校訂『増註源氏物語湖月抄』（弘文社、一九五三年四月）より。
（8）三田村雅子「源氏物語のジェンダー──「何心なし」「うらなし」の裏側」（『国文学解釈と鑑賞』二〇〇〇年十二月）
（9）この箇所については第6章で詳述した。
（10）榎本正純「女三宮物語と作者（下）」（『武庫川国文』三十二号、一九八八年十一月）
（11）鈴木宏子「煙くらべ─藤原定家の源氏物語受容」（『源氏物語の鑑賞と基礎知識　柏木』至文堂、二〇〇一年三月）

第4章　和歌論的視座から――国冬本藤裏葉巻をめぐって

1　はじめに――伝飛鳥井頼孝卿筆国冬本の和歌の諸相をめぐって

本章は、一度問題点の指摘に留めたことのある藤裏葉巻について[1]本格的に述べるものである。その後の拙稿への反論も適宜踏まえつつ[2]記したい。藤裏葉の巻の次の、国冬本独自歌句のある一首を発端に始める。

【国冬本】

しくれさへわきかほにむらさきの雲にまかへるきくの花くもりなきよのほかとそ見　ときこへありけれとゆふ風の

（国冬本・藤裏葉巻、三〇丁ウ10行〜三一丁オ2行）

※「見」と「ときこへ」の間に一字分空白あり。保坂本――「くも」に「き」のなぞり・「も」の補入

【大島本】

しくれおりしりかほなり

むらさきの雲にまかへるきくのはなにこりなきよの星かとそみるときこそありけれと聞え給ふ

（大島本、二七丁ウ6〜8行）

掲出箇所については既に注1別稿で触れた通り、比較の対照とした大島本が「むらさきの雲にまかへる」の一首を和歌記述の慣例通り改行・字下げで書写しているのに対し、国冬本では一首が地の文に完全に混入している。更に傍線を附した第四句が異なっている。

国冬本藤裏葉巻は脱落・錯簡がない、国冬本五十四冊全体の中では書誌的に良い状態の本と思われる。但し和歌は全丁に亘って字下げの形態はなく、二十首の内、六首地の文に完全に混入している。但しこの内三首は次の地の文との間に一字の空白が置かれている（例えば三〇丁ウ4〜5行「色まさる」の歌など）。恐らく独特の方法で地の文との区別を図ったものであろう。となると、「書写者が本文と和歌とをよく区別していない、更に、こういった物語の類を写し慣れていないようにすら感ずる」[3]という意見もあるが、藤裏葉巻の書写者と伝えられる飛鳥井頼孝卿の極め札のある巻は、他に末摘花・関屋・若菜下・御法・夢浮橋巻があり、このうち例えば末摘花・関屋巻を複製で確認したところ改行・字下げは普通に行われており、そうなると必ずしも書写者固有の問題とは言えなくなってくる。更に藤裏葉巻二十首のうち、地の文混入の歌は6番目の歌、他は16番目〜20番目の歌となる。終わりの方に固まっていることから考えると、この巻に関しては、書写を続けるうちに物理的疲労が生じ、あるいは時間に迫られるような状況が発生するかして、徐々に不統一になってきたとも考えられてくるが、本章冒頭に挙げた歌は終わりに近い18番目のものだが字下げはないものの一字空白にして地の文に繋げ、何とか地の文との区別を付けている。理由はさだかではないが、以上が、国冬本藤裏葉巻の和歌に関する書写状況の実際の状況である。

次に歌の内容に入る。国冬本藤裏葉巻の二十首のうち冒頭にあげた一首も含め四首に於いて独自歌句が見られる。以下に列挙する。参考までに二十首中の何番目の歌かアラビア数字で番号を付すこととする。その後で大島本の同じ箇所の歌も列挙することとする。中野幸一編『常用源氏物語要覧』（武蔵野書院、一九九五年）の「作中和歌一覧」を参照し同書の△＝物語二百番歌合入撰歌、○＝風葉和歌集入撰歌、◎＝両集入撰歌という印も借用させて頂いた。国冬・大島本との相違部分には傍線を附した。他伝本の独自本文についてはある場合は明記することにしたが、大島本も含め表記レベルのみの相違は無視した。※は稿者の注記である。

【国冬本】

4　いく返つゆけき秋をすくしきてはなのひもとくおりにあふらん　（国冬本・藤裏葉巻　九丁オ5～6行）
5　たをやめのそてにまかへるふちのはなおる人からや色もまさらむ　（同　九丁オ8～9行）
10　かさしてもつた《かつ》とらるゝ草のなはかつらをまちし人やしるらん　（同　十八丁ウ1～2行）
※「かさしても」の直後、「かつ」のつぶれた二語あるか
18　むらさきの雲にまかへるきくの花くもりなきよのほかとそ見　（同　三〇丁ウ10行～三一丁オ2行）
【大島本】

4　幾か《夕霧》へり露けき春をすくしきてはなのひもとくをりにあふらん　△　（八丁ウ2～3行）
5　たを《婦人》やめの袖にまかへる藤の花みる人からや色もまさらむ　○　（八丁ウ5～6行）
10　かさして《藤内侍すけ》もかつたとらるゝくさのなは《拾》　かつら《久方の月のかつら》を　おりし人やしるらん　（一六丁ウ7～8行）
18　むらさきの雲にまかへるきくのはなにこりなきよの星かとそみる　（一七丁ウ7～8行）

国冬本は巻によって様々な顔を見せる。伝称書写者が非連続的に総計一五名にも及び鎌倉末期から室町末期までの

時間の幅があることで幅のある世界を持つということもあろうが、同一稿者であっても、即ち、注1で触れた通り、伝飛鳥井頼孝卿筆とある六巻のうち文意に関わる字句レベル以上の独自本文を、本章で挙げた和歌以外にも様々にもつものはこの藤裏葉巻のみである。それ以外の五巻即ち、末摘花巻（和歌全十四首）・関屋巻（同全三首）・若菜下巻（全十八首）・御法巻（全十二首）・夢浮橋巻（全一首）では、特段の独自本文を持たない。和歌も大島本と異なる歌句はあるが、特筆すべきものはない。以下に先掲の藤裏葉巻の際の凡例に則り、大島本の和歌との相違を見せた歌のみ、その巻毎の和歌の全首のうちの何番目かをアラビア数字で示し、列挙してみた如くである。

【国冬本】

末摘花（全十四首）

11　なつかしきいろとも《は》なしになに、にこのすゑつむはなを袖にふれけん　（三五丁オ3～4行）

関屋（全三首）

3　あふさかのせきやいかなるせきなれはしけきなけきのなかをわけけん《くらん》　（五丁ウ6～7行）

※河内本・平瀬本―わけけん

若菜下（全十八首）

5　住吉の松に夜ふかくおくしもは神のかけたるゆふかつらかも　（二一丁オ6～7行）

※横山本・池田本・河内本・保坂本・阿里莫本・陽明文庫本・中京大本―「住の江の」

7　はふりこかゆふたちまかひをくしもはけにいちしけき神のしるしか　（二一丁ウ3～4行）

※池田本・阿里莫本・中京大―「うちはらひ」

13　きえとまる程やはふへきたまさかのはちすの露のか丶るはかりを　（八九丁オ2～3行）

14　ちきりおかん此世ならてもはちすはの《に》たまゐる露に心へたつな　（八九丁4～5行）

※「はちすはの」の「の」が「に」のなぞり

18　あまふねにいか丶は思おくれけんあかしのうらにあさりせし君　（一〇五丁オ9～10行）

※三条西家本・河内本・阿里莫本・中京大本―「あさり」

【大島本】

末摘花

11　な《紫上》つかしき色ともなしになにこのすえつむ花を袖にふれけむ　（三二丁オ8～9行）

※傍書は万葉集　巻十　一九九三歌と古今歌関屋

関屋

3　あふさか《うつせみ返し》の関やいかなる関なれはしけきなげきの中をわくらん　（五丁ウ2～3行）

若菜下

5　すみ《紫上》の江の松に夜深くをく霜は神のかけたるゆふかつらかも　○　（二〇丁オ5～6行）

7　はふりこ《祝子》かゆふうちまかひをく霜はけにいちしるき神のしるしか　（二〇丁ウ2～3行）

13　きえとまるほとやはふへきたまさかにはちすのつゆのか丶る許を　○　（八九丁オ1～2行）

14　契《源氏》をかむこの世ならてもはちすはに玉ゐるつゆのこ丶ろへたつな　（八九丁3～4行）

18　あ《かんの君》ま舟にいか丶は思ひをくれけんあかしのうらにいさりせしきみ　（一〇五丁ウ4～5行）

御法巻・夢浮橋巻には歌句の字句レベル以上の相違は無く割愛した。気が付いたことを挙げると、国冬本・関屋巻三首目の独自歌句には大島本の歌句が傍記されている。若菜下巻十八首目の歌句は他伝本（※以下に掲出）と共通する歌句で国冬本の独自歌句ではない。大島本若菜下七首目は「うちまかひ」が国冬本では「たちまかひ」になっているが、祝り子の手持つ榊に掛かった木綿と見紛う程の白い霜であったことを「うち紛ひ」と言っているもの。「宇」と「多」も誤写の起こりやすい字母であることも可能性の一つとして考慮に入れておく。因みに勅撰集では「うちまがふ」は無く、「たちまがふ」は四例ある。こうした、大島本側より国冬本の歌句の方が類例が多くある点については、後に詳細に論じることとして、「たちまがふ」の四例を挙げておく。

建長三年吹田にて十首歌たてまつりけるに

立ちまがふおなじたかまのやま桜雲のいづこに花のちるらん　前大納言為家

（続拾遺和歌集・巻二・春下・一〇五）

たちまがふ色も匂ひもひとつにて花にへだてぬ嶺の白雲　大江宗秀

（続千載和歌集・巻十六・雑上・一六七二）

百首歌奉りし時

立ちまがふ色はいとはじ山ざくらさかぬたえまにかかるしら雲　前大納言実教

（続後拾遺和歌集・巻二・春下・七八）

題しらず

たちまがふかたこそなけれふじのねやたえぬおもひにくゆる煙は

伏見院御製
（新千載和歌集・巻十一・恋一・一一二五）

最後に若菜下巻13・14首目の贈答歌について述べる。まず13首目のの「たまさかの」歌だが、歌句としても普通の自立語としても「たまさかに」の方が一般的で多い。この物語自身大島本は「たまさかの」の自立語の用例はあっても「たまさかの」は無い。ただ両者に歌の意として大差はないであろう。一例のみ「たまさかの」の用例を挙げておく。

初冬恋
たまさかのあふことのはもかれぬれはふゆこそこひのかきりなりけり

（中納言俊忠卿集・四三）

十四首目も同様に、大島本の方が〈はちす葉に置く露〉で国冬本はこの助詞が「の」になっている。但し「に」のなぞりがある。つまり文法的な不審はあるが歌の意として変わりはない。以上見てきたように、伝飛鳥井頼孝筆国冬本とされるうち、藤裏葉巻以外の巻巻の和歌の様相について、地の文に特筆すべきものを見ないのと同様、歌についても同様のことが言えることが証されたと思われる。そうした伝飛鳥井頼孝筆全六巻全体の状況から考えるとき、次から考察する藤裏葉巻の和歌の独自歌句は、同巻全二十首中四首のみに現れるものではあっても、同巻に多く散見する独自本文とも考え合わせて、見過ごせないものであると考える。注2工藤（二〇一三）は再三これを「誤読誤写」

と称し全体を結論付けているが、以下の考察でそう断じていいものか考えたい。

2　国冬本藤裏葉巻の個々の和歌の様相

それでは次に藤裏葉巻の和歌の独自歌句について順に見ていくこととする。

4　いく返つゆけき秋をすくしきてはなのひもとくおりにあふらん
（国冬本・藤裏葉巻、九丁オ5〜6行）

九十六番
左　前太政大臣、「紫にかことはかけむ藤の花まつより過ぎてうれたけれども」と侍りけるに　右大臣
いくかへり露けき春を過ぐし来て花のひも解く折に会ふらむ
右　中宮にきこえそめさせ給へりしころ
片敷きに重ねし衣うち返し思へば何を恋ふる心ぞ
（物語二百番歌合（穂久邇文庫蔵藤原定家筆本／『岩波文庫　王朝物語秀歌選』所収）・一九一・一九二）

まずこの「つゆけき秋」の歌について考察する。右に掲出した通り、一首は『物語二百番歌合』入撰歌であり、同歌合では右には狭衣物語の狭衣が、源氏宮に生き写しの式部卿の姫君を有明の月のあかりのうちに見、想いを募らせ

て詠じた歌が配されている。定家の撰に因る当該歌合でも大島本と同様、「露けき春」という歌句で、それは藤裏葉巻の夕霧・雲居雁物語が晩春から初夏に掛けて展開している点からは当然と言える。その意味では、春の季節に「秋」となっている国冬本の歌句は不審であるが、一方大島本（前節掲出）の「露けし」と「春」という季節の組み合わせから成る「露けき春」が、不審であることも又事実である。「「露」はおおむね、秋の景物として一般化している。萩や菊に置く露、また木々の葉を紅葉させるという取り合せ、あるいは消えやすくはかない露が「秋は悲し」の観念と結びつきやすい点からも、「露」は秋にこそふさわしいものとなった」と鈴木日出男が述べる如く[4]、露は秋の印象が強く、歌集をひもといても秋の歌として詠い込まれている例が最も多いとは周知のことだからである。ただ同時に鈴木氏は「しかし、「露」そのものの現象は秋にだけ限ったことではない」と述べ、僧正遍照歌や前節に掲出した若菜下13・14首目の贈答歌を例に挙げ、池の蓮の露を「暑苦しい夏の爽涼の景物」であると述べると同時に「永遠の象徴としての「蓮」とは対照的に、「蓮の露」のはかなさ」も述べている。つまりまず秋、そして夏はあり得よう。次に挙げるのは題「夏草」の歌である。

夏草

露をかぬなつの、草のひと、ほりこれや行き、のふるのなか道

（隣女集（雅有集）・巻三・一〇九八）

しかし「露」と「春」の組み合わせの歌句は『国歌大観』『私家集大成』にも見受けられない。

古注釈はどうだろうか。『紫明抄』『細流抄』は能宣集の次の一首を挙げてこの歌の「こころ也」とする。

としへて消息つかはす人の、むつましくは、へらぬかり、春のすゑつかたつかはす

いくかへりさきちるはなをすくしつゝものおもひくらすはるにあふらむ

（よしのふ（西本願寺蔵「三十六人集」）・二〇〇）

この詞書の「としへて消息つかはす人」が、長い間文通だけで間を裂かれたままであったこととその長の年月を嘆く一首が、藤裏葉巻までの夕霧の、やっと結婚を許され、待ち続けた年月を感無量に詠い上げた、その状況に相通じるものがある故、諸注釈は一首を挙げたのであろうが、「露」と「春」の組み合わせでは無論ないのであり、「露けき春」の歌は依然見受けられない。その他、この物語の和歌を全て取り込み注釈を施している『源氏物語提要』にも「露けき春」への言及はない。

但し歌句として「露」と「春」が結びついているものが無いとはいっても、春の季節の中に「露」が詠み込まれている例はある。次の俊成卿女家集の「衛門督とのへの百首」のうち、題「春」の歌などがそれにあたる。

春

露なからすみれつみにとなけれとも野をなつかしみぬるゝそてかな

（俊成卿女家集・五七）

傍線部はいずれも秋と強く共起する言葉だが、春の歌としてある。

歌集を中心にみてきたが、散文に於いてはどうか。中世の物語をみると、「露けし」あるいは「露しげし」などは『いはでしのぶ』『夢の通ひ路物語』に多く散見される（『鎌倉時代物語集成』より）。このうち「夢の通ひ路物語」は専ら「露」は秋の景物として描出され、次の如き正に「露けき秋」の歌まで出現する。

おみなへししほる、野辺は大かたの露けき秋に詠ましかわ《（ば）》

（『夢の通ひ路物語　四』三五丁ウ）

※五句目ママ

これに対し、『いはでしのぶ』には以下のような春の場面がある。

しのばれぬ心の人わろさも、かつはあぢきなければ、一えだおらせて、大納言の君のもとに、
「おもひいづる《（風、春下）》人もあらじをふるさとにわすれぬ花の色ぞつゆけき
ちるをや人の」とあるを、かの院にも、のどやかなる春のながめには、さすがおもひやみにし人のうへも、おり〳〵、たゞにしもいかでかあらん。ひめ君の、おかしげにおよすけ給につけても、わか君の御事はわすれがたう、かつめのまへなりしをりは、はづかしきよりほかに、おもひわくことなりしか《（か脱カ）》ど、げにみねば恋しうあるものにこそと、なべての世のならひもうらめしうおぼしつゞけられて、
うしとみし人ものきばにふりゆけば袖にしのぶの露ぞひまなき
など、ならひすさみておはしますなりしも、ありつる花の枝をもてまいりたるに、げにあはれならずしもなけれ

ど、いまさらかひあるべくもあらずかし。さるは、

わするべきつゆのかことかはなざくらあだにも人をなにうらむらん

とは、げに風のつてにてもいはまほしう、むげになさけなうおぼしゝらるれど、…（以下略）

（『いはでしのぶ』二　一二三丁オ～一二三丁ウ）

のどやかな春の情景の中でそれぞれの物想いが交錯する中、花（桜）と「露」が場面を彩っている。以上『能宣集』、『俊成卿女家集』から『いはでしのぶ』まで「春」の「露」の例を見てきたが、稀少ながらこのように詞書や物語に用例はあり、この場合の「露」は秋の景物としてのそれではなく涙の粒であろう。ただ秋の用例が多く一般的であるが故に、春に「露」が描出されることに違和感が残るのは否めない。すると、当該国冬本藤裏葉巻の一首の問題の歌句は、そうした違和感故に、この箇所が秋に書写されるようになったと考えられてくるのではないか。それがどの時点でそうなったかは知る由もないが、結果として季節を秋にしたことは、「「露けき」の語に引かれて、つい「秋」と続けてしまった、単純な過ちではなかろうか」（工藤二〇一三）とあるように、現存の国冬本になる過程で「露」と「秋」が伝統的な和歌の世界の結びつきの一つであると承知していた書写者によって、伝統的・定石的世界に回帰してしまったことを意味する。ここで工藤の言葉の「過ち」についてだが、参考として片岡利博が次に述べる如くである。

文学に関するあらゆる学説の当否を判定する最終的な根拠は「本文」でなければならない。文献学とはそういう学問であろうと思う。その意味では、我々の前に存在しているどんな本文にも「誤謬」などということはありえ

ない。我々にとって解釈しえない事象が本文の中に存在しているからといって、それを誤謬であるとするのは、本文以外のものにプライオリティーを認めることになるから、私はそのような考え方をとらない。[5]

目前のありのままの本文の姿が享受され伝来してきたことを尊重し、それをそれとして受け止める態度を基本として、その上で蓋然性の高い解釈を探す姿勢をとりたい。「疵」と受け取ることは、ある基準を設けてそこから外れたものに対しての言葉と考えられるから、別の意味で客観席な視点では無くなるのではないだろうか。稿者の考えはこうである。

この考えに従ってどうして国冬本のみ、「春」とあるべきところが「秋」と残ったのか考えていこう。まず二つの字の誤写は起こりにくいと考える。すると次に、その可能性を排除した上で今日までの何れかの時点（それは無論複数あると巻間伝わる式部自筆本を起点としている）で「露けき秋」が伝本中に現れた理由を考えなければならない。そこで想起すべきは、大島本の歌句「露けき春」が、ここまで論じて来た如く、他の用例も無い極めて独自性の強い表現であり、一方国冬本側の「露けき秋」は反対にごく一般的な表現であるという相違点である。国冬本若菜下巻7首目「はふりこか」の箇所でも同様のことを述べた。ことばと性差の観点から、この物語（大島本の）が和歌の世界に於いて独自の世界を持つことを説く近藤みゆきの論もあり、[6]大島本はまさに〈源氏見ざる歌詠みは〉と称される如く、独自の新世界を次々と展開していったのだった。対して国冬本藤裏葉巻は、結果としてあくまで伝統・定石の世界に留まっている。このことをまず一首目に確認しつつこの歌の答歌となる次の歌の考察に進むこととする。

5　たをやめのそてにまかへるふちのはなおる人からや色もまさらむ　○　（同、九丁オ8～9行）

この歌は大島本では傍線部が「みる」で、状況はいよいよ頭中将（藤裏葉巻では内大臣）が夕霧と雲居雁の仲を許すことを決めて長男柏木を使者に夕霧を我が家の藤花の宴に招き、許された夕霧が感激して詠じ（前述）、それに応えた柏木が詠じたものである。この夕霧の結婚に際しては、藤の花が美しく場面を彩る。内大臣が順の和歌の最初に夕霧の盃に藤の花を手折って与えたことで結婚を許す〈花を折る〉行為は、女性を我が物にすることの比喩があることは『和漢朗詠集・恋』の「請君許折一枝春（請ふ君一枝の春を折ることを許せ）」や古今集の僧正遍昭の二二六番歌「名にめでてをれるばかりぞをみなへし我おちにきと人にかたるな」などよく現れる、和歌の伝統的な表現であり、この物語では宿木巻の今上帝が薫に女二宮を許す場面にも現れる。

ところで、既に柏木が使者となって夕霧を訪れたときの贈歌の趣向は、

けにいとをもしろきえたにつけたまへり　（同、四丁ウ4～5行）

というもので、内大臣邸の藤の枝が添えられていた、―つまり藤は手折られていたのであった。そして注1でも掲出した独自本文「はなやかにふさおもしろきをおりて」（同　八丁ウ8行）で盃を前に再び藤の房が折られる。藤は何度も折られ、そこに内大臣側の許しの思いが込められていると共に、〈手折られる藤〉に雲居雁が象られている。この

上また歌で「おる」のは冗漫な印象があり、また兄柏木が「おる人」と詠うのはあけすけである。更に、『源氏物語提要』には、「夕霧の見給ふには色のまさらんの心也」とあり、これは大島本の「みる」に対しての注釈である。この「みる」はもちろん結婚の意であり、即ち大島本に拠れば、夕霧と結ばれて雲井雁は一層美しさを増すであろうと、現在から未来をも寿いでいるのである。国冬本の「おる」は現時点での女性の獲得の象徴であり、こうした相違が大島本と国冬本には見られる。工藤（二〇一三）が言うように、「ふさおもしろきをおりて」（国冬本、八ウ8行）の主語は確かに頭中将であることは事実であるが、〈花を折る〉という伝統的な表現であることに変わりはない。そこでその理由を考えてみるに、一首は先の「つゆけき春」の答歌であることから両者の関連をみてみると、一つの共通点が見いだせる。それは贈歌がそうであったように、答歌も和歌の伝統的な表現を保つところがあるということが言えるのである。

10　かさしてもたとらる丶草のなはかつらをまちし人やしるらん　（同、一八ウ1～2行）

次の歌は、雲居雁と新婚後で、関係が遠ざかりつつあった藤典侍と再会し夕霧が送った歌への藤典侍の答歌である。大島本「桂を《（を）》おりし人」が国冬本では「まちし人」になっている。「桂を折る」は『晋書・郤詵伝』の「桂林一枝」の故事、また『蒙求』にもあり、本邦の『菅家文草　第二』（旧大系　明暦二年藤井懶斎奥書三冊青表紙本・校注者川口久雄架蔵）絶句十首、賀二諸進士及第一。の内の「賀二多信一」に「手捧芬々桂一枝」、第四「寄二紙墨一以謝二藤才子見一レ過」でも「詠折春風桂一枝」などが散見し得、藤典侍が「くるまにのるほとなれと」（国冬本、一八オ10行）という忙しい時間のうちに即興で歌に詠み込むほど人口に膾炙した、官吏試験に及第したことを指す漢籍の成語である。『河海抄』は「桂をおりし人《折桂文章生事也》」と注し、拾遺集の道真元服の際の歌（四七三　久方の月の桂も折る許家の風をも吹かせてし哉）を引いている。

一方国冬本では「かつらをまちし」になっている。こうした成語は無論無い。複製を見比べてみると「利」と「知」の誤写の可能性はあろうが、やはり一字目は「まちし」としか読めないところである。夕霧は及第しているのであるから、（「大かくの君きみその日のふみかしこくつくり給てし、うになり給」（国冬本・少女巻、一七丁ウ9～10行）、「待つ」のは不審であるし、「桂を折る」で一つの成語であれば、単独では意味を成さない。すると結論として「かつらをまちし」という箇所が国冬本に在るのは、単なる誤写か、この成語が書写者に未知のものであったか、少女巻の内容を周知していないような書写者であったかという状況以外では、あり得にくい現象であると言わざるを得ない。**第2章**に述べた通り、夕霧の進士及第を描いた国冬本少女巻は大きな脱落部分を有する伝本であるが、残存部分に及第のことは書かれているので、本そのものの状態で左右されたとは思われないし、鎌倉期写の少女巻と室町期写の当該巻を安易に結び付けられない。最後に書写者の漢籍受容の様相から「かつらをまちし」の問題を検討してみよう。国冬本は巻によって漢籍の素養を疑わせるものもあり、一例が少女巻の、

まことのほたいをむつひみたのゆきにほうし　（国冬本・少女巻　七丁オ5～6行）

の部分で、この意味不明の文章は大島本の

窓の螢を睦び、枝の雪を馴らし　（②二八五　典拠は晋書・車胤伝と晋書・孫康伝）

の、家が貧しく蛍の光や雪の明るさの中で勉強した車胤・孫康の著名な故事の書き下し部分であり、つまり少女巻はまるでこの故事を認知しなかったことになる。

このような状態のものもあるが、一方で正確に漢籍受容がなされていると思われる巻巻もあり、全体を概観し精査するのは今後の課題としておくとして、伝称稿者毎、この度は伝飛鳥井頼孝筆とされる六巻の漢籍故事の書写状況を調べてみたが、(7) その結果漢籍が表記などの相違を除き正確に引用されていることが分かり、当該「かつらをまちし」のみが孤立例であることがわかった。よって、当該一首については、誤写によって成語の語句が変容し、現在の姿に至った故と結論づけておく。

18　むらさきの雲にまかへるきくの花くもりなきよのほかとそ見　（同　三〇丁ウ10行〜三一丁オ2行）

最後の一首は冒頭にも挙げた「くもりなきよ」の一首である。「ほ」と「か」は続いて書写されているが、これでは意が通じないので「し」を挿入した大島本と同じ「ほし（星）」が元々の姿だったと推察される。

第10首は誤写とみてよいが、それ以外の4首目・5首目と当該歌をみるに、共通する特徴がある。それは和歌の伝統的なありようへの強いこだわりによって、国冬本藤裏葉巻の和歌の世界が成り立っているという特徴である。それは当該歌句「くもりなきよ」と大島本「にこりなきよ」を比較すると、中古から中世にかけて前者が多いということである（「くもりなきよ」（曇りなき世）ではなく「くもりなき」（曇りなき）にすると更に量は倍増する）。「くもりなきよ」の中古一首・中世二首を挙げる。

か丶みやま
くもりなきよにしあればか丶みやまみかきこそませ人の心も
（能宣集（書陵部蔵「三十六人集」・二四七）

九条院中宮と申しける比、三条殿におはしまして、その御方にて人人月歌よみ侍りける時
大納言成通
さもこそはくもりなき世の月ならぬみる人さへもすむ心かな
（『新続古今和歌集』巻四・秋上・四五四）

きみがあたりさらぬかゞみのかげそひてくもりなき世を見るがうれしさ
（『雲隠六帖』三、一丁ウ）

「くもりなき」「にごりなき」は類似表現のようだが、異なる部分がある。前者は基本的に天地の情景の鮮明さを意味し、そこから展開していくこと（不正無きことなど）を、後者は邪念・煩悩・汚れの無い様そのものを意する。そして〈煩悩〉のような仏教的な意をもつ言葉は、時代が経るに連れて、末法の世の到来、「濁りなき世」から「濁る世」の歌句を増やすこととなる。

せきみづのかげもさやかにみゆるかなにごりなき世のもち月のこま

（文治六年女御入内和歌・一八三・定家）

山家水

濁る世をそむくとなしに山水の清き心のすむにまかせむ

（権大納言言継卿集・二四二）

源氏物語内部に目を向けてみると、「濁り」「濁りそむ」「濁りなし」「濁る」等自立語十三語のうち、歌に現れるのは藤裏葉巻の当該一首のみで、後は全て地の文に出現し（引歌表現一つを含む）、煩悩や汚れを現しているのに対し、一方「曇りなし」は十五語で、初音の正月の源氏・紫上の贈答歌など、「くもりなきよ」は無いが歌句「くもりなし」の歌は三首ある。

こうした二つの歌句の和歌史における有り様、この物語内部での状況を考えると、大島本の藤裏葉巻の一首の「にこりなきよ」は、この時代には用例の少ないもので、またこの物語では唯一ここで歌に現れ、次の時代に先駆けるような歌句であるのに対し、国冬本の「くもりなきよ」は、用例数からもこの時代の多数派の歌句、すなわち標準的な世界のものである。工藤（二〇一三）は「大筋で両者の使い分けは見て取れる」と述べ、さらに「「にこり」と「くもり」は必ずや同じかたちからの分岐であるに違いない」とも述べるが、類似字母の字列でもないので、なぜ両者がこれほど異なったかの判定はやはり難しいと考える。ゆえに大島本的世界を基準として、それから外れる国冬本の歌句が〈誤り〉とは言えないのではないだろうか。

3　終わりに

以上、国冬本藤裏葉巻の和歌の独自歌句をもつ四首を調査した。革新的な世界を切り開いている大島本等通行本文側の源氏物語に比べて、大多数の属する保守的な標準的な世界に留まる傾向をもつことを、四分の三（75％）の確率で示すことができたと考える。工藤（二〇一三）によって多くの示唆を得たことに深謝する。一方で工藤とは観点が異なることも言えるのではないかと考える。

そのようになった理由について最後に考えたい。同一の手とみられる巻々が合計六巻あるうち、一つ藤裏葉巻のみどうして、こうした独自歌句をもつこととなったのか。藤裏葉巻が所謂第一部の大団円故に、「読者＝書写者の情緒的な思い入れ(8)」が過剰にあり、それがこの一帖に現れたということが一つ考えられては来る。しかしその考え方でいくならば、藤裏葉巻は確かに一つの区切りではあるけれども、それは所謂第一部だけに過ぎないのであり、何よりも源氏物語全体の最終的な大団円である夢浮橋巻が、他ならぬ藤裏葉巻と同筆とされるのに、特段の独自歌句をもたないことが、不審であろう。

故に国冬本全体の和歌については言えないが、あくまで国冬本藤裏葉巻の和歌に限ればその世界は、大島本の源氏物語の和歌が切り開いた革新的なありようとは異なる、独自の伝統的定石的な世界である、と言い得ると考える。

【附記】国冬本は天理大学附属天理図書館蔵の写本複製、『本文研究』（和泉書院）の翻刻、『源氏物語別本集成』及び『源氏物語大成』に拠った。何に拠ったかはその都度明記した。傍線など私に表記を改めたところがある。掲出箇所は原則として独自本文箇所のみを中心に取り扱い、他本文に同様及び類似の箇所がある場合は、※を附して明記した。

本論文冒頭の凡例でも述べたように、本項目で主に論じる藤裏葉巻についてはその通りであるが、別の巻巻の掲出和歌の部分が一部『別本集成』を基とし、統一がとれていない部分もあることは記しておく。国冬本の対照本文として大島本を『大島本源氏物語』（古代学協会編　角田文衞・室伏信助監修　角川書店）の複製から掲出した。『源氏物語』以外の作品の本文引用については、勅撰集・文治六年女御入内和歌は『新編国歌大観』、私家集は『私家集大成』、物語二百番歌合は『王朝物語秀歌選』上巻（岩波文庫昭和六十二年）、『夢の通ひ路物語』・『いはでしのぶ』・『雲隠六帖』は『鎌倉時代物語集成』にそれぞれ拠った。

注

（1）越野優子「影印本を読む―国冬本「梅枝」「藤裏葉」巻」（河添房江編『源氏物語の鑑賞と基礎知識梅枝・藤裏葉』（至文堂、二〇〇三年十月）。尚、作成にあたって渋谷栄一氏の協力を得た。記して謝意を表する。

（2）工藤重矩「国冬本源氏物語藤裏葉巻本文の疵と物語世界『中古文学』92号（二〇一三年十一月）↓第一章6節　W

（3）岡嶌偉久子「源氏物語国冬本―その書誌的総論」（『ビブリア』百号、一九九三年十月、『源氏物語写本の 書誌学的研究』（おうふう、二〇一〇年五月）。また工藤注2で一・四・五節にわたり詳細にこの巻の「誤読誤写」について考察しており傾聴に値する。

（4）『源氏物語歳時記』（ちくま学芸文庫、一九九五年十一月）三三九頁。

（5）『物語文学の本文と構造』（和泉書院、一九九七年四月）

（6）「nグラム統計処理を用いた文字列分析による日本古典文学の研究―『古今和歌集』の「ことば」の型と性差」（『千葉人文研究』二十九号、二〇〇〇年三月）の後注22より。近藤はここで女郎花を取り上げ、平安時代全般に多く詠まれた中、女性による詠歌が驚くほど少ないこと、その理由としてこの花が男性本位のセクシャルな視線を内在させるものとして女性に厭われたからと解く。その上で近藤は「特異なのは『源氏物語』である。源氏では、無論男性側の用例は多いのだが、女が、贈答に応えたものではなく、あえて自らを喩えて男に詠みかけた例がある。野分巻の玉鬘（自分を喩える）、夕霧巻の一条御息所（娘を女郎花に喩える）である。前者は源氏の懸想をかわそうとする玉鬘の歌、後者は娘の運命を案じ、病を押して母御息所が夕霧に送った手紙の歌である。特殊な状況下、その特殊性を象徴するかのように、性差と「ことば」の古今的秩序を破った詠歌がなされる訳である。『源氏物語』では、性差とことばの古今的な秩序に反する歌が、他にも散見し、その点でも、他の物語の和歌とは異なっている」と述べている。

（7）調査は『小学館日本古典文学全集』の各巻巻末「漢籍・史書・仏典引用一覧」と古沢未知男『漢詩文引用より見た源氏物語』（南雲堂桜楓社、一九六四年）の「巻別・典拠詞句一覧」により行った。尚後者の一覧に拠れば伝頼孝筆本六巻の漢籍引用数は十六を数える。

（8）加藤昌嘉「本文の世界と物語の世界」（『源氏物語研究集成』十三巻、風間書房、二〇〇〇年五月）一八五頁。

第5章　象徴論的視座から——本文研究と象徴との接点

1　はじめに——〈「ひかるきみ」命名伝承の二重化〉の、唯一起きぬ伝本として

後でも触れるが、〈象徴論〉という言葉は、〈テキスト論〉的なものとよく連動して捉えられがちである。一時期非常に盛んであったこういう研究手法は様々な業績を生んだ。ただ一つ気になっていたことは、こういう視座の研究では、使用する本文は当然の如くその時点で最も流通している所謂通行本文で、それの是非を疑う姿勢が少し足りなかったのではないかという思いである。本章はこんなところから、国冬本と象徴的視座を絡めて論じたい。

周知のように源氏物語の桐壺巻は、高麗人《こまうと》[1]に拠る「ひかるきみ」の命名伝承で巻を閉じる。ここで陽明文庫本の巻末を掲出する。命名伝承は傍線部分にあたる。

【A】くつくりの、しるかゝる所にもおもふやうなる人をくしてすまはやとをもほしまさるひかる君とはこまうとのめてゝつけたてまつりたる名なりとそ

（陽明文庫本・（『陽明叢書』より）桐壺巻　巻末　三二丁ウ7行〜11行・傍線稿者）

※「ひかる君とは」—「ひかる君と云ふ名は」大島本　池田本　前田本
「光君といふ名は」伏見天皇本（古典文庫）

※「めて〻」―「めてきこえて」大島本
※「たてまつりたる」―「たてまつりけるとそ」大島本　池田本、肖柏本　高松宮家本　河内本
※「名なりとそ」―「いひつたへたるとなん」日大三条西家本　伏見天皇本　保坂本「いひつたへたるとなむ」
大島本

今、我々の見知っている大島本ではなく、別本の陽明文庫本を掲出した。大島本巻末は「ひかる君と云ふ名はこまうとのめてきこえてつけたてまつりけるとそいひつたへたるとなむ」で、諸本中陽明文庫本が文言が最も異なり独自である。但しそれでも、命名伝承部分は確かに記述されていて、この点は諸本共通である。

しかし「ひかるきみ」の命名の由来についての記事は、周知の如く、巻末だけではない。元々世の人が、新しい妃（藤壺）にもまして、幼い光源氏の超越した美質に驚き、「ひかるきみ」と呼んだという命名伝承の本文が先行するからである。これを本論文で主として論じている国冬本から、次に掲出する。

【B】よにたくひなくをかしけなりとみたてまつらせたまふなたかき女御《宮イ》の御かたちにもなをこの君のにほはしきかたはまさりてうつくしけなることたとえんかたなくてよの人ひかるきみときこゆふちつほの御おもひとりく〵なれはか〻やくひの宮とそきこえける

（国冬本・桐壺巻　二六丁オ7行〜二六丁ウ5行）

※「よにたくひなく」―大島本・御物本・河内本「世にたくひなし」、陽明文庫本―「世にたくひなくおかし」
※「女御」―陽明文庫本「女御」、「宮」―大島本・御物本・麦生本・阿里莫本・池田本・肖柏本・日大三条西

本・伏見天皇本・穂久邇文庫本・保坂本・高松宮家本

※「御おもひ」─「御おほえ」─大島本・陽明文庫本・河内本、「ふちつほの御おほえとり〳〵なりとにや」─河内本・岩国吉川本

※「かゝやくひの宮」─「かゝやく日の宮」大島本・陽明文庫本・御物本・麦生本・阿里莫本・池田本・前田本・高松宮家本・「かゝやくひの宮」─河内本・日大三条西本・伏見天皇本・穂久邇文庫本・保坂本

※「きこゆ」─「きこゆめりし」高松宮家本・陽明文庫本・為家本・平瀬本・大島本・一条兼良奥書本

このように二つの異なる命名伝承が存在するので、これを「命名伝承の二重化」として河添房江を嚆矢に論じられてきた。(2)

ここで再びAの巻末の問題にもどる。

巻末の命名伝承の箇所を、主として論じる国冬本ではなく陽明文庫本で掲出したのは、陽明文庫本のような非常な独自部分を有する本文であろうと、他諸本は全て有する巻末の命名伝承記事を、他伝本と異なり、一つ国冬本のみが、この部分を全く欠いていて掲出不可能というからである。最も異同のある、そして国冬本と同じ別本である陽明文庫本でも有しているのに、一つ国冬本のみ有しないことを際だたせるために、敢えて陽明文庫本の巻末を掲出した。国冬本桐壺巻巻末箇所は以下の通りである。

【C】たくつくりのゝしるかゝるところにおもふやうならん人をくしてすまはやとそなけかしうおほしわたるとなん（国冬本桐壺巻三一ウ丁6行～8行）　以下余白

6
7
8

（天理大学附属天理図書館蔵）

国冬本のみが所謂「命名伝承の二重化」の唯一起きぬ伝本である。

本章はこのような巻末をもつ国冬本桐壺巻において、「ひかるきみ」がどのような意味をもつかを論じる。

2　通常の「命名伝承の二重化」をもつ伝本の考察から

国冬本のこの独自巻末の意味を解く前提として、「命名伝承の二重化」とは何であったか再確認したい。その為に、掲出箇所Bに立ち戻ることとする。

本箇所は、本文異同についても問題の多々ある場所である（「女御」は弘徽殿か藤壺か否か。また「か、やくひの宮」の「ひ」の表記が「妃」か「日」か等）[3]。但し「ひかるきみ」の世の人による命名という内容に諸本相違はない。以上のように、まず世の人による命名記事があり（掲出箇所B）、そして巻末で高麗人《こまうと》が「ひかるきみ」と命名するのが通常の伝本である（掲出箇所A）。よって注2前出の河添房江が「命名伝承の二重化」と記した現象がここで起きているわけである。更にこの巻末の命名伝承記事の直前は、二条院の記事が記されており、その記述とは交渉に唐突に高麗人《こまうと》命名伝承記事が書かれて巻を閉じる。その前後の繋がりに違和感が残る。

つまり命名伝承が世の人と高麗人《こまうと》のどちらが先行したのかが問題となる。前出河添はまず、時間的整合性からは、高麗人による命名伝承（掲出箇所A）→これを聞き伝えた世人が、高麗人《こまうと》にならって「光る君」と呼びならわした（掲出箇所B）、が妥当とし、しかし現実にはAが巻末に置かれていることに着目する。巻末の言葉というものは強い印象を読者に与えるものであり、そこから、何よりも「ひかるきみ」の命名が高麗相人に因るものであることが強調され巻が閉じられる巧みな仕組みがここにあると読み解くのである。そもそも「ひかるきみ」という呼称が、決して独創的なものでなく、周知のように、古代の物語の主人公を「ひかる」「てる」「かゝやく」などの美称で賞賛するのは常套手段であった当時、この物語の、それが高麗人《こまうと》に因るというのが、他のどの作品とも異なる独創性の所以であるとする、一連の河添の理論から導き出されたものであり、「外部の権威」に拠る「箔づけ」の為とする。また同箇所を準拠論的に読み解く谷口孝介に拠れば「徳を慕って化に帰す朝貢使節の大使（高麗人《こまうと》）」が「律令国家の徳化の理想を見出した」[4]故に、「光君」という称辞が「奉献された」ということになる。

しかし高麗人《こまうと》に象徴される〈外部〉への注目もさることながら、命名伝承に関わる「世の人」の存在を、今まで少し軽視して来たのではないか。特に桐壺巻の「世の人」の役割をである。

3　源氏物語における「世の人」の役割

「世の人」（または「世人」）について主として論じた論考は多くない。[5]このうち、注5中の北川こずえ論文は源氏評をする世の人（世の人の言葉が無くても世人の源氏評と思われるものを北川氏は含めている）の出現は、少女巻までに多く集中し、以後激減するとしている。北川は、少女巻が源氏の太政大臣昇進と六条院造営という権力の頂点を象徴する出来事が描かれている巻であることから、世の人の言葉の出現のあり方には意図的なものがあると読み取り、源氏寄りの「鏡」が少女巻までの世の人の役割であるとし、その理由を「昔物語の主人公的な立場」「伝説的な語られる対象」として扱う意図的なものからとする。

もっとも世の人は、いつも源氏に好意的なわけではない。北川論文では触れていないが、紅葉賀巻、冷泉帝誕生の折りの桐壺院の心中は

【D】源氏の君をかきりなきものにおほしめしなからよの人のゆるしきこゆましかりしによりて坊にもえすへたてまつらすなりにしを（国冬本・紅葉賀巻二十丁オ）

※おほしめしなから—おほしなから　御物本（東山文庫蔵）

※たてまつらす—たてまつらせ給はす　高松宮家本・河内本

とあり、ここでは帝の行動すら「世の人」に制約されている。ここに見られる世の人は、注5中の秋澤亙論文が「当時の標準的な価値観を具現」するものとし、同注5中の金順姫論文が世の人を物語における全ての出現数から調べ、四種類に分類したうち最も多い「世間の常識、慣例、道徳的な判断」を体現しているものと重なる。問題は掲出箇所Dに出現する、傍線部「ゆるしきこゆましかりし」である。帝の聖断の如く世の人は強い力を持つことをこの傍線部は示す。このように考える時「ひかるきみ」命名伝承で、巻末に置かれることで強い印象を残すにしても、高麗人《こまうと》ばかりに命名伝承の焦点を合わせるわけにはいかないことが分かる。世の人と高麗人《こまうと》の位置づけを考える必要がある。

4　史料から見た高麗人命名伝承の位置づけ——「古系図」より

世の人か高麗人《こまうと》か、このことを別の史料からみてみたい。池田亀鑑が「その字形書風からすると、平安朝に入るものかと思われる」と述べたのは[6]平安末期に成立したとされる所謂「源氏物語古系図」の中でも最古の『九条家本』である。『古系図』には登場人物の系図の呼称に略伝的注記が添えられ、呼称の由来に言及しているものもある。今回、世人が「ひかるきみ」と一対のものとして藤壺を「かゝやくひの宮」（国冬本の表記による）と並び称している点を考え、考察の援用とする為に、源氏と藤壺について、古系図内の呼称及び呼称の由来の注記部分をみる。（以下、各種古系図毎に、呼称の由来となる注記文を示す）

・「ひかる君とはこま人つけたまへりけるとそ」（光源氏・系図呼称部分欠損）
「桐壺の巻に内へまいり給て藤壺ときこえき」
（藤壺には「かゝやく日の宮」及びその由来の記述無し）以上『九条家本』

・「ひかる君とはこま人のつけたてまつりけるとそ」（光源氏・系図呼称「六条院」）
「かゝやくひのみやとも申す」（藤壺）以上『為氏本』

・「ひかる君とはこま人のつけ奉りけるとそ」（光源氏）
「かゝやく日の宮と申」（藤壺）以上『正嘉本』（以上の三本の古系図の本文は全て『源氏物語大成』に拠る）

・「ひかる君とはこま人のつけたてまつりけるとそ」（光源氏）
「かゝやく日のみやと申」（藤壺）以上『伝家隆筆源氏物語系図』（専修大学蔵）[7]

右のように「ひかるきみ」の呼称の由来は必ず高麗人《こまうと》に拠っているのに対して、藤壺の「かゝやくひの宮」は、最古は呼称の由来の記述そのものが無く、以後は呼称自体の記述はあるがその由来は記していない。前述の如く「ひかる」「てる」「かゝやく」等は、物語主人公の賛美の言葉であったゆえに、「かゝやく日の宮」の呼称が、説明無く古系図の人物注記に附されていても、藤壺の美称として特に違和感を抱かない。同様に「ひかる」そのものが賛美なのだから「ひかるきみ」にも由来は無くてもよい訳で、にもかかわらず必ず「こま人」以下の記述がなされている事実は、質量共に複数の原本・伝本がある物語であるとはいえ、高麗人《こまうと》の命名伝承の記述はかなり古い時期に、既に欠くべからざるものとして位置付けられていたということを示す。前節で確認した世の人の存在も「高麗人《こまうと》」の存在も同等に重いと言える。やはり、ごく古い時期から存在した高麗人《こまうと》命名伝承記事を欠く（別の言い方をすれば独自の命名伝承に因る）国冬本の「ひかるきみ」の問題は重要な問題を含んでいると言わねばならないだろう。

ここで国冬本における「ひかるきみ」の、他巻での状況を考える。本書末「国冬本源氏物語一覧表」にあるように物語では桐壺巻の他に二例―匂宮・手習巻に一例ずつ出現する。が、国冬本匂宮巻は岡嶌偉久子の調査にもあるように、[8]表表紙の書き題簽・見返し貼付の極に附された題名が共に「匂ふ兵部卿」とあっても、内容は全て夕霧巻後半部分の混入であり、国冬本に匂宮巻は現存しない（「ひかるきみ」の呼称は出現しない）。手習巻には「ひかるきみ」は登場するものの、手習巻は伝国冬筆の鎌倉末期本ではなく、伝飛鳥井雅敦卿筆の室町末期本である。そして前後の文脈に特段の独自本文は無い。以上のように桐壺巻で他諸本と異なる独自の命名伝承をもち描かれた国冬本「ひかるきみ」であるが、以後の巻巻にその独自性の意味するところを探ることは不可能である。しかしそれこそが、国冬本五十四冊のありのままの実態であり、稿者は一貫して現存する世界をありのままに読み解くことを基本姿勢としてきた。よっていたずらに桐壺巻独自の問題に恣意的な国冬本全体の総論的意味づけを行わず、この巻のみで、ひとまず完結させて論じていくつもりである。

5　「ひかるきみ」という呼称の意味——本文研究の中で〈象徴〉を問うこと

次に考えたいのは「ひかるきみ」という呼称そのものである。「ひかるきみ」——一体この呼称は、どこに類別されるものだろうか。高木和子は「「光る君」「光源氏」は、讃美の綽名であって、実名・諱・字ではない」と述べている。(9) この〈綽名〉の内容を考える必要があると思われる。何故ならばこの綽名は、〈光り輝く存在や、王統を象徴する美称〉——即ち〈象徴的〉的呼称であるからだ。

〈象徴〉——あるいは〈喩〉〈メタファー〉等といった概念・用語は、源氏物語研究でも一九八〇年代隆盛を極め、もう十分定着した用語である。当時と比較して題目にこそ現れることは減ったが、それは今日数々の論文の本文中に散見し得、もはや殊さら題目に立てる必要が無い程浸透した故の、題目数の減少とみるのが妥当と思われる。

但しこうした象徴の歴史は、殆ど自明のこととして、底本を通行本文（源氏研究では大島本を頂点とする青表紙本系統本）で論じられてきた。底本が通行本文以外の場合は、想定されて来なかった。即ち〈本文研究の中での象徴〉となると、未だ開拓以前の分野である。もちろん文意に影響しない程度の本文異同ならば、問うに足りない。しかし、本稿でこの度取り扱う、国冬本桐壺巻巻末欠如の問題は、「ひかるきみ」が〈象徴的〉的呼称であるだけに、源氏研究で通行本文以外の本文に於ける、象徴の問題を、初めて主に据えて考察するものになる。

6　巻末欠落の理由について

但し、「ひかるきみ」のもつ象徴的観点からのものは皆無であっても、国冬本の桐壺巻巻末に言及した論考は皆無では無い。命名伝承の二重化の研究史では、前掲注2の河添房江、最近では藤井日出子がこの箇所に言及している。

注目すべきはこのうち河添注2論文で、象徴等の概念が隆盛を極めた時期に書かれた論考であるが、僅かながら象徴の問題で本文異同に言及した最初の例である（左記河添傍線部太字部分以下）

・「その前には源氏の二条院のことが記されており、そこからいきなり高麗人の命名の条が接続するのは、唐突というか、何か木に竹を接いだような分裂的な印象を否めない。そうした承接関係の不自然さと、命名者が前と抵触しているという点をおそらく最大の理由に、別本の国冬本では、b（稿者注・河添論文中の掲出本文を指す）の「光る君といふ名は」以下を削除している」（河添房江[2]）

これに続き藤井論文が、近年、国冬本桐壺巻を主として論じた中で言及している。

・「光源氏命名に関わる重要な巻尾部分を欠落しているのも、先述されていることについては、重複するとして削除したことが窺えるが、光源氏が軽視されていることは否めない」藤井日出子[10]

両者共通して、重複が不自然として削除したという趣旨である。ところで本文の欠如・欠落の問題を論じる際には、まず最初に、最も素朴な要因である物理的な側面、即ち書写者の誤写・目移り等による脱落等が考慮されてしかるべきである。但し当該箇所は巻末最終部分であるから、文と文に挟まれた中で書写者が目移り等の誤謬で欠如させるのとは条件が異なる。しかも掲出箇所Cにあるように、物語の巻末の常套句である「となん」で終わり、これは物語の閉じ目の常套文句であるから自然に終結しており、敢えて物理的な欠損を立てる必要性は考えにくい[11]。もちろん可能性は皆無ではないが、稿者は眼前にある事実―巻末欠如―によってどういう世界が生まれたかという観点から読む立場であるので、以降もこの立場から論を進めることを述べておきたい。

7　〈高麗人の命名伝承〉に続く欠如――「鴻臚館」の言葉の欠如

実は、国冬本桐壺巻には、高麗人《こまうと》の命名伝承記事以外にも、他ならぬ高麗人《こまうと》に関わる重要な語「鴻臚館」が欠如している。幼い源氏が高麗人《こまうと》に身をやつして謁見し観相が行われた場面を次の掲出する。

【E】宮のうちにめさんはうたのみかとの御いさめ《まし》あれはいみしうしのひやつしてこのみこをみせにつかはしたり
（国冬本・桐壺巻　二　丁オ9行〜11行）

※「まし」は「いさめ」の「さ」の右に傍書され、左には「二」と傍書がある。
※「しのひやつして」―陽明文庫本・麦生本・河内本、「忍ひて」―大島本
※「こうろくわん」―大島本他諸本・国冬本のみ、この記述無し
※「つかはしたり」―「わたしたてまつり」御物本
※参考「かうらい人の相人に源氏をみせ給ふ右大弁つきて行東寺の辺にて弁も相人も源氏も旬とも多く作かわし給（『源氏物語絵詞』大阪女子大学蔵[12]）

この箇所で引かれる宇多帝の御誡《おんいましめ》所謂『寛平御遺誡』自体の解釈の問題は既に多くの先学が述べているように、もともと「外蕃之人」と「直対」することを禁じているものを、この物語が独自に解釈を施し、宮中に召すことが禁忌とされ、故に源氏が身をやつして鴻臚館に行く流れとなっている。問題は国冬本の独自本文の部分（太い傍線部）

で、他諸本全て当時の外国使節「渤海使」との公的且つ正式な渉外窓口であった「こうろくわん（鴻臚館）」が明記してあるのに、国冬本のみその名称は無く、「みせにつかはしけり」とあることである。当時外国使節と対面する場所が鴻臚館とは自明のことであった故、国冬本が記述の必要無しと見なし記さなかった、あるいは誤写等で物理的に落ちた可能性もあろう。しかし、このことが一つ国冬本のみであり、そして述べてきた高麗人の命名伝承部分の欠如と並べると〈二重の欠如〉となり、ここから、国冬本桐壺巻で高麗人《こまうと》関係の記述が省かれる傾向があるとも考えられてくる。国冬本桐壺巻では高麗人《こまうと》が重要な存在として捉えられていないのだろうか。しかし掲出箇所Eに引き続く観相の場面には当然高麗人《こまうと》も国冬本に登場・活躍し、特段の異同は無い。となると国冬本で、重要視されないのは、命名伝承に関わる存在としての高麗人《こまうと》と言える。

一体、高麗人《こまうと》は関わらず世の人のみに命名された国冬本桐壺巻の「ひかるきみ」は、どのような呼称なのか。

8　終わりに——国冬本桐壺巻での断絶と孤立／「ひかるきみ」の意味するもの

問題は高麗人《こまうと》命名伝承記事が巻末に置かれることの意味である。前掲河添注2論文では、巻末に置くことの修辞的効果という点からみていたが、尚掘り下げる必要があるのではないか。一旦国冬本桐壺巻独自の巻末を棚上げして、桐壺巻巻末から、帚木巻冒頭の問題に視点をうつす。周知のように桐壺・帚木巻の間には、かつて和辻哲郎以来の成立論の発端ともなった、巻巻の不接続への不審とされる問題がある。帚木巻以降の好色短篇譚は、前巻桐壺巻から唐突に開始し飛躍し、二つの巻に、そのままでは自然に接続せぬ断絶があるとされた点である。しかし本当に二つの巻巻は不自然な断絶をおこしたままなのだろうか。

その答えを解く鍵が、二つの象徴的呼称にあると考えられるのである。加藤昌嘉が、「続篇たらんとする物語」は、連結に必要な記号を使うと述べている。(13) この場合は巻末の「ひかるきみ」、続く帚木巻巻頭の「ひかる源氏」（国冬本帚木巻一丁オ一行目より掲出）の両者に共通する「ひかる」がそれに当たると考えられる。ただの賜姓源氏ではなく「ひかる源氏」とすることで、一見唐突な帚木巻冒頭の若者が、あの「ひかるきみ」のことだと分かるからである。

そして「ひかる源氏の物語」とも称されるこの物語が進行する為にとられた巧妙な接続方法について、前掲注9高木和子論文が論じている内容をみたい。即ち、桐壺巻末で「ひかるきみ」命名の再確認を行い、高麗人《こまりと》によってこの呼称を強く固定し、帚木巻頭で呼び起こし「名のみ」であると非難しながら最後は擁護する（「さるは」以下）という複雑な方法によって、異質な二つの物語―『竹取』『うつほ』の如く出生の由来から語り起こす長編系と、『伊勢』の如く元服後の恋の遍歴からの短篇系―を、名にまつわる二種の意（呼称と評判）によって接続していると高木は解いている。

ここでもう一度国冬本桐壺巻巻末の問題に戻る。当然「ひかるきみ」はここには無い。よって高木が述べるような、帚木への巧みな接続方法をここにみることは不可能である。本文の次元では、桐壺・帚木巻は共に伝国冬筆に属し連続している。しかし内容の次元では、桐壺巻巻末の「ひかるきみ」が存在しない故に、国冬本桐壺巻・帚木巻は、不自然な断絶を保ったままだといえる。となると、〈外部〉の権威によったものではなく、世の人の称揚でのみ、つまり昔物語における「ひかる」による主人公の賞賛の世界そのままの論理で生まれた〈象徴的〉美称は、その古代性を保ったまま、次巻への架け橋という役割ももたず、孤絶している誠に独自な呼称と結果としてなった。それが国冬本桐壺巻の「ひかるきみ」である。

【附記】国冬本桐壺巻については、天理大学附属天理図書館蔵の複製と『本文研究』（和泉書院）、陽明文庫本は『陽明叢書』、その他の校異本文は『源氏物語大成』『源氏物語別本集成』『源氏物語別本集成・続』『河内本源氏物語校異集成』等を参照した。

注

（1）源氏の謁見したのは「高麗人」（あるいは「こま人」「こまうと」と表記）と物語に記されている。しかし史実では高麗国との国交は無く、「渤海使」として詩文集等に記されているのは周知の通りである。「高麗人」と表記されていても読みは「こまうと」であるから、本考察では「高麗人《こまうと》」とルビを振って示している。
（2）「光る君の命名伝承をめぐって―王権譚の生成・序」（『中古文学』四十号、一九八七年十一月・「光の喩の表現史」と改名・一章にまとめ『源氏物語表現史』翰林書房、一九九八年三月に所収）
（3）今西祐一郎「かかやくひの宮考」（『文学』五十巻七号、一九八二年七月）
（4）谷口孝介「鴻臚館の「光君」」（『説話・伝承学』四号、一九九六年四月）
（5）『源氏物語』の「世の人」の論考として、北川こずえ「『源氏物語』における世人―光源氏との関わりを中心に」（『人間文化研究年報』11、一九八八年三月）、金順姫「方法としての「世人」・「世の人」をめぐって―初期物語・日記文学・『源氏物語』の用例に即して」（日本文学研究（梅光女学院大学）二五号）、一九八八年十一月）、秋澤亙「四位になしてん」考―『源氏物語』の端役としての「世人」」（『國学院雑誌』百四巻五号、二〇〇三年五月）等がある。
（6）池田亀鑑「源氏物語古系図の成立とその本文資料的価値について」（『日本学士院紀要』九巻二号、一九五一年七月）
（7）中田武司翻刻、紫式部学会編『源氏物語と女流日記　研究と資料』（武蔵野書院、一九七六年十一月）より。
（8）岡嶌偉久子「源氏物語―その書誌的総論」→第1章6節参考文献Ｄ

（9）高木和子「「思考」としてのことば―『源氏物語』の「名」について」（『想像する平安文学4　交渉することば』勉誠出版、一九九五年五月）の脚注20より。

（10）藤井日出子「源氏物語国冬本の本文の性格―桐壺巻の人物造形をめぐって」（『論叢源氏物語』四　新典社、二〇〇二年五月）

（11）本章は、二〇〇四年六月十九日　物語研究会例会（於横浜市立大学）にて口頭発表を行ったものの一部を論文化した。その際の質疑応答において矢野環が、聖書の写本に特に多い同尾脱文の例を示し、この場合もそれではないかと述べた。左図に矢野氏の見解を元に、稿者が作成したモデルを挙げる。

6　********かかるところにお
7　もふやうならん人をくしてすまはやとそ
8　なけかしうおほしわたるひかるきみといふ
9　なはこまうとのめてきこえてつけたてまつ
10　りけるとそいひつたへたるとなん

（右は国冬本現存本文を元に、仮に末尾欠如部分を、一行字数を現存本全体を参考に、ほぼ同様の形にした、仮定の親本である。傍線部分以降が仮定の補充部分）

右の通り、波線部分「おぼしわたる」「いひつたへたる」の「たる」が同語で、ほぼ同じ目の高さになり、聖書の写本によく見られるとされる同尾脱文の形に似たモデルが出来る。聖書の写本研究は、極めて膨大なその写本数からも、先駆的に発達した分野であり、現時点での伝本の事実をどう読むかという稿者の立場からこの論に添わないものの、一つの有益な参考意見として挙げておく。

（12）伝本では管見の及ぶ限りでは国冬本のみ〈鴻臚館〉の語が無いが、『源氏物語絵詞』（大阪女子大学蔵・京大蔵）にもない。ただ同『絵詞』の「東寺の辺」という記述に対して、伊井春樹は「鴻臚館について「東寺の辺にて」とするのは、絵の場面としては不必要ながら、絵師としては一応位置関係を知っておくべきだとの考えによるのであろう」（『源氏物語注釈書・享受史事典』）と述べる。つまり当時の所在位置を示した段階で、『絵詞』に鴻臚館の言葉は無くても、書いてあるのも同然と言うことであり、国冬本とは同列に考えられない。

（13）加藤昌嘉「甦る光源氏―名と実体」（『人物で読む源氏物語Ⅰ』（勉誠出版、二〇〇五年六月）

第6章　享受論的視座から——国冬本と物語内部、そして外部へ

1　はじめに

本章では、今まで国冬本源氏物語そのものだけを見つめていた視座を少しずつずらし、外部に向ける。具体的には2～5節が源氏物語内部に問題を求め、6節以降が外部（源氏物語の享受作品）に関して論じる。

2　「柏木」の呼称の出現以前の様相

物語内部を考察する素材は「柏木」である。

「柏木」―物語内部にはこの呼称はなく、従って後の読者が名付けたものである。悲恋のうちに「柏木」という名の巻で横死した太政大臣の内親王腹の嫡男が、最も注目され、〈あはれ右衛門督〉と人々に悲しまれ巻を閉じるのがこの柏木巻であり、享受の歴史中でこの呼称が生じたのはごく自然に思われる。それ故に柏木の呼称の由来を掘り下げたものは少ない(1)。しかし、複雑かつ豊穣なこの物語の享受史をひもとくと、この呼称の謂われにはまだ解明すべき点があると思われる。

まず、物語中に現れる柏木の呼称が如何なるものであったのか、改めて挙げてみる。

左少将・内の大殿の中将・岩漏る中将（胡蝶）・右中将・右の中将・中将の朝臣・中将・頭中将（篝火・藤袴・真木柱・梅枝・藤裏葉）・中将の君・君・右の次将・内の大殿の頭中将・朝臣・右衛門督（若菜上・紅梅・橋姫）・衛門督（若菜上・若菜下）・衛門督の君（若菜上・柏木）・宰相の君（若菜上）・中納言（若菜下）・権大納言（柏木・橋姫）・故殿・大殿・故権大納・故君・故大納言・故督の君・故衛門督（夕霧）・大納言・故権大納言の君（橋姫・宿木）

（柏木の物語中の呼称一覧（『源物語事典』大和書房　二〇〇二年五月「柏木」の項より／（　）内は巻名で稿者が適宜省略し、又傍線等私に施した部分がある）

右は物語の進行順に呼称が並べられている。このように多様な呼称で呼ばれてはいても、玉鬘を実姉と思って贈った歌詞に因んだ「岩漏る中将」（胡蝶巻）を除けば、官職でしか呼ばれていない。官職は左少将に始まり、極官は権大納言である。若菜で宰相（参議）に任ぜられて、また同時に、参議と兼任することの多かった右衛門督に着任している。大摂関家の威光もあり、順当昇進をしてきて、非業の死さえなければ、この後はまず内大臣となったはずであり、(2)栄華に満ちた人生が待っていたに相違ない。

物語内部の呼称を今確かめた。この人物が、後年読者によってどう称されるようになるかを、物語成立の三百年程後に成立したと言われる『無名草子』の次の記述に見る。

・かしはぎの右衛門督のうせいとあはれなり（後略）
・かしはぎのえもんのかみはじめよりいとよき人なり（中略）う《朱》せのほどいとあはれにいとを《ほ》しけれと（後略）

・又かしはきの右衛門督のうせの程のこと、もこそあはれに侍る（後略）

（水府明徳会彰考館蔵　原題「建久物語」建武二年四月六日　津守国冬判（波線は朱を表す）(3)）

既に、無名草子では、〈柏木の右衛門督〉を一体化し、確定した人物呼称と見なしたかの如く、三回も登場させている。この三百年程の間に、物語内では官職の呼称しかもたず、そして「権大納言」まで登りつめた人物が、何故「中納言」ではなく、前官職の「右衛門督」に呼称が逆戻りしているのだろうか。神野志隆光が「納言になってはじめて一人前の公卿として扱われる」と指摘しているように、(4)「中納言」の方が呼称としてふさわしいと思われるのが、「柏木の右衛門督」、現在では最も一般的に「柏木」と言い習わされるように何故なったのだろうか。

考察の材料として、古注釈や古系図を使いたい。最古の古注釈『源氏釈』（世尊寺伊行、一一六〇年頃成立か）は、多くの先学に拠れば、その段階的な成立が述べられてきた。当該書研究の中心的存在であった伊井春樹は、自らのものをも含め諸論考を整理した上で、大凡、（第一次本「冷泉家本」（完本）・『源氏或抄物』（略本）→第二次本「書陵部桂宮本（残欠本）」→第三次本「前田本」（完本・最終形態）・「増補本」）と最終的にまとめ上げた。伊井は、特にこの中で、『源氏或抄物』が前田家本の脱漏を一部補い、また『源氏釈』初期形態を知る上で貴重であることを述べている。(5)一方渋谷栄一は、この伊井の見解に添いつつ、「まず「源氏釈」における第一次本から第二次本へという過程には、本文梗概化も詳細から簡略へと向かう傾向を示すことである。それに伴って、人物呼称も記載から省略へと向かうことが指摘できる」と述べ、人物呼称が「固有名詞表記」（稿者注／「紫の上」など物語的名称・通称的なもの）から「普通名詞表記」（稿者注／「帝」「君」「女君」など）、そして省略等と、物語の途中で呼称が変更される用例を掲出・考察している。(6)人物呼称の変遷状況を知る為に渋谷の考察が有効と考えられるので、これを参考に、初期呼称を知る材料として『源氏或抄物』から呼称を任意で抽出し、その変遷の様を知るのに有効と考えられる最終形態と目される前田本を対照し表にまとめ、最後に柏木の用例を比較対照させた。

『源氏或抄物』→『源氏釈』（前田家本）の呼称の変遷（物語中に通称等、正式な公的呼称以外がある場合は、下に○、無ければ×）

源氏或抄物	源氏釈	公的名称以外の呼称有無
・きりつほの御門	（呼称の記述無し）	×
・夕きりの大将、夕きり、夕霧	あふひのうへのはらの君、まめ人の大将	○
・かほる、中納言、大将	大将	○
・にほふ宮、兵部卿宮	兵部卿宮	○
・あふひのうへ	あふひのうへ	×
・すえつむ、すえつむ花	すえつむ	○
・雲居の雁（傍記）	雲井のかりのひめ君	×
〈柏木〉		
・せうとの中将、中将、衛門督、ゑもんの督、ゑもんのかみ	中将、衛門督	○

右の表では、男女の順に並べたが、既に最古の古注釈の初期段階（『源氏或抄物』）ですら、桐壺・夕霧・薫・匂宮と公的官職名に通称的な言葉が付随している。順に見ていこう。このうち、「きりつほ」だけが、物語にも無い名称である(7)。また夕霧については、物語内部での称は、「大学の君」「まめ人」等で「夕霧」そのものはない。ただ公的呼称のみではない点で、四者は一つに括られる。一方女性にしては、物語内部に無い呼称が自由に付けられている。元々源氏物語自身が、魅力的な女性の呼称を生み出した画期的作品であった故に(8)、著者伊行の注釈自身も、女性に対

して自在な呼称を許したのかもしれない。そしてこのような中で、最後に置いた例のように、「柏木」については『源氏釈』の成立のどの段階においても、その言葉は一切記されていない。

3　源氏物語古系図への「柏木」出現

柏木の呼称の初出は、調査の限りでは所謂「源氏物語古系図」の記述に遡る。これは物語の作中人物を、皇族・大臣・公卿・殿上等、貴顕から順に家系を系譜の形で図式化したもので、人物名と簡単な血統・呼称等の注記があり、巻序に沿った略伝が附されているものもある。このうち三条西実隆が長享二（一四八八）年に作成したもの以前を古系図と区別している。(9) 最古とされる『九条家本』は、池田亀鑑に拠れば、「鎌倉時代の初期を下るものではあるまい。その字形書風等からすると、平安期に入るものかと思われる」(10)とされる。柏木を中心に、その一部を抽出する。

（巻頭は損傷による欠落）

・夕霧左大臣　母あふひのうへ　摂政太政大臣女

├右衛門督　母

にほふ兵部卿宮もみちのえんにてうちにてしたまひし頃中宮の御つかひにまうてたりし人也

木の右衛門督子

□朱雀院の女三宮　若菜の巻にむまる□六条院申しつけ給しまゝに冷泉院御子にしてかほる中将のまきに元服して四位の侍従ときこえき（中略）やとり木の巻に二月の直物に権大納言になりて右大将を兼す

・致仕太政大臣　母太□いもうとなりはゝおとゝにおなし（中略）
夕霧の大将をうみをきてほとなくうせ給ぬ

葵上　源氏北方

柏木権大納言　母太政大臣女
かゝりひに及び中将ともみゑ□若菜の巻に右衛門督同巻に権□納言二品の宮の御事思ひみたれてかきりなりし時柏木の巻にやまゐのうちにかすのほかの大納言になりてほとなくうせぬいはもる中将といひき

紅梅右大臣　はゝ衛門のかみにをなし（以下略）

弘徽殿女御　はゝゑもんのかみにをなし

夕霧大将北方　はゝあせちの大納言の今の北の方

夕顔尚侍　はゝ夕顔の君　三位中将女

近江君《たまかつらのないし》　はゝたれともしらすなのりいてたりけるをむかへとり給へり

・二條太政大臣　朱雀院のはゝ方の御おほち　右大臣ときこえき

四君　ちしのおとゝの北方　柏木のゑもんのかみこうはいのをとゝ
なとのはゝなり（以下略）

『九条家本源氏物語古系図』
（『源氏物語大成巻七研究資料篇』／図は私に略した部分がある／傍線等は稿者に拠る／主を異にする家系毎に「・」で分けた）

右の系図の太い傍線部のように、既に「柏木権大納言」と記述され、ここに「柏木」が死の直前仕命された極官との組み合わせで初出している。掲出した系図中の最初の欠損は、『源氏物語大成』第七巻所収の口絵写真によれば、紙魚などの虫食欠損と思われる。略伝の内容等から推測して、薫のそれと思しく、また、常磐井和了の翻刻・紹介した『秋香台本』は、常磐井が「九條家本の欠損部分虫損部分がこの本によって字数の違いもなく埋められるほど忠実な本文をもっている」と述べており、この『秋香台本』古図を参考に、欠損部分の字数なども換算して、「かほる中将実は柏」と仮に補うことができる。(11) ここに「柏木の右衛門督」が初出し二条太政大臣の四の君の略伝中にも「柏木のゑもんのかみ」と登場する。これらの呼称のうち、「柏木」の言葉の附されない呼称は弟紅梅、姉弘徽殿の略伝中のものだが、これはすぐ右の系図呼称に「柏木権大納言」とあるから重複を避けたのであろう。

古注釈と古系図の最古のものを比較してきた。ただ『源氏釈』は段階的に成立したとはいえ、その初期段階である『源氏或抄物』はかなり早い時期であったとされる。すると『九条家本古系図』と『源氏或抄物』の成立時期は接近していたと考えられる。このうちまず『源氏釈』では、その成立のどの段階に於いても「柏木」は呼称に付されていなかった。伊行が『源氏釈』の男性貴人の人物呼称段階的に、物語的通称をはずし、簡略方向に変更したことについては前掲注6の渋谷栄一論に見たが、この人物のみ一貫して官職のみで通した点で異色であるといえる。伊行がこの人物に、何らかのこだわりを持っていたが故に、こうした結果になったと考えられる。このこだわりという点では、一人伊行だけの問題でないのは、次節で述べることとする。一方、古系図は『九条家本』はもちろん以下『為氏本』『正嘉本』、『秋香台本』『伝藤原家隆筆本』と、「柏木」は登場し続けている。(12)

伝本　系図呼称　略伝中呼称（抜粋）九条家本

伝本	系図呼称	略伝中呼称（抜粋）
九条家本	柏木権大納言	柏木の右衛門督 柏木のゑもんのかみ
為氏本	柏木権大納言	かしはきのこん大なうこん 柏木衛門督 こん大納言
正嘉本	柏木権大納言	かしわきの権中納言 右衛門督 権大納言 柏木権大納言
秋香台本	柏木右衛門督	柏木衛門かみ

		柏木衛門 ゑもんの督
伝藤原家隆本	柏木権大納言	かは《し》し《は》きの権大《中》納言 右衛門督 権大納言

このうち系図呼称は極官「柏木権大納言」が一般であり、『秋香台本』のみ、系図呼称だけでなく略伝中の呼称まで「柏木の右衛門督」が中心である点で異色である。但し、『秋香台本』は、九条家本の欠損を補う貴重な部分を有しているものの、注11常磐井前書所収の「古系図諸本人名一覧表」所収十六系図を見ても、柏木に限らず、人物呼称が他の十五系図と異なり、一つ当該古系図だけが、独自の呼称である例がままある。よって『秋香台本』はひとまず別にして考えると、系図呼称は、極官の「柏木権大納言」、略伝中の呼称は、文章で綴られた中のものということもあり、系図呼称より自在に、〈柏木権大納言〉〈右衛門督〉〈柏木の右衛門督〉が、表記は様々に登場しているのが、「源氏物語古系図」の基本的な記述姿勢と、結論づけることができるだろう。

前節、本節を総合して考えるに、『源氏釈』の中では、他の人物呼称に自在な通称を冠した伊行も、「柏木」という言葉だけは、一切使用しなかった。一方、その『源氏釈』の初期段階とは時期的に近かった「源氏物語古系図」最古の『九条家本』において、「柏木」は系図呼称・略伝中の呼称共に出現する。「柏木」は物語内部の呼称ではないから、『源氏釈』の記述は物語に忠実であったということもできるが、他の人物呼称はそうではなく、一つこの人物にのみそうであることが、異例なものを感じさせる。逆に古系図『九条家本』は、物語を逸脱して、「柏木」を付した。系図呼称中、他に権大納言はいないのであるから、区別の為の付与の必要はなく何故敢えて「柏木」が必要だったのか、不審に思われる。また略伝中の呼称「柏木の右衛門督」については、前述の如く、右衛門督でなく中納言の呼称が選ばれてよいはずで、にもかかわらず、後の読者の通称に一度も「中納言」がないことも、やはり異例なことと言わねばならない。

つまりこの人物の後の読者による通称は、どれも何らかの異例を含むと考えられるのである。

4　異例の呼称の理由――「柏木」が官職に付されること

前節末尾でも述べたが、実はこの人物の呼称は、より根本的な意味で、極めて異例なのである。このことを、前掲注1家井美千子の、「柏木」という言葉をめぐる論を参考に、以下みていくこととする。

まず「柏木」の言葉は、周知の如く、皇居を守る兵衛府及びその官職の異名として詠み込まれてきた伝統的な歌ことばである。左に代表的な史料等を挙げる。

・右衛門をば、みかきもりといふ。兵衛をば、かしはぎをいふ。（『能因歌枕　広本』日本歌学大系　一）

・衛門　ミカキモリ　兵衛　カシハキ　（『群書類従本和歌初学抄』日本歌学大系　二）

・柏木、いとをかし。（中略）兵衛の督、佐・尉など言ふもをかし」（「花の木ならぬは」の段」（『三巻本枕草子』角川文庫）・（兵衛府）宣陽・陽明門以外を守衛し、行幸啓のときに供奉し、雑役を務める役である。これも左右に分かれていた。（略）この督、佐・尉をばカシワギとも言った。（衛門府）宮城を警衛し、行幸する武官で、つねに靫（略）を負い、弓をもっているから、『和名抄』にはユゲヒノツカサとよんでいる（後略）（和田英松『新訂官職要解』一九二六年刊本　明治書院）。

ところが、一方では「柏木」が衛門府及びその官職という説もあった。和田英松前掲書の、次の部分である。

・またカシハギともいったことが、『河海抄』に見えている。かしはぎは兵衛の別称であるが、同じく宮門警護であるから衛門にももちいたものであろう。

和田説は、『河海抄』を根拠に「柏木」が衛門府及びその官職の異名であったというものである。ところがこれに対しては、片桐洋一が疑問を呈している。片桐は、自著（『増補版歌枕歌ことば辞典』笠間書院）で、「柏の木そのものよりも、兵衛府の異称としてよまれることが多かった。なぜ「柏木」が兵衛府の別称になったかといえば、柏は古来、神事に葉を用いることが多かったために、葉が聖視され、「柏木に葉守の神のましけるを知らでぞ折りしたたりなさるな」（大和物語・六十八段）のように、葉を守る神の存在を考え、転じて皇居を守る兵衛府およびその職にある人をいうようになった」と、まず歌ことば「柏木」を説明した上で、「ところが、現行の多くの古語辞典が『兵衛府および衛門府の別称』とするのはいかがであろうか」と異議を唱え、その理由として「『柏木』が衛督、佐・尉の異称として用いられている例はまったく存在しないのである」と断じた上で、柏木の異名が兵衛及び衛門になった理由を、「『源氏物語』の登場人物である衛門督が、柏木の巻で世を去るゆえに、『柏木の衛門督』と後人が便宜的に呼称したため、衛門の別称でもあるということになってしまったのではないか」と述べる。

この片桐洋一の、「『柏木』が衛門督、佐・尉の異称として用いられている例はまったく存在しないのである」という点に関して注1の家井美千子が、例外的に『綺語抄』・『河海抄』の一部の本文・『雅語集覧』等を網羅的に調査し、「柏木」が衛門府をも表すことが記された事実を示したのである。ここには最古の『綺語抄』部分の家井の記述を挙げる。

・ただ『綺語抄』のみが次のような記述を見せる。

〈中・官位部〉

かしはぎ　左右衛門をいふ。左右兵衛をいふ。（中略）

ともかくも、「かしはき」と衛門府の結びつきの最も早い例を、ここの『綺語抄』の現存の形に見ることはできる。

（家井美千子「右衛門督―『源氏物語』における」（『中古文学』三六号）[13]）

この家井論文によって、片桐の前掲叙述がやや事実と異なることが史料を以て示された意味は大きい。但し留意すべきは、あくまでも「柏木」は、原則として兵衛府及びその官職の異名であり、家井が示したのは、衛門の異名であった例も僅かに見られた、という事実に過ぎないということである。即ち、基本的には家井も片桐説に同意し、この物語が書かれた頃には、柏木は兵衛府の異名であったとも考えており、それが衛門府の異名にもなったのは、前掲片桐洋一・傍線部のように「衛門督が、柏木の巻で世を去るゆえに「柏木の衛門督」と後人が便宜的に呼称したため」であり、柏木巻とその巻末の著名な世人の言種「あはれ衛門督」が結びついた結果と考え、自論を結んでいるのである。

『源氏物語』の決定的な影響力に拠って、つまり源氏以降、「柏木の衛門督」という呼称が生まれた、という片桐説には、総論部分で異議は無い。しかし問題は、その発生理由「後人が便宜的に呼称したため」と、結論「衛門の別称でもある」ことになってしまった、という部分である。この部分にはにわかには従いがたい。以下その理由を述べていく。

まず、前節及び前々節で確認したこと、即ち平安末期ともされる最古の『九条家本』以降の「源氏物語古系図」に、既に〈柏木の衛門督〉の呼称が出現し、また『無名草子』では、既に一体化した呼称として三回の記述とも〈柏木の右衛門督〉で登場する、という事実はどうだろうか。前述したが、権大納言を極官に生涯を終えた人物に対して、世人はなぜ〈あはれ権大納言〉ではなく、〈右衛督〉と言種にしたのか。注4で、神野志隆光の〈納言〉を巡る論考に従いつつ自説を述べたように、この人物の哀しみの原点を〈右衛門督〉という官職に求めるが故に、「あはれ」の言葉に続くのは〈右衛門督〉でなければならないのである。それは決して便宜的という安直な感覚からなされた呼称ではあるまい。

更に、最も根本的なところで、柏木は「衛門の別称でもあることになってしまった」は事実とは言い難い。このことを解くのに、定家編『物語二百番歌合』の源氏の人物呼称に言及した田渕句美子の論考[14]が有用であると思われるのでこれを援用しつつ片桐説を修正する。

田渕は、「まず基本的に言えることは、『物語二百番歌合』作者目録では、男性貴顕・公卿等は、院号、もしくは物語終了時の現官の正式名称で記され、物語中の通称、あるいは後世の読者による通称は使われないということである」という定家の記述態度の大前提を、多くの呼称用例を挙げつつ述べる。一方、詞書に対しては、「『物語二百番歌合』の詞書は、全体として、表記や記述に不統一部分が少なくない」と、勅撰集に於いても、詞書はそのようなことが数多くあることも述べた上で、「全体に、『物語二百番歌合』詞書は、作者目録に較べて、物語的・通称的呼称を残す場合が少なくなく、規制もゆるいと思われる。作者目録の方は、かなり改まった意識で、正式名称に近い呼称で書かれたと言えよう」と述べ、不統一の理由について、「物語の享受に、定家自身の中にも、このような二通りの呼称ないし方法が内在することを示しているのである」と考えている。

さて田渕が厳格な規則により呼称が統一されていると述べた「作者目録」を見ると、『百番歌合』『後百番歌合』とも、「作者目録」では「柏木権大納言」と記されており、極官である点は規則通りである。但し、本節冒頭で、〈異例含みの呼称〉と述べたが、田渕も定家の記述の中にそれを感得し、「柏木は、『無名草子』で「右衛門督」「柏木の右衛門督」とある如く、通称として「右衛門督」が定着しているが、死の直前に権大納言に任ぜられているから、定家が極官の権大納言で記すのが正式である。ただしこの「柏木権大納言」は、目録中で他に権大納言がいないのに「柏木」を冠する点で例外的である」と同論文で述べている。

確かに、明らかに「貴顕・公卿」である人物に対して厳格な作者目録らしからぬ記述である。例えば、『百番歌合』の八十四番、

『百番歌合』八十四番

八十四番

左　故権大納言かくれて後、右のおとどの大将におはしける時、形見の笛を吹きすさび給ひける夜の夢に、この笛は思ふかた異に侍りきとて

167　笛竹に吹き寄る風のことならば末の世長きねに伝へなむ

（穂久邇文庫蔵藤原定家筆本／『岩波文庫　王朝物語秀歌選』所収）

の詞書傍線部の如く、「故権大納言」でもよかったのであって、敢えて「柏木」を冠した理由は考える必要がある。

ここに確かに、田渕が「二通りの呼称ないし方法が内在する」と述べた定家の二つの顔が見える。歌人としての定家は勅撰集に準じた作者目録を重んじ、極官としての「権大納言」の呼称を看過し得ない。しかし一方源氏学者としては、定家は自ら期した原則を逸脱しても、「柏木」の語を落とすことはなかった。

しかしそもそも前掲した如く、「柏木」は兵衛府及びその官職の異名であった。すると、〈柏木の右衛門督〉は、この柏木を兵衛府とした場合、右衛門督は衛門府の長官だからあり得ない。柏木を兵衛の官職の異名ととった場合、官職＋官職と同語反復になってしまい、言葉としてあり得ない。〈柏木権大納言〉の場合、右衛門督同様柏木を官職ととるのは言葉としてあり得ない。また注1家井が史上の任官状況の調査を元に述べたように、衛門督は兵衛督より格が高く、また大納言と衛門督兼任はないので、兵衛と大納言の組み合わせの可能性も無い。つまりこの人物について、後世の享受者が付した呼称は、もし歌ことばの伝統の通りこの「柏木」が兵衛又は衛門の異名ならば、本章冒頭で一見異例に見えると述べたけれども、より正確には存在し得ない言葉であると言い換えられるのである。しかし『九条家本』古系図以下、『無名草子』、『物語二百番合』と、柏木＋官職の形で記述されてきている。ということは、この「柏木」は兵衛及び衛門の異名ではない。つまり源氏物語以降、特にあの〈あはれ右衛門督〉(15)が強い印象を残した柏木の巻以降、「柏木」は『源氏物語』の柏木巻、という意味を持つにいたったと考えられるのである。

5　国冬本柏木巻巻末独自本文の意味——物語内部の世人から外部の享受者へ

前節最後で「柏木」の言葉の歴史を変えた、その象徴とも言える〈あはれ右衛門督〉の一件に言及した。貴公子の非業の死を悼む余り、言種にもなったという下りは、通行本文（例えば大島本等）では「ましてうへには御あそひなとのおりことにもまつおほいて、なんしのはせ給けるあはれ衛門督といふことくさ何ことにつけてもいはぬ人なし」（『大島本・五十一丁ウ~7行　角川書店『大島本源氏物語七』）である。ところが、他諸本と異なり、国冬本は以下のような独自の本文である。左に掲出する。

10　ましてうへに
11　は御あそひなとのおりにもまつおほし
1　いて、なんあはれかり衛門督といふこと
2　くさなに事にもたえす

10　11　1　2

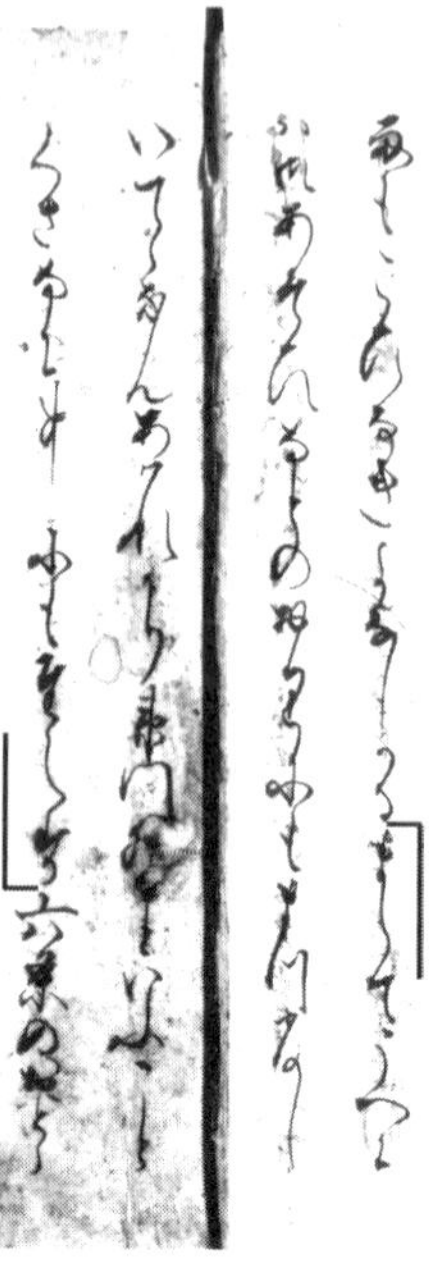

（国冬本・柏木巻／四四丁ウ10行~四五丁オ2行）

もともと国冬本柏木巻はその本文の省略等特異性を有しており、(16)その点で注意を要することを前提として述べておく。当該箇所も同様である。「おほしいて、なん」で一旦切り、省略した形で読むしかなく、次の文は「あはれかり衛門督といふことくさなに事にもたえす」だが、この主語は帝か世の人かということになる。「かり」が「なり」などの誤写だった可能性も考えられ、するとこなれない文ではあるが、「あはれなり衛門督」となり、敬語はないから、主語は世の人ともできるし、前文との続きから主語は帝で、敬語を省略しただけとも読める。「あはれ右衛門督」で著名な個所にこのような本文もあることを、ここで紹介しておく。(17)

今稿者がこの下りで特異な国冬本柏木巻で挙げたのは、その不審さをあげつらう為ではない。「柏木」の言葉の歴

史を変える程の強い印象を残した当該箇所を、誤写というマイナスの側面からではなく、一つの享受の軌跡として、むしろプラスの側面から考える材料としたいからである。

こうした考え方に示唆的なのが、上野英二の論考である。[18] 上野は注14田渕と同様『物語二百番歌合』をとりあげ、歌の誤写の理由を素材に、まず、『源氏物語』の享受において「物語読者の記憶の中の『源氏物語』」を考える必要性を説く。当該歌の生まれた時代では、『源氏物語』の享受とは、教養人にとって単なる知識ではなく、愛読の末に空覚えしまさに「血肉化」したものとしてあり、それが当時の『源氏物語』の「愛好」の姿であったとする。従って、上野が論文で例に挙げた歌句の誤写の理由は記憶の中で別の歌句が残存していた故に生じたものであることを指摘し、「このようになまじ『源氏物語』に親しんでいたがためにかえって誤りが起きてしまう場合もありうる」とする。

こうした上野の姿勢に導かれつつ、先の柏木巻の箇所を考えるに、当該箇所は、まず物語内部では、世の人の言種が絶えなかった程の有名な嘆きの言葉であった。物語内部の世人の嘆きは、物語を「血肉化」していた当時の読者にとって、まさに自らの嘆きと化したであろう。例えば国冬本のこなれぬ本文にしろ、あまりに自らの一部となり、世の人の嘆きを自らの嘆きとして、筆が走った故のことと思しい。むしろこうした不審な本文は、書写者の物語、取り分けこの部分への耽溺の深さを逆に知ることが出来る有意義な証左と、マイナスからプラスに転じて読み替えられるのである。

桐壺巻で「よの人ひかるきみときこゆ」（国冬本、二六丁11行）とあるように、物語の内部で世の人が稀代の美貌をこう称したことが、後世、物語の外部である「源氏物語古系図」『九条家本』の光源氏の略伝（系図呼称部分は欠損）中の、「ひかる君とはこま人つけたまへりけるとそ」に繋がっていく。[19] 世の人の言葉は、享受者へ当然のように伝播し、享受者は自らのこととして受け止める。そうした当時の濃厚な享受関係を確認した上で、先の国冬本柏木巻に立ち返ることとする。

当該箇所は、あまりにも著名な世の人の言種となった箇所であった。悲劇の理由は全て、彼が、注1家井が述べるように、「参議から中納言にある間に兼任する官であり、大納言となった時にそれを辞す、という一つの出世ルート」であった右衛門督在任中に起こった。彼が中納言を兼任する以前に、運命の女性女三宮降嫁事件が起こったことに端を発した。そして自ら幕を引くように柏木の巻に絶息した悲劇の貴公子は、権大納言までなったのに、世の人は「あはれな右衛門督よ」と嘆いた、とある。右衛門督在任期間が長く世人にとってこの呼称に慣れ親しんでいたということも関係しているだろうが、まるで右衛門督在任中に起きた、極秘の悲劇を知っていたかの如く、世の人は右衛門督の呼称で彼を言種にしたと、物語は記述するのである。ここにおいて、物語を読み進め世の人の知るはずもない彼の悲劇の一部始終を具に見た享受者は、世の人の嘆きに共感するのであり、物語内部の世の人と外部の享受者は一体となる。その媒体として、〈右衛門督〉は必要であり、また世の人と享受者が劇的に結ばれた「柏木」の巻は、「柏木」の言葉を、『源氏物語』と強く結びつけた。その紐帯の強さは、「柏木」を単独で人物呼称にまで為したのであり、例えば『河海抄』（天理大学附属天理図書館蔵　文禄五年書写記有）には「たとひ柏木の子なりとも女三宮の御腹致仕大臣孫なり」とみえる。ゆえに今日では「柏木」が、この人物の呼称として最も一般的となったのである。

以上、今日の「柏木」の呼称が成り立つ過程を辿り、今まで論じられなかった点を考えてみた。留意すべきは、この呼称は作者ではなく、読者・享受者が創造したということである。作者と享受者の絶妙のコラボレートによって成り立つ有機体が『源氏物語』という作品だということが出来よう。

6　物語外部――『花鳥風月』から『須磨源氏』をつなぐ呼称の問題

前節では、物語内部から外部への過程をみた。この節以降は、外部に視座を変えよう。少し時間は飛ぶが、中世の源氏享受に話を移す。

長い歴史の中で、源氏物語は徐々に聖典化されてきたが、源氏物語の本文ですら、揺らいだ今日[20]、源氏物語の影響を受けたとされる後世の作品群も、単なる亜流ではない、独自の価値を今後一層、積極的に見いだすべきであるといえよう。

そうした意識から稿者はかつて、個人蔵の源氏絵風絵画から、源氏絵の鑑定を題材とする後世の作品まで、区別無く取り扱った[21]。その際挙げた後世の作品の一つに『花鳥風月』がある。その『花鳥風月』から引用した本文の中に

これはいかさま、なりひらにてこそあれと、いふ人もあり、いやこれは、けむしにてこそあれと、さしき、二になりて、さうろんし給ふ
（文禄四年奈良絵本、花鳥風月／傍線稿者）

という箇所があり、その際、その注21拙稿の脚注10で

傍線部の源氏の表記について。ここでは文禄四年本が「けむし」慶長元和頃古活字本「ひかる源氏」貞観刊本『衣更着物語』が「光君」となっている。『花鳥風月』で源氏が昔話をする場面があるが、その際幼い時の呼称光君の話題になる。ここでは高麗人に名づけられた呼称は「ひかる」「ひかる君」であり、光源氏や光る君の呼称の混乱はみられない。

と述べた。このように稿者は、『花鳥風月』の源氏の呼称に早くから着目している。そしてこの前出拙稿でも少し言及したが、この度更にこの『花鳥風月』と同じ時代の作品かつ近似する本文を持つことが知られている謡曲『須磨源氏』も関連して調べてみた。すると『須磨源氏』における呼称の登場順序が逆であることを発見した。『花鳥風月』では、光（光君）という呼称が先に生まれそして源氏の死後を「ひかりをかくす」のような文言で表現しているなど、呼称は源氏物語に沿っていることが確認できる。しかし『須磨源氏』では、最初の高麗の相人の名づけの段階が、光源氏であったと記述し、藤裏葉巻で「楽しみを極めて光君とは申すなり」と、栄華の絶頂でこそ源氏は光る君と呼ばれるという記述で全く逆になっている。またこの『須磨源氏』についての先学の研究史において、源氏の呼称に着目したものは見当たらない(22)。このことから新知見の提示と考察が行えると考える。

7　『須磨源氏』について

まず、『須磨源氏』の考察の前提となった、『花鳥風月』について簡単に作品の内容を述べる。

『花鳥風月』とは、中世の御伽草子の一つであり、本文と共に同じく中世に流行した奈良絵本の絵と共に成立した作品である。葉室中納言邸で行われた扇合わせの遊興の場で山科少将が出した扇の中に、一同を混乱させた、若い公達と口覆いをした女房の扇絵があったところからこの作品は始まる。その場にいた目利きの人々であっても、その公達と女房が誰であるか、特にこの公達について光源氏か在原業平のどちらかという点で論争となるが、そこに花鳥と風月という二人の巫女が現れ、巫女の口寄せで、霊との対話が行われる。神鏡に映しだして出現した光源氏の霊が自らの生涯を振り返りつつ語り、更に末摘花の霊も現れるというのが大概である。

次に『須磨源氏』の紹介に移ろう。

これは、中世に生まれた文芸、能の台本である謡曲の一つで、源氏物語を題材とした、所謂源氏物語物という類に分けられる。注22の松田存の分類によればこの源氏物語物というのは、数は十三あり、このうち光源氏が実質全般のシテ（主の演者）であるのはこの『須磨源氏』のみである。内容は、「津の国須磨ノ浦を舞台に、その死後、極楽の歌舞の菩薩となっている光源氏が、はるばる兜率天から天降り、かの須磨ノ浦での思い出に青海波の舞（早舞）を舞ってみせるというのである。概して貴人をシテとする早舞物は、そのほとんどがかつての高貴の亡身で、昔の花やかなりし生活をなつかしむ心を舞うことになっている」（注22天野）というものである。また作者は、『能本作者註文』の記述から世阿弥（注22松田）、または「世阿弥晩年期以降で、作者としては世阿弥周辺の元雅、元能、禅竹など」とされる[23]。流派は観世、宝生、金剛、喜多、福王、下掛宝生、高安である。複製は、校註日本文学叢書謡曲百番・校註日本文学大系二〇・国民文庫謡曲全集上・日本名著全集謡曲三百五十番集・謡曲全集六・謡曲叢書二・謡曲大観三・謡曲評釈九輯、謡曲大成等に所収されている。以上がこの作品の概略である。謡曲題名に源氏の名がある点については、紫式部が作者として登場する謡曲『源氏供養』が想起されるが、内容の点ではやはり、光源氏が己の人生を回想する箇所が『花鳥風月』との類似点である。

かうらひこくの、さうにん、こまうと丶、いひしもの、ひかると申名を、つけしより、ひかるけんしと、よはる丶（以下中略　以下省略　文禄奈良絵本／傍線稿者、なお慶長元和古活字本では「かうらひこくの相人、ひかる君と申なを、つけしより、ひかるけんしと、いひしなり」）…

（中略）さるほとに、てんかにおほきなる、つけありて、ほとなく、みやこに、めしかへされ、もとのくらゐに、あらたまり、かすのほかの大なこんにあかり　その、ち、うちつ、きみをつくしの、まきに、ない大しん、をとめのまきに、大しやう大しん、ふちのうらはのまきに、大しゃうてんわう　かくたのしみを、きはめしに、むらさきのうへの、わかれゆへ、ひかりをかくす、いなつまの、…

（花鳥風月　以下略　文禄奈良絵本／傍線稿者、なお傍線部は慶長元和古活字本では「ひかりおかへす」『室町時代物語集成3』）

右に挙げたように、『花鳥風月』では源氏が藤裏葉巻で準太上天皇という至高の位置に登りつめるが、その後紫の上という伴侶を失い、傍線部「ひかり（光）をかくす」（あるいは「ひかりおかへす」）という文言で表しているようにこの世を去るまでが述べられている。そして『須磨源氏』にも、これと近似する文を見つけることが出来る。その当該箇所を、以下、代表的な本文の一つ（観世流）を底本に掲出し、それに宝生流の本文を比較する形で挙げる（傍線部は稿者に拠る）。

〈地歌〉
いとも畏き勅により（勅を受け：宝生流『謡曲全集6』以下同）。十二にて初冠。高麗國の相人の。つけたりし始めより（初めより：宝生流）光源氏と名を呼ばる。
帚木の巻に中将。（巻を始め：宝生流）、紅葉の賀の巻に正三位に叙せられ。花の宴の夜の。（春の頃：宝生流）、行方も知らで入る月の。朧けならぬ契りゆえ。年二十五と申せしに。津の國須磨の浦海士人の嘆きを身に積みて。次の春。播磨の明石の浦傳ひ。問わず語りの夢をさへ。現に語る人もなし。さる程に天下に。奇特の告ありしかば。又都に召し返され。数の外の官を経て。〈シテ〉「その後うち続き、澪標に内大臣少女の巻に。太政大臣藤の裏葉に。太上天皇かく楽しみを極めて光君とは申すなり。

（須磨源氏、以下略。掲出本文は観世流／『謡曲大観三』による／傍線稿者）

このように、高麗の相人の名づけの話、そして出世の階段を登り続け、藤裏葉巻で栄華を極めるところまで、この『須磨源氏』が前述の『花鳥風月』と似通っていることがみてとれる。問題は源氏の呼称の記述のあり方である。まず『花鳥風月』『須磨源氏』ともに、高麗の相人に名づけられたという記述は、源氏物語と同様であるが、『花鳥風月』は「ひかる（あるいは「ひかる君」）」と申名を、つけしより、ひかるけんしと、よはるゝ」（傍線稿者）とあり、光（光君）→光源氏という呼称の登場順序である。源氏物語では、高麗の相人の箇所には「光源氏」の呼称はまだ記されていないが、呼称の登場順序としては、光（光君）→光源氏は同様である。一方『須磨源氏』は「高麗國の相人の。つけたりし始めより光源氏と名を呼ばる」（傍線稿者）である。最初の段階で『須磨源氏』は「光源氏」の呼称なのである。

そして次に見るべきは、栄華の頂点である藤裏葉巻での呼称である。『花鳥風月』は「ふちのうらはのまきに、大しやうてんわう　かくたのしみを、きはめしに、むらさきのうへの、わかれゆへ、ひかりをかくす（あるいは「ひかりおかへす」稿者注：宝生のひかりおかへすは、光を返す、源氏が天に帰っていくと解す）」（傍線稿者）であり、「ひかり（をかくす）」は、紫の上の別れ（死）の後、失意と絶望のうちに薨去し、物語にはその死は描かれず、匂宮巻冒頭で多くの源氏物語の伝本に共通する「光かくれたまひにし後」との関係を想起させる。一方『須磨源氏』の藤裏葉巻であたりの記述を見てみると、「太政大臣藤の裏葉に。太上天皇かく楽しみを極めて光君とは申すなり。」（傍線稿者）と、栄華の絶頂でこそ、源氏は光君と呼ばれる、という記述である。つまり光源氏→光君という、呼称の登場順序であり、源氏物語とは逆なのである。そのことを具体的に本文に沿いながら確認した。

8　源氏物語原文における源氏の呼称

ここでは、更に『須磨源氏』の呼称について考察する前に、まずその原典となった源氏物語の、光源氏と光君という呼称そのものに焦点を当てて考えてみたい。

光源氏、光君という呼称は、どちらも源氏本人の呼称としてよく知られているが、両者はどのように源氏物語で生まれたか。源氏物語を繙いてみるに、首巻の桐壺巻に、世の人が、そのまばゆい美質を、光君とお呼び申し上げた、という形でこの呼称は初登場する。ところが、桐壺巻巻末には、高麗国の相人が光君と名付けたと記されて締めくくられている。そこで、世人が褒めそやしたからこの呼称が生れたのか、それとも高麗の相人の観相から生れたのかどちらなのかと、この辺りが研究史で、光君命名の二重伝承として論じられてきた所以である(24)。源氏物語の伝本の夥しい種類、数、研究史については触れてきたところであるが、何よりも先ず確認しておかなければならないのは、桐壺巻で光君ではなく光源氏という呼称が記されている源氏物語の伝本は現時点で管見の及ぶ限り一つも無いということである。現行の巻序で読んでいくと、まず桐壺巻で光君という言葉が登場し、そして次巻の帚木巻の冒頭、多くの伝本で共通して、唐突に「光源氏、名のみことことしう…」と登場しており、数多の伝本でもこれに関して例外は一つも無い。つまり伝本の数だけ源氏物語の世界があるという考え方を稿者が取るとしても、現時点で光君の→光源氏呼称の登場順序は、源氏物語においては揺るがないものだと言える。

もちろん以上は源氏物語の問題であり、享受する側（―それは源氏物語を取り入れた作品から、簡単な梗概書、系図、註釈書、歌および詞書等所引の本文に至るまで―）が、享受の段階で様々に原型を変形させることは大いにありうることであるし、先に稿者が述べたように、呼称の順序が逆だからといって、『須磨源氏』には『須磨源氏』のあり方があるだけのことであろう。問題は『須磨源氏』の呼称の順序、〝光源氏→光君〟に、論じるべき意味があるかどうか、あるならばそれは何であるかであろうか。

9　翻訳の世界における源氏の呼称

ところで、原本の世界ではそうとして、今度は翻訳というフィルターでは、光君→光源氏の件はどう処理されているかをみたい。ここで翻訳の問題を論じるのは一見別件のように感じられるかもしれない。しかし享受する側―それは源氏物語を取り入れた作品から、簡単な梗概書、系図、註釈書、歌および詞書等所引の本文に至るまで―と序論で述べたが、言い換えれば源氏物語以降すべての源氏物語に関係するものということである。関係するものを全て含むなら、翻訳も享受の一部として当然そこに含まれてしかるべきであろう。

そして源氏物語にとどまらずその享受作品も、国際的な広がりを見せて今日に至る。例えば東洋だけではなく西洋においてすら、十八世紀、フランスの王妃マリー・アントワネットの手元に、源氏物語の蒔絵が届いていた事実がある。鈴木健一（二〇〇三）『源氏物語の変奏曲―江戸の調べ』三弥井書店のⅢ　文化の意匠　工芸品（山本令子執筆）から引用すると「バロックからロココ時代のヨーロッパの宮殿では、中国や日本の磁器と漆器による装飾が流行。レオポルド一世の命によって、ハプスブルグ家の夏の離宮として建設され、カール六世やマリア・テレジアによって拡張されたシェーンブルン宮殿には、中国製の黒い漆塗りパネルで装飾された、ヴュー・ラック（古い漆）という名の部屋が設けられるなど、この時期の好尚を物語っている。（中略）フランスに嫁いだマリー・アントワネットの遺品には、遥かな島国で制作された蒔絵のコレクションが含まれていた。一七七八年、第一子を授かった祝いとして、駐仏大使に託された漆器が届いて以来、一七八一年のマリア・テレジア崩御に際して、漆の小箱五十点の遺贈を受けるまで、慶事の折ごとに母から贈られた漆器が彼女のコレクションの核を成す。（中略）アントワネットのコレクションには、『源氏物語』の意匠の香箱が含まれていた。たとえば、「源氏蒔絵六角箱」の蓋表には、「初音」巻を題材として、初子にあたる元日、六条院春の御殿の明石姫君御前で、庭先の築山の小松を引いて遊ぶ童女たちのすがたが描かれている。（後略）」とある（このアントワネットのコレクションは、日本の東京と神戸で開催された展示会で一般の眼にも触れた）。このアントワネットのコレクションも、源氏物語の享受の一部である。源氏物語の享受とは、現代に至るまで、まことに様々な場所、位相で見つけることが出来、なかには物語それ自体から相当変貌を遂げているものもあるが、それぞれの価値はそれぞれに問われるものと考える。繰り返すが序章第1章で述べたように、近年の本文研究で次々と源氏物語の今まで目に触れることのなかった伝本とその物語世界が明らかになってきたことと同様に、享受のあり様も誠に多様で更に国際的で、そしてその享受の一つに翻訳という分野も位置づけられるというのが稿者の考え方である。本格的には次の第7章でそれを論じたいが、この節はその導入として、源氏物語の翻訳作品の光源氏や光君の呼称を考察したい。『須磨源氏』については翻訳が管見に及ぶ限り見当たらなかったので、源氏物語のみで論じることになることを先に断っておく。

さて、翻訳という享受においては、原本に忠実という基本姿勢を保ちながら、各国の事情に合わせて変形がおこなわれ、その結果として新しい物語世界が生れることが考えられる。今回は韓国語訳の源氏物語の光君、光源氏から、みることにする。

まず유정（柳呈）（一九七九）『겐지이야기』は、桐壺巻巻末は「히카루군 이란는 이름은 전에 홍로관（鴻臚館）에

왔던 고려 사람이 …」とし、帚木巻冒頭は、「히카루겐지」である。光をそのまま音で히카루と読み、군（君）という呼称をつけている。

次に、전용신（田溶新）（一九九九）『겐지이야기』は、桐壺巻巻末、光君を「빛나는 님」帚木巻冒頭、光源氏を「빛나는 겐지」と書いており、光を韓国語の同じ意味をもつ言葉빛나다＝光る・輝くに訳し、様（님）を付けた形である。겐지はそのままである。

임찬수（二〇〇五）『겐지모노가타리』は、主要登場人物の頁で、光る君を「빛나는 왕자（光輝く王子／注：日本語は稿者の訳）」としている。同頁では「세살 때 어머니와 사별했고, 외국 사신이 본 관상 결과와 주위 환경으로 의해 신하로 강등된다.」としており、ここで相人のことが出てくるが、光君の呼称について関連づけて述べてはいない。ここで왕자（王子）と記されており皇子と全く同様ではないが、源氏物語は日本の皇室・皇権の物語であり、一方の韓国は長い王朝の歴史をもつ国として、読者に分りやすくという配慮があったとも考えることができる。王権、皇権の問題はまた別途触れる（第7章）。

注目すべきは、この임찬수（二〇〇五）では、桐壺巻巻末は「히카루겐지［光源氏］라는 것은 어린 태자의 용모를 본 고려의 관상인이 붙인 이름이라고 한다.」とあり帚木巻冒頭も히카루겐지、つまりここでは、『須磨源氏』と同様に、相人によって光君ではなく、光源氏の呼称が生れたという文章になっている。一貫して임찬수（二〇〇五）は光君の呼称と相人を結び付けない記述をしている。ただ同時に、光源氏、光君の呼称がそれぞれ別個に存在することは明確に記している。임찬수（二〇〇五）は五十四帖全てを取り扱ったものではなく、重要なものを選択して扱っていると同時に、梗概書の体をとっていることもあり、光君をも含む総合的な呼称として、光源氏としたとも考えられる。このことは後に今一度取り扱うこととしたい。김난주（金蘭周）訳／김유천監修（二〇〇七）『겐지이

야기』は、桐壺巻巻末、光君を「빛나는 님」、帚木巻冒頭、光源氏を「빛나는 겐지」としている。
김종덕（金鍾德）（二〇〇八）『겐지이야기』には桐壺巻巻末「고려인 관상가는황자의 관상을 보고 히카루（光）라는 이름을 지어주었다.」とあり、こちらも、音でそのままヒカルと読んでいるが、光という漢字が添えられており、更にそのあとの文章で「또한 세상사람들도 겐지의 미모가 너무나 수려하여 빛나고 또한 총명하였기에, 히카루겐지, 라고 칭송하게 되었다고 한다.」とあり、히카루の意味を解説しているので、히카루という原文そのままの音を生かしながら、添えられた漢字や解説的文章によって、その意味を読者に知らせる工夫がなされていると言える。帚木巻では「히카루겐지」と記している。

さて、源氏物語の享受は本当に幅広くは日本でも漫画などのサブカルチャーで広く現代の若い世代に浸透したという事実があり、その代表作が大和和紀（一九七九）『あさきゆめみし』であった。韓国の만화も名高いし、韓国と日本の交流はこのようなサブカルチャーの草の根で続いてきたともいえ、無視できない存在であることは言を待たない。そこで漫画の日韓比較、この度はこの「あさきゆめみし」で行うことにする。[25]

韓国語版『あさきゆめみし』は二〇〇八年が初版である。タイトルは『The Tale of Genji, 源氏物語, 겐지이야기』とあり、日本の普及版ではなく、豪華版に因っている（冒頭2枚は美麗なカラーである）。翻訳は이길진に依る。桐壺巻から末摘花巻までをあつかった第1巻をみると、まず女房たちが幼少期、次第に希代の美貌を見せ始める源氏に対して「히카루 도련님, 너무 귀여우셔.」「총명하고 착하고 어는 황자님보다도 아름답고」とある。日本語に訳せば「ひかるお坊っちゃま（히카루도련님）」（前者）「皇子様（황자님）」（後者）となるであろうか。また藤壺の女御が入内し、源氏とその輝く美貌が並び称せられる個所、源氏物語では、ここで初めて「光君」の呼称が登場するところであるけれども、韓国語版『あさきゆめみし』では、「기리쓰보 도련님의 아름다움은 빛나는 해와 같고・・・그

리고 후지쓰보의 뇨고님은 빛나는 해의 신과같다」と背景に言葉が記され、「히카루 도령이여. 빛나는 해의 도령이여.」と周りが褒めそやしている台詞が描かれる。同じ頁で桐壺帝は「히카루」と息子だから当然だが、呼び捨てにしている。ここからは、히카루が固有名詞として扱われていることが伺える。

そして源氏が元服の式をむかえると、「오늘부터는 겐지노기미」とあり、この겐지については「이 이야기의 주인공」とあり、기미（君）という呼称に対して、「아랫 사람」云々と欄外に説明が付されている。源氏は臣籍降下した皇族のことであるが、ここでも히카루と同様、겐지は固有名詞のような扱いとなっている。

漫画『あさきゆめみし』では、桐壺、帚木と巻や章が分かれているわけではない。源氏が何気なく女房の部屋に行くと、そこに頭中将が女房と戯れていて、物語は自然に帚木巻に入っていくという形で描かれている。頭中将は「겐지노기미」と呼び掛けている。

以上、学術書から漫画まで、韓国語の源氏物語では、一つ임찬수（二〇〇五）は留意すべき点があるが、多少の言葉の異同はあっても、光君→光源氏の登場順序であると、大筋で言えよう。

ここまで韓国語をみてきた。最後に英語版源氏物語として、Royall Tyler, *The tale of Genji*, 2001を見ることとする。まずKIRITSUBOでは、前述の、藤壺の女御が入内し、源氏とその輝く美貌が並び称せられる個所、源氏物語原文では、ここで初めて「光君」の呼称が登場するところでは「Genji's looks had an indescribably fresh sweetness, one beyond even Fujitubo's celebrated and , to the Emperor, peeless beauty, and this moved people to call him theoShiningoLord. Since Fujitubo made a pair with him, and His Majesty loved them both, they called her the Sunlight Prir cess.」pp13（傍線稿者）となっている。その前に「His majesty resolved to make him a Genji」pp10（傍線稿者）と臣籍降下したことが記されており、脚注でGenjiの呼称の説明がある。上に戻ると、the Shining Lordであり、稿者は直訳であるが「光る

卿」とでも仮に訳す。Hikaru-Genji ではない。そして、源氏物語原文の命名の二重伝承の研究史（第5章前出）そのまま、桐壺巻の巻末は「They say that his nickname, the Shining Lord, was given him in praise by the man from Koma.」pp17（傍線稿者）となっている。「from Koma.」とあるのは、高麗人（こまうと）と記されている伝本から忠実に訳したものであろう。Koma についての脚注は特には無い。そして次の章 THE BROOM TREE（帚木巻）は、原文そのまま「The Shining Genji,（the name was imposing, but not so its bearer's many deplorable lapses; and 」（光源氏、名のみことことしう…）pp18（傍線稿者）と始まる。直訳すれば「光る源氏＝光源氏」となる。以上のように英語版源氏物語の一例を見てきた。この TYLER（2001）だと、他にも the young Genji（p12）のような表現もあり、その中に the Shining Lord が混ざる形ではあるが、原文の光君の呼称が記されるのに当たる翻訳個所（桐壺巻）、原文の光源氏が最初に記されるのに当たる個所（帚木巻冒頭）はそれぞれ、the Shining Lord, the young Genji であり、やはり原典どおり、光君→光源氏の順序で記されていると言えよう。

　以上この節では、翻訳における光源氏、光君の呼称について考えることを通して、多角的に展開する試みの一つとした。全ての例を挙げられなかったが、基本的には源氏物語原文の通り、光君→光源氏の呼称の流れであることは確認できたと思われる。ただし韓国語訳の中で、임찬수（二〇〇五）のみ、やや趣きを異にし、本稿で中心的に述べたい『須磨源氏』の呼称の登場順序を想起させるものをもつことは述べた通りである。임찬수（二〇〇五）の件は、当該著者の、呼称だけではない他の部分の訳し方とも関連付けて、翻訳論に特化させた更に詳細な考察を加えた形で、別途単独で立論したいと考えている。

10　光君と光源氏の呼称の相違

この節では、今まで取り上げてきた光君と光源氏の呼称そのものに焦点をあてる。

光君、光源氏の呼称中の「光（る）」という言葉およびこの言葉がもつ概念は、源氏物語が切り開いたものではない。昔物語において、光る・照る・輝くという言葉が主人公の賛美の言葉であったことは良く知られているところである。[26]ただ源氏物語がそこから切り開いた独自性は、三田村雅子が天皇の謚号と源氏物語を関わらせつつ、「古来、光の付く謚号は、皇統が別系統の皇統に変わる際、新しい皇統を興そうとする天皇に名付けられることが多かった。光武帝の事跡にならったらしい。（中略）北朝の天皇たちの「光」は、光源氏の「光」にも通う、天皇たるべき資質を備えているが、必ずしも正統ではない、やましさとそれゆえの輝きを両義的に表す謚だったと言ってよかろう。（中略）光源氏の物語は天皇以上の存在でありながら、ついに天皇そのものにはなれない皇子（源氏）の物語である」と読み解いたような、[27]単なる賛美に留まらない、日本の権威の根幹に関わる部分とも関わらせつつ、この光の意味を読み取らなければならないという点であろう。

しかしそれだけではない。光源氏という呼称単体でも、そのような意味が深層にあることを読み取らなければならないが、光源氏が光君と並べられるとき、つまり単体の呼称が二つの呼称となって対比させられるとき、それは更に複雑な様相がみえ、それを読み取る必要がある。それは、河添房江が用例を挙げて明らかにした点で（第5章）、光君とは、皇統の威光を称揚する意が添えられた、源氏の生涯を貫く呼称であり、それに対して光源氏の呼称が使われるときは、美貌の若き貴公子の好色譚に限られているということである。若き日の恋の話がおさめられた帚木巻の冒頭が「光源氏」で始まるのはこの河添の論考を裏付ける象徴的な用例であろう。このようにこの二つの呼称は、この物語において使い分けられている。すなわち、光源氏と光君は、決して置き換え可能な呼称ではない。源氏物語では、多くの伝本に例外なく（多少の文言の異同はあるが）、桐壺巻で光君の呼称が生まれ、次巻の帚木巻冒頭、唐突に「光源氏、名のみことことしう」（国冬本）と始まる。桐壺巻が源氏物語の首巻であることを考えれば（執筆過程には異論もあるが）、その出発点で光君の呼称が記されていることは、河添の述べる皇統の問題を別にしても、源氏物語はまず、光君と記されて始まっていることを見落とすべきではないであろう。しかしこの物語は〝光君の物語〟ではなく、〝光源氏の物語〟として世に知られ、その主人公は光源氏または源氏、で最も通用している。やはり光り輝く君だけではなく、光り輝く源氏の君という形でこそ、稀代の美質を備えながら、天皇に即位もかなわず、それどころか臣籍降下した矛盾を抱えた存在が言い表せられると考えられるのである。となれば光源氏は光君をも含みこむ、この人物の呼称の総称と位置づけることもできるから、明快に書き分けられているという先学河添の論理はあるにしても、基本的には相違しながら、しかし連関しあう呼称であると言えよう。

この相違しながら連関する二つの呼称を今一度、『須磨源氏』、また近似する本文をもつ『花鳥風月』の該当箇所をここに引用して検証する。

・かうらひこくの、さうにん、こまうと丶、いひしもの、ひかると申名を、つけしより、ひかるけんしと、よはる丶（花鳥風月／傍線稿者）

・高麗國の相人の。つけたりし始めより。光源氏と名を呼ばる。（須磨源氏／傍線稿者）

つまり光源氏が光君などを含む源氏物語の主人公の呼称の総称だとしたら、『須磨源氏』の引用該当箇所に光君の呼称が記されなかったのは、謡曲の本文という特性等故に、ある程度省略し、光源氏という総称のみを記した可能性も考えられるということである。例えば〝高麗國の相人の（省略：光君と）。つけたりし始めより。光源氏と名を呼ばる〟という形などが想定されよう。となると、『須磨源氏』の源氏の呼称の登場順序の問題は、第6節で問題提起したように特異であるといえるものであるかどうか、このことを次に、『須磨源氏』の本文に現れる他の源氏の呼称をも包括的に考察し、確かめたい。

11 『須磨源氏』における源氏の呼称

まず『須磨源氏』の本文を冒頭から順にみていく（以下傍線は特に断らない限り全て稿者に拠る。また引用の方法は、前出同様、観世流本（前掲『謡曲大観三』）に拠り、適宜宝生流を対比させる形をとった）。

まず冒頭、ワキの日向國神主が須磨に着いた（「須磨の浦にも着きにけり須磨の浦にも着きにけり」）後、「この所は聞き及びたる源氏の大将住み給ひし在所にて候」とある。宝生流本（前掲『謡曲全集六』）にはこの文は無い。「大将」とは源氏の須磨への流離蟄居前の官位である。また、「中将」（これのみ宝生流に無い）「正三位」「内大臣」「太上大臣」「太上天皇」など事細かに記されており、こうした官位の記述の正確を期するあり方から考えて、呼称においても『須磨源氏』が疎かに記したとは考えにくく、実際、源氏の呼称のうち、源氏のみのもの、光をつけて光源氏とするものと、『須磨源氏』では両方登場し使い分けられている。(28) 源氏のみの例は、前出の「源氏の大将」の他、源氏の述懐の後のワキの言葉「さてハ源氏の大将かりに人間と現じ我に言葉を交わし給ふか」（さては源氏の大将仮にあらはれ…宝生流）があり、やはり「源氏の大将」という官位の呼称で登場する時である。

光源氏の例は、「古光源氏の御旧跡」「この所は光源氏の御旧跡」「われ姿婆にありし時は。光源氏といはれ（われ古は光源氏といはれ…宝生流）」「さては名にし負ふ。光源氏の尊霊か」（さては名にしおふ光源氏にてあるやらん…宝生流）等である。「名にし負う」は帚木巻冒頭「光源氏名のみことことしう」を想起させる。高麗国の相人の名付けたときから光源氏であった、という記述は源氏物語のそれとは異なるが、例えば源氏の大将、というときのように光の字を省いている時は、過去の一時点の官位の方に力点を置いた記述であり、一方光源氏の呼称を使うときは、源氏自身や周囲の人物が、光源氏の希有な人生全体を賛美し振り返る場面に使われている。『須磨源氏』の光という言葉へのこだわりは、次の一文からも伺えよう。「いかに翁。古この所は光源氏の御旧跡。殊におことは年ふりたる者なれば。源氏の御事物語り候へ」（観世流本より掲出。宝生流は「いかに翁。古この所は光源氏の御旧跡と承り候へば、源氏の御事懇ろに御物語り候へ」／傍線稿者）。この個所でも「光」が付く源氏とそうでない源氏を、『須磨源氏』は使い分けている。ではどのような観点から使い分けているのだろうか。

まず高麗國の相人が名付けたという『須磨源氏』における光源氏については、源氏物語とは異なると述べた点であるが、それだけではなく、桐壺巻の半ばで世の人がめでて多くの伝本で共通して「光る君と聞こゆ」とあるように、命名伝承の二重化、と研究史で論じられてきた部分が、『須磨源氏』では記されていない、という相違もある。『須磨源氏』のこの個所は、源氏が自らの人生を振り返る場面であり、回想であるから様々な省略があって当然のことであるし、また謡曲の詞章という文の特性上からのからの省略とも考えられよう。初発が光源氏という呼称でその人生は幕開き、様々な紆余曲折を経て藤裏葉巻、準太上天皇という類い稀な位置に到達したその栄華の極みにおいて、『須磨源氏』は光君に成った、と記している事実のみをここでは押さえたい。

天皇に準えられる存在（準太上天皇）となったところで光君と成った、という『須磨源氏』の記述は、前出河添理論の、皇統の威光の称揚の際に光君と呼ばれる、という論理と一致する。そしてこの節でみてきたように、『須磨源氏』は光源氏と源氏（の大将）という呼称を使い分けており、意識的であることがそこから窺える。

となると、光源氏→光君という順序を第6節では特異のように述べたが、臣籍降下して源氏となった稀有な美質の貴顕を光源氏として位置づけ、それが天皇に準ずる位置に到達したことで、臣籍降下を表わす源氏ではなく、光君と成った、ということが、『須磨源氏』の解釈だとするならば、この呼称の順序は至極妥当ではないだろうか。そして文言の省略等故におきたことでもないことは、本章で何度も述べてきたように、『須磨源氏』が光のつく源氏とそうでない源氏を区別している例が他にもあることからも、首肯され得るのである。

12　終わりに

以上、この章では、1―5節で柏木の呼称、6節以降で源氏の呼称について考えた。

源氏物語の呼称は興味深い。これらの呼称自体多層的な意味をもっているが、更に後の世の享受作品となったとき、それぞれの享受作品が独自の意味を生み出している。

『須磨源氏』では、源氏は二度降臨する。二度目、「天より光さす」（観世流、宝生流とも）とある。『須磨源氏』はどこまでも光にこだわり続けている。須磨という、源氏の人生で最も落伍した時を過したその場で、『須磨源氏』の源氏は青海波を舞っている。史実において繰り返し青海波が舞われることについて、前出注27三田村論文が「源氏物語の世界を〈今〉という時代に再生させるもの、生き延びさせるものとして働いている。流され、滅ぼされてもなお受け継がれ、生き延びていった「青海波」への思いは、すなわち、源氏物語への憧憬と回帰といってもよい」と論じたようなことは確かに言えるのであろう。そうした中で、『須磨源氏』は、独自の視点から光源氏、光君の呼称にこわだり、記した世界をもっていることは言えるであろう。更に『須磨源氏』は謡曲であり能楽の台本で現在も能は日本の伝統芸能として能舞台で舞われている。舞台芸術が一回毎に異なる、二度と同じ舞台が存在しない芸術である以上、そこには更なる変容も生まれる(29)。もはや源氏物語の単なる享受に留まらぬ存在となった光源氏という呼称が、光君という呼称が、現在進行形で変容しながら生まれ続けていると言えるのではないだろうか。

【附記】本稿は二〇一一年十二月一七日、韓国日語日文学会冬季国際学術大会（於　韓国外国語大学校）の口頭発表に基づく。司会の류정선氏、討論人の김정희氏（韓国の学会）、両発表の当日またその前後にご教示を下さった全ての方々に厚く御礼を申し上げる。

注

（1）そうした中、管見の限りでは、家井美千子の「右衛門督―『源氏物語』における」（『中古文学』三六号、一九八六年三月）が、柏木の官職「右衛門督」を史実、及び歌ことばの歴史や古注釈から論じており、この件を考察する論考として有益と考える。

（2）久下裕利は、「内大臣について―王朝物語官名形象論」（『論叢源氏物語』四号、新典社、二〇〇二年五月）で、公卿補任で、頼通・教通・頼宗・師実・師房の〈権中納言―権大納言―内大臣コース〉の実例を確かめている。

（3）当該『建久物語』（水府明徳会彰考館蔵無名草子）では、挙げたように建武二（一三三五）年四月六日の津守国冬の奥書があり、また無名草子の桐壺巻の、更衣の描写の箇所が、大島本「なつかしうらうたけなりしをおほし出つるに」等と大きく異なり、所謂別本と近い。三谷栄一「尾花か女郎花か」（『物語史の研究』有精堂出版、一九七五年七月）は、従一位麗子本や陽明文庫本・国冬本・河内本を調べた上で、このうち大島本等と重なる文言があり、それ故に目移りの可能性が高い国冬本が、一番無名草子の当該箇所と近いと論じた（国冬本桐壺巻の当該箇所は「おはなの風になひきたるよりもなよひなてしこのつゆにぬれたるよりもなつかしうらうたけなりし」一七丁ウ1〜4行）。前述の国冬本の奥書の存在も三谷説に加担しそうである。ただ、第1章4節で記したように、国冬は元応二（一三二

○）年に没しており、建武二年に生きていないことになるから、『鎌倉時代物語集成』五巻の解題では、国冬の子国夏の誤りかとみている。また本文を見ても、確かに桐壺巻の前出箇所は国冬本が管見の限りの諸本の中では一番近い。だが別の箇所、女三宮を批評しているところ（「『おくるべくやは』とある、女宮ぞにくき」）の「おくるべくやは」文言は、国冬本柏木巻では存在しない（第3章6節で言及している）。よって、無名草子の本文は、少なくとも国冬本だけに拠っていないということは言える。

（4）神野志隆光は「光源氏官歴の一問題――「納言」をめぐって」（初出『古代文化』一九七六年二月／『研究講座　源氏物語の世界』一　新典社、一九九四年四月）にて、「『納言』になってはじめて一人前の公卿として扱われる」ことを論じ、女三宮降家時、宰相で右衛門督だった「柏木」が、朱雀院から問題外として退けられたことを、朱雀院には『納言』が指標として働いたからと述べている。となると、公卿の印である「納言」―まして高官である「権大納言」と呼ばれず、「右衛門督」という呼称で世人の言種となったと記述されたのは、降嫁時、右衛門督でしかあり得なかったことに彼の哀しみの全ての原点があることと関係してのことと思われる。以上は物語内部のことで、世人の後ろにいる読者という享受者は、更に「柏木」を呼称に付帯させた。その意味が問われるのである。

（5）伊井春樹編『源氏物語注釈書・享受史事典』（東京堂出版、二〇〇一年九月）

（6）渋谷栄一「『源氏釈』における人物呼称について」（『源氏物語小研究』創刊号、一九九〇年三月）

（7）これに対し、渋谷栄一は『源氏或抄物』「きりつほの御門」の記述直前の本文に「きりつほの更衣」とあり、父母を一対一として描いた結果、母「きりつほの更衣」に対して、父「きりつほの御門」が誕生したのであろうと推測している。しかし、例えば長谷川政春が、「ましてや、後宮殿舎の一つである淑景舎の俗称たる「桐壺」を頂く院号などないのが当たり前であろう（「巻頭言　皇統譜の蔭にて」『むらさき』四〇、二〇〇三年十二月）と述べる如く、身分の低い更衣に合わせて帝に「きりつほ」が付されたとは考えにくい。前後するが後に挙げる田渕句美子の論文はこのことを更に明らかにしている。

(8)荒木良雄「源氏物語象徴論—特に女性の呼び方について」(『解釈と鑑賞』一九四八年三月)等。

(9)注5伊井前掲書の古系図の項の解説より。

(10)「源氏物語古系図の成立とその本文資料的価値について」(『日本学士院紀要』九巻二号、一九五一年七月)

(11)『源氏物語古系図の研究』(笠間書院、一九五七年三月)

(12)『九条家本』『為氏本』『正嘉本』は『源氏物語大成』所収、伝藤原家隆筆本(中田武司翻刻、紫式部学会編『源氏物語と女流日記　研究と資料』武蔵野書院、一九七六年十一月)所収のものに拠り、系図呼称については、常磐井和子注11前掲書所収の「古系図諸本人名一覧表」を参照した。同一覧表の総計十六の古系図のうち、秋香台本(常磐井翻刻)のみ、呼称が「柏木右衛門督」で、後は全て「柏木権大納言」となっている。『秋香台本』のこの記述は、夕霧の長子(雲井雁の腹)が系図呼称で「右衛門督」と記述されているものと、区別する為の処置かと思われる。

(13)但し『綺語抄』のこの「かしはき」の部分は、『歌学大系』『続群書類従』所収本共に「よしいき」である。前後の文脈から誤写と考えられ、家井もその点は言及しており、『綺語抄』の一部の本文に「かしはき」が見られると述べている。

(14)「『物語二百番歌合』の方法—『源氏物語』の人物呼称を中心に」(『源氏研究』九号、二〇〇三年四月)

(15)この「あはれ右衛門督」が物語内部だけでなく、如何に人口に膾炙していたかは、季吟跋『湖月抄』本文が「あはれ衛門督のといふことくさ。」と「の」を伴い、まるで謡の一節のような様相を呈していることからも伺える。尚、「の」を伴う本は管見の及ぶ限り『湖月抄』のみで、清水婦久子(『源氏物語版本の研究』和泉書院、二〇〇三年三月）が『湖月抄』本文の類似を述べる『万水一露』『首書源氏物語』のそれを確認しても、「の」は附されていなかった。

（16）第3章6節で言及している。

（17）この辺りの読解に関しては、海野圭介及び大阪大学古代中世文学研究会に負うところが大きい。

（18）「源氏物語の享受と本文―物語二百番歌合所収本文をめぐって」（初出『国語国文』五十三巻一号、一九八四年一月。『源氏物語序説』平凡社、一九九五年九月再録）、また荒木浩の書評「幸福なる邂逅―上野英二著『源氏物語序説』を読むために」（平凡社『月刊百科』四〇二号、一九九六年四月）も、上野の姿勢を知る助けとなる。

（19）世の人と「ひかるきみ」の呼称の関係については、前章で言及している。

（20）これについては、序章および第1章で詳述した。

（21）拙稿（「源氏絵享受の一考察」『日語日文学研究』79‒2）⇒第7章で論じる。

（22）『須磨源氏』の参考文献として、国文学研究資料館論文目録データベースの中で作品内容に関する論考のみ抜粋した。

天野文雄（二〇〇六）「「主題」からみた源氏物の能概観」『講座源氏物語研究』1

石黒吉次郎（二〇〇五）「能「須磨源氏」における兜率天」『伝承』）

松田存（二〇〇三）「「敦盛」と「須磨源氏」の一側面」『橘香』48‒6

山崎有一郎（一九九九）「小書能を見る・45　須磨源氏・住吉詣『観世』66‒12

（23）この本文のうち、下掛宝生の本文は他の本文と大きく異なり要注意である旨ご教示を頂いたが（　部を「大阪大学古代中世文学研究会」（二〇一二年五月一九日）にて口頭発表した際）、現時点で現物入手は困難で未見であることをお断りしておく。

(24) 第5章で論じた。

(25) 漫画「あさきゆめみし」の日韓比較については第7章で具体的に行う。尚、韓国人名で漢字がわかるものはそれを附した。その他、韓国語の問題は第7章で詳述する。

(26) 宮武寿江執筆の項目「ひかる」には、「早く『日本書紀』では神々の形容に用いられ、『竹取物語』のかぐや姫以来、物語史において、主人公の超越的な資質を表わす」『源氏物語事典』大和書房(二〇〇二)とある。

(27) 三田村雅子(二〇〇八)「「光」の皇統」(『記憶の中の源氏物語』(新潮社)

(28) 韓国での口頭発表の際、討論人の김정희先生よりご質問を頂いたように、本稿で挙げた「この所は聞き及びたる源氏の大将」は、「聞き及びたる」とあるのであるから、これは皇統(源氏)の威光の称揚と関わる言葉であり、となるとここに、「光」の言葉が無いのは、稿者の述べる『須磨源氏』における源氏の呼称あり方からは、はずれるのではないかという疑問は確かに出よう。まだ検討が更に必要ではあるが、この場合は源氏ではなく源氏の大将であることが重要で、官位を述べることに力点が置かれているから妥当なのであるというのが、現時点での稿者の回答である。

(29) 稿者が二〇一二年二月五日に、観世能楽堂で観世会の定期能公演がありそこで『須磨源氏』を観覧した。当日の定期公演は能「巴」狂言「籔屑」能「熊野」能「須磨源氏」の順に行われた。『須磨源氏』では、シテを高橋弘、ワキを福王和幸が務めた。台本は廿四世観世左近(二〇〇四)『観世流大成版須磨源氏』(檜書店)を元に行われた。その場で、他ならぬ源氏の呼称について、謡本には書かれていない即興があった。「源氏の御方ご存じならば…」と地謡が謡うところで、ワキの直面が「高麗人、光君とつけて」と謡ったのである。『須磨源氏』では、藤裏葉巻で初めて光君と呼ばれたと記されているのであるが、当日の能の舞台では、源氏物語と同様、高麗相人が光君と名付けた、と謡った。現代の能舞台で、源氏物語に回帰するかのような変容があったのである。その一例を実見し得た、と記しておく。

第7章　翻訳論的視座から

1　はじめに——韓国の翻訳状況

第6章で導入的に言及した翻訳の問題について、この章では本格的に展開していきたい。源氏物語の多様な世界の一つとして、翻訳も位置づけられるという趣旨は、そこでも述べたし序論以来の稿者の一貫した考え方である。そこでまず、任意の外国語、この度は稿者が三年間勤務した韓国との関係を基に考えることとする。

『源氏物語（겐지이야기）』は世界的な古典であり、多くの国に翻訳されて享受されている。韓国では、유정（柳呈）（一九七五）を嚆矢とし、そして전용진（田溶新）（一九九九）の翻訳（三冊）が著名であろう。直近では、二〇〇七年に瀬戸内寂聴『新源氏物語』を김난주（金蘭周）が翻訳し（十冊）、二〇〇八年には김종덕（金鍾徳）が『源氏物語』を出版した。この김종덕（金鍾徳）（二〇〇八）は54帖の重要な場面に的を絞った概略書であり、前書きにあるように、原文そのものを翻訳した最初の韓国語訳である。

これらの翻訳において、底本は既に金鍾徳・日向一雅が調べたもの等を参考に、次の表にまとめたように(1)、

翻訳者	使用した底本	底本の本文系統	備考
柳呈	日本古典文学大系（但し備考参照）	青表紙本系統（三條西家隆筆本）	金鍾德・日向一雅に拠れば、底本は与謝野晶子訳からの翻訳
田溶新	日本古典文学全集の現代文（旧編）の現代語文	青表紙本系統（大島本／桐壺・浮舟のみ伝明融筆臨模本）	原文（古文）も参考にしたとある
金鍾德	日本古典文学全集（新編）の原文	青表紙本系統（伝定家筆・伝明融筆本・大島本）を底本にその他の同系統本で校訂	五四帖の梗概書。今までとは異なり、現代語訳からの翻訳ではなく、原文そのものからの翻訳
金周蘭	新源氏物語	青表紙本系統（作品を稿者が独自調査）	瀬戸内寂聴の小説の翻訳

※『新源氏物語』は瀬戸内寂聴の原作であり、その点で趣を異にする為に、二重罫線で他と区切り区別した。

となっており、全て本文（テキスト）は青表紙本系統である。しかしもちろん源氏物語のテキストは青表紙本系統だけではなく、多岐にわたる。源氏の傳本の数は百超にものぼり、となると本来ならば、ある訳本は青表紙本系統、ある訳本は河内本系統、更には別本の「〇〇本源氏物語」を底本にしたものなど、その翻訳書の底本の姿は、多様であるはずである。ところが前述のように現況はそうではない。その理由は、長い間ごくわずかな傳本の源氏物語のみ——具体的には大島本を頂点とする青表紙本系統——が、あたかも唯一の源氏物語であるかのような状況がある時期まで続いてきたことと大きな関連があると思われる。

韓国のこの物語の翻訳の歴史は、日本のこうした本文状況が反映された結果である。そうでなければ、「日本に未だに韓国古典小説に対する概説書は一つもない」と鄭炳説が後説で述べる日本における、最初のこの手の概説書と思しい『韓国の古典小説』(2)に、作品毎に詳細に「書誌情報」が記され、また写本・伝本・木版本（版本）・坊刻本・懸吐本・唱本（パンソリの台本）・完帙等詳細な書誌分類を有する韓国で、この物語の翻訳の底本が一系統のみに偏ることは、外国という垣根が存在するにしても、あり得なかったはずである。

事実このような日本の本文状況の中にあっても、金鍾德（二〇〇八）に詳しいように、韓国のそれぞれの訳者は、この物語の大枠の本文状況に言及することを忘れていない。最初の柳呈（一九七五）は、青表紙本・河内本・別本があることを述べているとされる。実際に底本にしたのは青表紙本系統の伝本であるが、三系統あることを最初に韓国に紹介したということになろう。次の田溶新（二〇〇六）は「정표지본（青表紙本）이라고 불리는 교주본（校注本）들이 나왔다.」（八頁）とあり、底本にした「青表紙本」のみに言及している。直近の金鍾德（二〇〇八）には

「저본（底本）은 인쇄술이 발명되기 이전이라 후대에 서사한 원문으로 정표지본（青表紙本）, 가우지본（河内本）, 별본（別本）이 있다. 이 중에서 특히 정표지본 계통이 원작자의작품에 가장 가깝다고 할 수 있는데, 이 책의 발췌본은 정표지본을 저본으로 하여 쇼가크깐（小学館）에서 출반한《源氏物語》1～6권（《新編日本古典文學全集》, 1998）의 원문을 반역한 것이다.」一〇頁（下線は稿者による）

とあり、三系統に触れ、その上でどの系統の本文を底本に選んだかの理由にまで言及している。金鍾德（二〇〇八）は原文の翻訳といい、源氏物語の本文の世界に韓国で初めて接近した書といっていいだろう。金の底本選択の理由は「この中で特に青表紙本系統が原作者の作品に一番近いといえるので」（稿者の逐語訳）と記されている。金がこう考えた理由の一つは恐らく、日本におけるこの物語の校注書の底本が全て青表紙本系統であったことと考えられる。全

ていうことは、源氏物語の底本として青表紙本系統が最もふさわしい故の結果であろうと考え、底本選定に至るのは極めて自然なことであろう。

ところが全ての韓国語版の元となった青表紙本系統の本は、通行本文として、一九五六年頃から不動の位置を保ってきていたが、二〇〇六年以降その座が揺らいだことについては、序章と第1章で既に触れた通りであり、源氏物語の世界はもはや単一のものではなく、複数の多様なものであることが示されたのだった。

既に第6章で考察したように、この物語はもはや世界的な古典であるのだから、原文に忠実に厳密に訳出するばかりではなく、世界に分かりやすいことを旨とした訳出もあるだろう。その国にはその国の文化があり、その文化を踏まえその国の読者に分かりやすい翻訳を心がけるために原文から逸脱することは、決して原文の軽視ではなく、むしろ豊かな多様な源氏物語を生むことにつながるのではないか。他言語による『源氏物語』も、「△△訳源氏物語」と、やはり一つの独立した文学作品として捉えるべきである。こんな観点からこの第1節以降第2節までは、そこに到達するための最初の試みの一つとして、この度初めて「国冬本源氏物語」の韓国語訳を作成し、今まで未詳だった豊かな物語世界を問題点と共に提示し、今まで多くの人々の知ることの無かった世界の周知の必要性を示したく思う。

2　国冬本読解及び韓国語訳

紙幅の都合からこの度は、国冬本独特の物語世界や表現世界がよくわかる独自本文箇所を中心に抽出・作成し、これに韓国語の逐語訳を付した。拙い逐語訳については大方のご叱正を乞う。

【凡例】

1　掲出本文は伝国冬筆各筆源氏物語五四冊（天理大学附属天理図書館所蔵　特別本　所蔵番号　913.36―イ329）の紙焼き複製である。

2　【注釈】では国冬本が流通した時期と考えられる鎌倉末期から室町期の注釈書を中心に引用した。

注釈書記号　「花」・・・花鳥餘情　「河」・・・河海抄　「源」・・・源註餘滴

3　【翻刻】（丁数・オ（表）ウ（裏）・行数）・【校異】・【注釈】・【日本語訳】・【韓国語訳】【（稿者）補記】の順に作成した。独自本文箇所なので注釈が付されてない箇所もある。

4　【翻刻】は通読の便を考え、私に区切りを入れた。

5　なお試訳では本文に無い部分を補った部分は（　）でくくった。

6　【韓国語訳】稿者の逐語訳である。参考として田溶新（二〇〇六）『겐지이야기』（나남출반, 제5쇄）及び金鍾徳（二〇〇八）『겐지이야기』（지만지, 제1쇄）を使用し、適宜対照させ考察の助けとした。

①桐壺巻―「光る君」の呼称の誕生

【本文】よに・たくひなくをかしけなりと・みたてまつらせたまふ・なたかき女御の御かたちにも・なをこの君のにほはしきかたは・まさりて・うつくしけなること・たとえんかたなくて・よの人・ひかるさみときこゆ・ふちつほの御おもひ・とりく＼なれは・か、やくひの宮とそ・きこえける（二六丁オ7～ウ2）

【校異】「女御」に「宮」の異本注記あり。この人物が誰にあたるかは諸説ある。また「か、やくひの宮」の「ひ」の部分には「光る君」と並び称されるという意味で〈光―日〉から「日」を当てることが多い。但し藤壺

が内親王のままで入内したことと史実等を考え合わせ、『令集解』に記すところの「皇后之次妻」＝「妃（ひ）」を当てる論考もある。(3) このように議論の分かれるところであることを鑑み、試訳では、括弧で妃の意が掛かっているところであることを訳出してみた。ただ韓国語訳では、「日（해）」と「妃（비）」は音が異なるのでそうしなかった。

【日本語訳】世の人々が類なく素晴らしいとお見あげ申し上げている藤壺の女御様とお比べ申し上げても、なおこの君の美しさは例えようもなく素晴らしいので、世の人は「光る君」というお名前をおつけする。（藤壺の）女御様への帝のご寵愛も光る君と同様篤いので、並び称して「輝く日（妃）の宮」とおつけする。

【韓国語訳】세상에서 최고로 아름다운 모습을 하고 계시는, 유명한 후지쓰보님보다, 역시 빛나는 왕자님의 아름다움은 이기고 계셔, 비교 할 수 없기 때문에, 세상의 사람은, 이 왕자님을 「빛나는 님」 이라고작명했다. 후지쓰보님도, 같이 「빛나는 해의 궁」 이라고 작명했다.

【補記】国冬本ではこの箇所が「光る君」の唯一の命名伝承記事となる（後述）。「照る」「光る」「輝く」は物語で主人公を賛美する常套文句であり、神話にも王権にも繋がる。「궁」（君）は音で「君（くん）」としたので、今後の検討課題としたい。

②桐壺巻の巻末—強い思慕のとじ目

【本文】さとのとのは・もく・すりしき・たてみつかさなとに・せんしくたりて・あらためつくらせ給・もとの

こたち・やまのた、すまひおもしろき所なるを・いと、・いけの心もろくしなし・めてたくつくりの、しる・か、るところに・おもふやうならん人を・くしてすまはやとそ・なけかしうおほしわたると・なん（三十一丁ウ1〜8）」（以下余白）　→本頁掲載図に当該巻末箇所の影印を掲出した。

【校異】「たてみつかさ」の「て」に「く」のミセケチ有り。「たてみ」では意が通らないので「たくみ（内匠）」が妥当と思われる。

【注釈】「河」に「二条院事也　大工　修理　内匠寮」（一一三頁）。「源」に「こ、は池のありさまといふがごとく用ゆるなり」（三四頁）とある。「いけの心もろく」は、「も」の傍書「ひ」を取り入れ「広く」で訳した。

「参考」「花」帚木巻に「此發端の詞（稿者注：帚木巻冒頭の「光源氏」のこと。国冬本もこの言葉で始まる）はきりつほの巻の終の詞にひかる君はこまうとのめてきこえてつけたてまつれるとかけるに請ていへるなり」（二八頁）とある。

【日本語訳】源氏の君の里邸（二条院）には、木工や修理識や内匠寮に宣司が下って、改築なさることとなった。元々あった木立や山の佇まいの趣のあるところや、池のあたりも広く素晴らしく作られた。（源氏の君は）このようなところに、理想と思う人と住むことが出来たなら…とばかりお嘆きになった（とかいうことである）。

【韓国語訳】겐지의 저택（니죠원）에는，관계하는 각 부처에

伝国冬本桐壺末尾２
（天理大学附属天理図書館蔵）

명령이 내리고, 개축하게 되었다. 원래 있던 나무나 산의 정취나무가 있는 곳이나, 연못의 근처도 넓고 훌륭하게 만들어 바꿀 수 있었다. (겐지은) 이러한 곳에, 이상의 여성과 살 수 있었다면… 라고 쭉 한탄하고 계셨다 (라고 전해졌다고 한다).

【補記】他伝本には巻末に高麗の相人に拠る「光る君」という呼称の命名傳承記事があるのに、一つ国冬本のみその部分が全く欠けてこの巻は閉じている。(4) 田溶新(二〇〇六)では「겐지는 이러한 장소에서 자기 마음에 드는 사람을 맞아 함께 살다고 생각하며 한숨짓고 있었다. 〝빛나는 님〟 이라는 이름은 고려인이 예찬하여 붙인 이름이라고 전하고있다.」(vol.1 三七頁/傍線は稿者)で桐壺巻は閉じられている。金鍾德(二〇〇七)は、田溶新(二〇〇六)には全般にわたって訳の欠落が多く、桐壺巻頭「いつれの御時にか」(本文は「国冬本」より)が省略されていることを述べている。また巻末の物語の綴じ目における「となん(とかいうことである)」という部分は伝聞の草子地の形のとり、中世の説話などはよくこの形が巻末に出てくるが、金鍾德(二〇〇八)も述べるとおり、「言い伝えている」と終わる田溶新(二〇〇六)には、その伝聞の部分が明確に現れた訳とは言い難い。田溶新(二〇〇六)は前述の通り青表紙本系統を基にする日本の校注書を底本にしているが、青表紙本系統では「とぞ言い伝へたるとなむ」と更に伝聞が重なる形式をもっているのであり、「となん」だけで終わっている国冬本を訳す場合よりも簡略な感じであるのは、国冬本とはまた別の意味での〈巻末の欠落〉と言えよう。

翻訳と伝本の問題は位相を異にすることは勿論であるが、享受史の一つという点では共通項をもつ。巻頭・巻末を欠いた田溶新(二〇〇六)、巻末を欠いた国冬本桐壺巻も、源氏物語の紛れもない一つの姿であることをここでは確認しておく。

また冒頭「さとのとの」は諸注「二条院」を指す。「花」に「今案法興院は二條京極にありもとは二條院と號せるを正暦二年に法興院とは名をかへられたるなり源氏の御さとの二條院はこれになすらふへきにや」(二二頁)とある。この「二條京極」は少女の巻で再度出現する(次の例)。桐壺巻はこうして源氏の君の私邸である二条院改築と、そこに理想の人即ち藤壺と共に住みたいものだという源氏の強い思慕で幕を閉じる。巻末の言葉というのは強い印象を残すものであり、国冬本においては、源氏の藤壺への強い思慕が印象づけられて終わることとなる。文中で世人に、更に巻末で外国の相人の命名伝承に改めて言及し世間と外国の権威を二重に取り込む独自性とは無縁の、昔物語的な世界が国冬本桐壺巻には現れているのである。

③少女巻—二条院の増築

【本文】大との・しのふる御すまひなとん・おなしくは・ひろくみところありて・しなして・こゝかしこの・おほつかなき・山さとの人なとん・つとへすませんと・おほして・二条きやうこくわたりに・よきまちをしめて・ふるき宮のほとりに・つくらせ給へり(十八オ7行～ウ2行)

【日本語訳】源氏は、私的な邸宅を、同じ事なら広くて見所もあるようにして、あちこちに離れて住まわせていらっしゃる山里の人を(そこに)集めて住まわせようと考えられて、二条京極あたりに、他にも良い場所を手に入れて、改築をおさせになる。

【韓国語訳】겐지는, 사적인 저택을, 같은 일이라면, 넓어서 볼만한 곳도 있도록 하고, 여기저기에, 떨어져 살게 하고 계시는 여성들을, (거기에) 집합시키려고 생각하고, 니죠 경극 (二条京極) 주변에, 그 밖에도 좋은 장소를 손에 넣고, 증축 하셨다.

【補記】②【補記】に述べたように、桐壺巻巻末は「さとのとの」(二条院)の改築で巻を終わっており、その二条院に「花」は、元二条京極にあった法興院をモデルにあげていた。そしてこの少女巻のこの箇所に「二条京極」(傍線部分)が記されている。他伝本は少女巻といえば六条院造営が描かれている巻であるが、国冬本のみ二条院なのである。[5] 田溶新(二〇〇六)に「겐지는 육조 경극(京極) 근저 매호중궁의 구저택 근저 4구획의 땅에 신저택을 지었다.」(vol.2, 五五一頁/傍線稿者)とある傍線部分が国冬本では「니조」となっているのである。ところが国冬本少女巻においては、仮に最初は「六」と「二」の誤植だったとしても(字母が似通っている→本頁掲出図参照)、巻の最後まで二条院造営で話は進み完結している。四つの〈町〉が記されるところが「方」になっていたり、「六条院」→「あのとのへ」、「西の町」→「その西にあたりて」、「この町の中のへたて」→「この御方のなかへたて」などとなっており、六条院の話とは異なる世界が細部においても破綻することなく描かれているのがわかるのである。

④鈴虫巻―過去を反芻し成長する女三宮像

【本文】世中・ひとへに・おほしおこり・あそひたはふれ事に・うつらせ給に・きしかたこそ・すこし・いはけたる事も・おはしましけれ・よのうきことを人しれす・おほししる・わか御心つからのことには・あらねと・なを・心つかひすへき・よにこそ

2 1

五四丁ウ
(大島本源氏物語 四 古代学協会蔵)

1 11

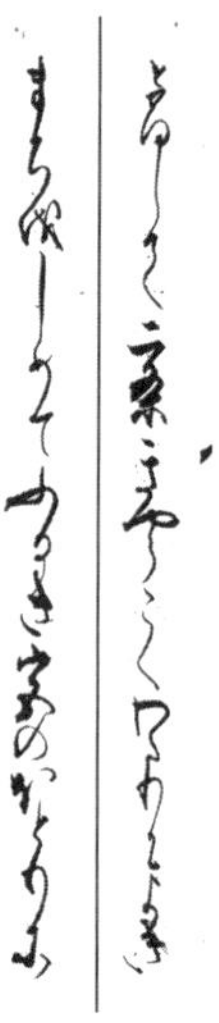

十八丁オ〜ウ
(天理大学附属天理図書館蔵)

有けれ・なと・おほしわかるゝ・事ともありて・いとふかう・のとやかに・御をこなひをし（四丁ウ2行〜四丁ウ9行）

【日本語訳】（女三宮は）今までは人生をただ驕り、戯れ事のように感じていらっしゃった。来し方こそ、（このように）少し幼稚でいらしたけれども、（柏木との件で）人の世の苦しみを人知れずお分かりになるようになった。この苦しみは宮が御自らお望みになったことではないけれども、やはり自らよく考えて生きていくべきなのが人生であると、お分かりになるようになって、深い思いをおもちになりつつ、のどやかな仏道生活をなさっていらして…

【韓国語訳】（온나산노미야는）지금까지는 인생에 단지 잘난 체해，놀이이라고，느끼고 계셨다．지금까지의 인생이야말로，（이와 같이）조금 유치하고 계셨지만，（가시와기와의 건으로）세상의 괴로움을，은밀하게 알게 되었다．이 괴로움은，온나산노미야가 스스로 바라고 계신 것은 아니지만，역시，잘 생각해 살아가야 하는 것인 것이 인생이라고，온나산노미야는 알 수 있세 되고，깊은 마음을 가지면서，조용한 불교 생활을 보내고 계셔…

【補記】この箇所全体が国冬本鈴虫巻の独自本文である。国冬本鈴虫巻にはこのような長文の独自本文がいくつか散見する。[6]

以上紙幅の都合もあり、ごく一部について国冬本の物語世界がよく分かる箇所に限定し、今まで我々が見知ってきたのとは異なる底本で読解し韓国語訳し考察した。

掲出した桐壺巻・少女巻・鈴虫巻は、それぞれの箇所の補記及び脚注で示したように、特異な世界をもちつつも、それぞれの巻でその世界は完結し発展することがないという共通点をもつ。これらは皆、国冬本五四冊のうちの十二冊、伝国冬筆鎌倉末期一筆本であるが、その流通は、一筆本が一かたまりにという形ではなかったかもしれない。というのは、それぞれの連続する次巻、即ち桐壺の次の帚木巻、少女の次の玉鬘巻・鈴虫の次の夕霧巻はいずれも同じ伝国冬筆鎌倉末期一筆本であるが、錯簡脱落があるにしても、各々の前の巻に見られたそれぞれの特異な世界がこれらの巻巻で何らの発展・展開を見せていないからである。またそれ以降の巻巻に特異の世界が引き継がれることもない。それ故に、鎌倉末期一筆本がもし五四冊全て現存していたら、そこに特異な世界が自己完結することなく展開していたのかもしれないという仮説には慎重でありたい。

なお、国冬本五四冊の内、今回用例に出したのがいずれも伝国冬筆鎌倉末期一筆本であった点について考察を補足しておく。伝飛鳥井頼孝卿筆室町末期本の藤裏葉巻の歌句も、他伝本と異なる独自性をもっている(7)。ただやはり、室町末期各筆本で特筆すべきはこの巻のみで、管見の限り、先述したような、表記・表現レベルを超え、作品の内容世界にまで及ぶ独自本文箇所を有し独自の世界をもつのは、全て伝国冬筆鎌倉末期一筆本の中に見つけられ、更にそれらは光源氏在世の世界即ち第一部から第二部にのみあり、光源氏以降の世界である第三部には見つけられなかった。そうなると、独自世界を有し、貴重な鎌倉末期の写本でもあり、更に十二冊にも及ぶ一筆本であるという観点から、伝国冬筆鎌倉末期本十二冊のみ重視されがちであるが、残りの室町末期各筆本四十二冊の価値についていくつかの言及がある点を見ておきたい。まず新美哲彦(二〇〇八)が英国を先駆とする、文献系統学のプログラムを源氏物語・空蝉巻に適用し、新しい解析結果を出した(8)。その中で、伝春日社家祐範筆室町末期写本の国冬本・空蝉巻と、同じ室町末期書写で青表紙本系統の日大蔵三條西家本との近さを相関図から見て取り、室町末期の頃の貴顕周辺の源氏物語伝本の相関関係に、従来の二系統三分類と全く異なる新知見を示した。稿者も高松宮家御蔵河内本源氏物語、所謂「高松宮家本」と国冬本の宇治十帖のうち、橋姫巻の類似について調査の端緒を発表した(9)。国冬本は五十四冊全て、書写の時期・巻に関わらず新たに発見されつつある価値の精査が早急に必要であるし、そのような国冬本の全体を翻訳し五十四冊揃いの姿での国内外での周知の必要性を説きたい。

繰り返し述べるが、源氏物語の未詳だった世界（国内外を問わず）が次々と明らかになりつつあり、また一つの底本にこだわり、一つの源氏物語を読む時代は去りつつある。色々な源氏物語が、伝承の過程で、翻訳の過程で、生まれる。そのそれぞれが尊重されるべき別個の源氏物語であることを提唱する試みの一つに、本章の第1節から第2節を位置づけたい。

【附記】本節は二〇〇八年度韓国日語日文学会冬季国際学術大会（十二月二〇日　於　明知大学校）での口頭発表に基づくものである。また発表前後に、金裕千先生、金鍾德先生、村松正明先生、金孝淑先生他、多くの示唆を得た。また海外投稿による成稿には、学会事務局の多大な尽力を頂いた。ここに記して深甚の謝意を表する。

本章は科学研究費補助金（特別研究員奨励費）の助成を受けた、研究題目『別本を中心とする源氏物語の相関・総合的研究―国冬本源氏物語からの展開と探究』の研究成果の一部である。

3　源氏絵享受とは

前節では国冬本を底本にして韓国語訳を作成した。ところで韓国と言えば日本と同様、漫画（만화）で著名な国である。絵への関心は高い。そこで本格的に漫画を扱うのは6節以降として、本章3節以降5節まではまず絵と源氏

物語と韓国を絡めて論じてみることとしたい。

日本における絵（源氏絵）についてであるが、最古は12世紀（院政期）作成の徳川・五島本国宝源氏物語絵巻から、現代の映画やアニメーションに至るまで[10]、源氏物語は常に絵画とともにあり[11]、おびただしい数の絵が現在まで残されている。

それらの絵―所謂〝源氏絵〟には、大きな特徴がある。それは、芸術の歴史は模倣の歴史でもあると言われるが、つまり〝場面選択の固定化と図様の類型化〟ということである[12]。注12から以下引用すると「その巻の最も主要な情景あるいはその巻を象徴する意味をもった情景が絵になる場面として選ばれると、その場面選択は、次々に踏襲されていくのである」「また一方で、個々の場面は物語中の何処であるか明瞭に特定できる図様でなければならない。（中略）主として「人物」はパターン化され、特徴的なポーズが場面を表わす象徴的存在となり、絵画から扇面・色紙さらには屏風へと画面形式が変わってもそれだけは変わらず伝承され続けた。言い換えれば各場面はその図様故に、その図様とともに選択され続けたのであり、図様の定型化は必然の成り行きであった」と述べている。

つまり通常源氏絵と思われる絵が目前にあった場合、まずは多くの源氏絵と照らし合わせ、類似の絵を探すということである。それがもし源氏絵ならば、上記に述べたように類似の作例を見つけ出せるはずだからである。

しかしまた一方で、源氏絵は伝統の保持と継承のみにあったのではなかった。例えば、風俗画に独立して描かれるようにまでなった葵巻の車争い（例えば、『狩野山楽筆車争い図屏風』等）、浮舟巻の匂宮と浮舟が宇治川を小舟で漂う様なお（例えば、浄土寺の扇面図等）、繰り返し作例される場面もあるが、一方で、最古の国宝絵巻に描かれた柏木巻の第二図（柏木が夕霧に後事を託す場面）は、以後どの絵にも描かれない、孤立例ということになる。それはこの絵を含む国宝絵巻柏木三図のすべてが、女三宮密通という禁忌の犯しに関わる極めて際どい内容であり、それ故以後の多くの絵師が避け続けた絵柄であった結果だったと考えられるので、最古と言われる絵巻だけが行った、大胆かつ斬新な選択があったといえるからであるこのようなこともあり、類例がないものについて、直ちにそれが源氏絵ではないとも言えない。ただ総じてやはり孤立例は少ないのであり[13]、〝固定化と類型化〟を繰り返す中で、確かな秩序が継承されてきたのだと言えよう。

4　個人蔵扇面図八枚から――作品と場面比定

さて、前節のような事情を踏まえ、以下まず稿者が検分し得た扇面図について紹介した上で論を早める。それは韓国永同大学校韓中瑄教授所蔵の額縁収納の扇面八枚である。縦六・八センチ×最大幅五四・七センチの扇面図で、落款の類のものも詞書も無い。八枚は額縁裏側に1から8までの通し番号が打たれてはいるがこれはアラビア数字であり、後年便宜的に振られたものと考えられる故に、八枚完結の代物という可能性以外に、何らの作品の一部としての考慮が必要であることをまず前提としなければならない。またこの八枚は同一絵師の画風によるものと一見して思われるが、作者名は未詳である。画風は奈良絵風であり、江戸期に量産された土産品の奈良絵の流れを汲むものと考えられる[14]。この度はこの八枚の作品そのものに注目するのではなく、八枚に現れた〝場面〟に注目し論を展開するために、この八枚を利用させて頂いたことを初めに述べておく。まずは簡単にそれぞれの絵を紹介・所見を述べる。なお、順序は前出の通り、額縁の裏に打たれたアラビア数字順である。

画1は、緋色の直衣の男子（垂纓冠）が室内。緋色の袿に小袿を重ねた女性が端近。女房風情の女性が室内の端近に位置する。画2は室内に几帳がある。黒い直衣の貴族男性（垂纓冠）、緋色の直衣（画1とは模様が異なる）立烏帽子の男性。水色の小袿（画1とは紋が異なる）の女性。画3は屏風絵と几帳のある室内。水色の小袿の女性。画2の

画1

画2

画3

画4

男性、緋色の意匠の童子。几帳は画2と異なる。画4は画2の黒い直衣の男性、緋色の袿の女性、白地に紋の直衣（垂纓冠）の男性。室内で開けた襖から縁側の外を眺めている。外を眺める絵としては、例えば『九曜文庫蔵　源氏物語扇面画帖』（注14参照）の花散里巻、庭の橘の木を麗景殿女御らと眺めている図などがあるが、当該画4は、庭の情景は不明である。

画5は画2の黒い直衣の男性、水色に紋の直衣の男性、白地の袿の女性。人物や屏風は異なるが、絵の構図は画3

に似ている。画6は画2の黒い直衣の男性、画2の水色に緋色の袿を重ねた女性。ここから画2と画6はつながりがあるかとも思われる。画7は白地に紋の直衣（垂纓冠）の男性、黄緑に緋色を重ねた袿の女性。襖及び几帳を隔てる。庭に紅葉、遣り水が流れる。この八枚の中では、明確に季節を描きこんだ一枚である。画8は水色の直衣（垂纓冠）の男性と、緋色の衣装の童子が縁側におり、室内には白地に模様の小袿の女性がおり、襖内の様子をうかがっている。画3の童子と画8の童子は類似してみえる。

画5

画6

画7

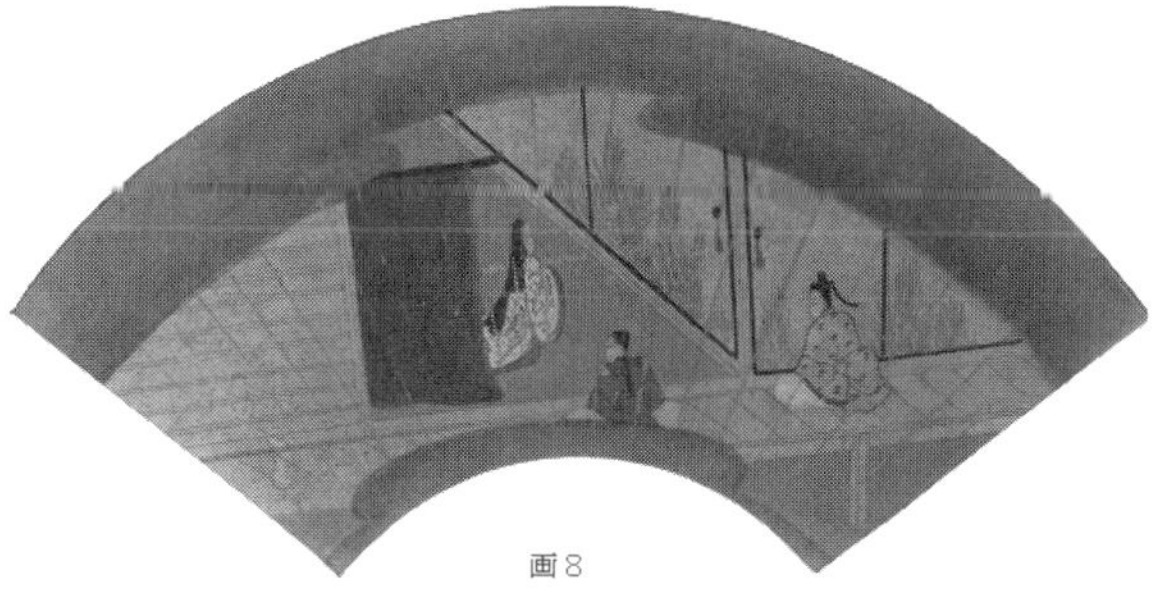
画8

以上簡単に八枚の扇面図を検分して分かり得た情報を、絵とともに列記してみた。なお別記する情報として、韓中瑄教授は古美術商から〝源氏絵〟として落札されたことを稿者に述べた。では前節で記したような、作品比定・場面比定はこの八枚から行い得るであろうか。

画1―8のうち、画2に描かれる黒い直衣の男性が更に画3―6まで登場する（特に画6は画2の女性も登場）など、一部に連関はあると思われるし、登場回数の多さからこの男性が主人公として描かれたとは思しいが、前節の論理を絡めると、この八枚に銘打たれた源氏絵と断定することは難しい。その理由はまず、いわゆる素人の手遊びの〝女絵〟のように、どのような作品にもあり得る一般的な場面がほとんどであり、「その巻の最も主要な情景あるいはその巻を象徴する意味をもった情景が絵になる場面として選ばれる」（注12引用前出）がほぼ皆無だからである。いわば〝平安物語絵風〟とでも述べるしかないという点がある。

次に、先の画2から画6まで登場する男性の観点から考えたい。前述のようにその登場の回数からも、この八枚に限って考えればこの黒い直衣の男性は主人公格と考えられ、源氏絵とすればこの男性は光源氏ということになるが、問題はこのような〝黒で無紋〟の直衣の光源氏の絵はほぼ皆無に近いことであり、つまり前例がほとんど無いということである。この画が舞台とすると思しい平安以降の公家社会で、衣服の文様について、身分や家柄で厳しい規制があったことは周知のことである。残存する源氏絵で、光源氏も頭中将も、即ち貴人は皆色あざやかな衣に華やかな有職文様の衣装に身を包み描かれている。物語本文でも、例えば朧月夜との出会いの巻である花宴の藤の宴での源氏の絢爛たる〝桜の唐の綺の直衣〟については、いくつか論じられている。(15) また注14前出『九曜文庫蔵　源氏物語扇面画帖』常夏巻では、六条院で源氏と一同が涼んでいる様が描かれているが、ここでの源氏は前をゆるやかにはだけている直衣で、これももちろん菱文のような紋の涼しげな衣で黒の無紋ではない。

ただし、では源氏絵に描かれた光源氏の衣装で黒の無紋の直衣のものが全く無いかというと、先述の通り皆無と言い切れるわけではない。『土佐光吉・長次郎筆源氏物語画帖』紅葉賀巻では、元旦に幼い紫の上が部屋いっぱいに雛御殿を作って遊んでおり、それを目にしながら参内する源氏が描かれているが、このときの源氏が束帯姿・黒無紋である。また『九曜文庫蔵源氏物語画帖』澪標巻では、住吉詣での行列の様が描かれているが、前方に童子が歩き、その後に笏を手にし長い裾を隋人にもたせて歩く源氏の姿がある。このときも黒束帯・無紋である。つまり公的な場であるときの束帯姿の場合のみこのような衣装という規則・慣例を、源氏絵も守っているということがいえる。私的な場面では屋内屋外に関わらず源氏が黒無紋を身に着けることは管見の及ぶ限り見つからなかった。私的な屋外ということでは、国宝絵巻の蓬生巻の末摘花邸訪問の絵が著名であろう。落剝がひどい国宝絵巻には復元模写が現代の科学の力で施されており（携帯型蛍光X線分析器により、残された絵の具の元素を、絵に触れることなく識別可能であったという）[16]、それを見ると、蓬生巻の源氏の衣装は、鮮やかな群青の衣に菱文であり、復元模写により鮮やかによみがえった十種類もの草花にも映えている。

こうみていくと、まず衣装の点では本稿で扱う扇面図八枚は、全て私的な室内のものでありそれが黒の無紋という点からは、通常の源氏絵とは趣を異にする。

次にもう一つ別の観点から考える。先に特定の作品・場面を象徴するものが、この扇面図八枚からはほぼ見出しがたいことを述べた。ただしこのうち画8だけはやや留意すべきと思われる。

画8は、一連の扇面図の最後の一枚である。直衣男性を薫大将、童子を小君、襖内に居ると想定される女性を浮舟と考えれば絵の中の全ての人物が襖の中の存在に向いているこの絵は、源氏物語最終巻〝夢の浮橋〟の最後の浮舟還俗への説得の場面とも受け取れる。この夢の浮橋巻巻末場面の絵は、物語の最終尾ということからであろう、多く製作されている（『住吉具慶筆源氏物語絵巻』『土佐光吉筆源氏物語手鑑』など）。また前節に述べたように類例があることは場面特定に至る必要条件である。ただし当該画8の場合は尼君と思しい女性の人物がいない代りに男性（薫と想定される貴顕の男性）がいるなど、物語の内容と異なっている。であるから、単純に場面特定に至るわけではないことは述べねばならない。ただ絵画化の段階で、絵画の側が多少の虚構と創造を行うことがままあってこそ、両者はそれぞれ独立した芸術と言えるのであり、そう受け取るのであれば、再々の説得に応じない浮舟に業を煮やした薫が、別の男の存在をいぶかりながらも（そしてそこで物語自体は終わっている）、それで諦めるとも思えないのであり、小君では心許ないとばかりに最後には本人自らが乗り込むことも十分に考えられることではある。そのように考えていったのならば、特定には至らないにしても、また前述の如く、この画8が八枚の扇面図の最終場面の図かどうかは不明という状況はあるものの（完結した作品か他の扇面図がかつてはあったのが失われて八枚が残ったのかわからないということ）、一つ画8に関しては、〝源氏絵〟らしい風情の絵というところまでは、述べて差し支えないであろう。そしてこの画8と画1〜7までは同一作者のものと一見して分かり、更に一まとまりとしてあるということを考え合わせるならば、八枚の扇面図に銘打たれた〝源氏絵〟という部分を、否定するにも至らない。つまりまとめると、〝源氏絵〟との断定までは至らないが、否定もまたできないという現状をここに述べておく。

以上八枚の扇面図を元に、源氏絵の場面の比定・作品の比定の問題を、現存する作品と絡めつつ考えた。特に画8の検証の過程において、源氏絵の〝固定化〟と〝類型化〟の歴史が、いかに強固にあるかということ、軽々に特定することの難を改めて確認した。しかし一方でまた、このような強固さとはまた別の顔を見せてきたのも源氏絵であったことを、更に別の視座と作品から、次に述べてみようと思う。

5　『花鳥風月』『室町殿日記』の比定のあり方

先に扇面図八枚の紹介の際に、奈良絵風であると述べた。中世に流行ったその奈良絵本の作品の一つに『花鳥風月』がある（諸本によって題名は『扇合物かたり』『衣更着物語』などと様々である）[17]。萩原院の時代に、葉室中納言邸で行われた扇合わせの遊競の場が舞台で、山科少将が出した扇の中に、一同を混乱させた物があった。それは、若い公達と〝口覆いをした〟女房の扇絵であるが、その場にいた目利きの人々であっても、その公達と女房が誰であるかが分からない。特にその公達を巡って「在原業平」か「光源氏」かで、論争となる。そこに、「花鳥」「風月」という二人の巫女が現われ、巫女の口寄せ（霊を白らに憑りつかせ呼び出すこと）により、業平の霊と問答をする。その結果、その扇絵の公達が業平ではないことがまず判明する。次に神鏡に映し出すと、そこに光源氏の霊が現れ、扇絵の公達が光源氏であることが判明する。その霊が自らの生涯を語り、更に〝嫉妬をかかえる末摘花[18]〟の霊も登場するというのが大体のあらすじである。ストーリーも起伏に富み、一方当時の源氏・伊勢の享受の様も見て取れる興味深い作品と言える。奈良絵本であるので当該箇所の絵をみてみると、一同、男女二人の描かれた扇をみながら論争している（『奈良絵本・下』紫紅社五四～五六頁）。この個所の本文を以下に引用する（この個所は文言の異同はあるが、諸本で文意に差はない／傍線稿者による）

山しなのせうしやうの、いたされたる、あふきに、…ようかん、こひをつくし、そのかたち、いふはかりなく、うつくしき、くけ一人、かたはらに又、ねうはうの、くちおほひして、ゐたるところを、ふてをつくしてそ、かきたりける　人〻、これを御らんして、をの〳〵、ふしんを、なしたまふ、これはいかさま、なりひらにてこそ

あれと、いふ人もあり、いやこれは、けむしにてこそあれと、さしき、二になりて、さうろんし給ふ（後略）

（高安六郎氏旧蔵　文禄四年奈良絵本　花鳥風月　『室町時代物語大成三』）(19)

ここで公達が源氏、傍らの「くちおほひ」しているのが末摘花と、後に巫女達（花鳥と風月の二人）の霊力によって判明することは先に述べた。この扇絵ではただ男女が描かれているだけであって、何ら特徴ある場面が描かれているわけではないので、希代の美男子の候補は王朝の二大美男とまでは絞られても、その相手の女性の判別は扇合をする文芸に精通した貴顕の一同であっても難しかったのである。また、仮にこの絵を源氏と仮定した場合、末摘花は源氏絵の中では特に醜貌として描かれてきていない（末摘花・蓬生巻ともそのような源氏絵の例は見当たらない）。となれば相手の女性を末摘花と、絵のみでそれと分かることは無理であろう。後でこの扇絵が、末摘花巻の雪の朝、醜貌を源氏に知られた際の情景であることが、霊となって現われた末摘花の言葉によって、初めて分かる仕組みとなっている。以下その個所を引用する。

たゝいま、ふしんをなす、あふきのゑは、いつそや、ゆきのあしたの、御かへりのとき、まつの雪を、はらはせて　ふりにける、かしらの雪を、見る人も、おとらすぬらすあさの袖かなと、よみ給ひしとき、わらは、もろともに、さそはれいてたりしところを、かきたるゑなれは、（後略）

（高安六郎氏旧蔵　文禄四年奈良絵本　花鳥風月　『室町時代物語大成三』傍線稿者）

「ふりにける」の一首が末摘花巻の末摘花の歌なので、それと分かることとなるのである。この個所の末摘花の様

子を、源氏物語・末摘花巻の原文からみると、

いたうはちらひてくちおほひし給へるさへひなひふるめかしうこと〳〵しく…

（国冬本・末摘花　二十九オ　室町末期／伝飛鳥井頼孝卿筆[20]・傍線稿者）

と、末摘花は口覆いしている。末摘花巻の絵をみると、雪の朝を描いた絵が多く、その中で口覆いするものは、管見の及ぶ限りでは、『ハーヴァード大学蔵　土佐光信筆源氏物語画帖』に見える（注12の前出書より）。特に醜貌でもなく、口覆いという一般的な動作をしている女性を末摘花と判読することは、たしかに巫女の力でも借りねば無理であろう。つまり場面の〝固定化〟と〝類型化〟が進みつつある中で、一方その判別を巡って論争も起き、最後には神力を借りねばならなかったような状況もまたあったことが、一つの物語という形ではあるけれども、このような形で描かれていたということは言えると考える。

そして次に、〝物語〟ではなく〝記録類〟から、慶長年間の幕府の記録とされる『室町殿日記』巻十「扇之事」の次の記事を見たい[21]。

御城の女中かたよりあふき（を）二本こしたまひて此絵は土佐とやらんいふ画士のかきける絵にはんへるされは源氏伊勢物語なとひきあわせて見はんへれ共その中にもあらすいかなるこゝろをかかきつらん御覧候てしるしたふへきよしをいひこし給へり。…一本にはいとわかき女房のおましをのへてその上に袖をかたしきてふせをれり。又かたはらにそり橋あり。磯うつなみのあらきかたをか（き）けり。又一本にはくろさうそくにしやくも

てる公卿のすこしおもての色あかくくろみかちなるか一人又はたちはかりになむみゆる女房のあてになまめかしくらうたきか柳の五つ[衣]に千しほのはかまをそはたかく着なして鬟籠になにとも見えすくたものなとつみあけたるふせいをいかにもけたかくかけ《き》り。やつくりは母屋のすみはるかに見えていさ、かまくりあけ屏風几帳をかいつくろふよそほひ誠に筆をつくして見えにけり。幽斎つら〳〵見たまひて…此画はつゐに見なれぬ体相なり何たる心（に）かはんへるやらんとの給へは幽斎申させたまふやう（後略）」

（京都大学蔵　室町殿日記・下　二三〇―二三一・傍線稿者）

この「扇之事」については、既に田中榮一に指摘がある。[22]身元の判明せぬ扇絵一本を目利き（細川幽斎）に判定を依頼する内容である。当時の教養人であった女房達は源氏伊勢などの絵との突き合わせをまず行い、それでも判然としなかったと書かれているが、先の『花鳥風月』がそうであったようにまず王朝絵風を論じるのに、源氏・伊勢に当たりを付けるのが、ごく自然な順序であったことが分かる。言い換えれば源氏や伊勢の絵ならば大抵判定できるまで精通していたのが当代の教養人だったのであり、そんな彼女らですら「つゐに見なれぬ」から細川幽斎に依頼したことが窺える。しかしそのような知識人中でもやはり細川幽斎は傑出していた。一つは、宇治の橋姫伝説の絵、もう一つは容貌を恥じて夜出没したとされる葛城の神の歌と藤原定家の挿話の絵であることを、わずかな文言と絵から見事に判じたのである。幽斎の教養が見事に表れているとされる箇所である。

こうみてくると、源氏絵の作品比定・場面比定の問題の複雑さが見えてこないだろうか。歌人などには必読書として〝聖典化〟される一方、読者層が広がり質量様々な梗概書・改作・異本等を生んだという〝大衆化〟という単一ではない側面があるということである。これにつてハルオ・シラネの一連の論考が参考になると思われるので以下に挙げる。シラネは「カノン化されたテクスト」と「非カノン的テクスト」という言葉で論じている。[23] シラネは「カノン」を「排除し支配する権力としての機能」として捉え、更に「貴族たちははっきりとした境界線を古典のカノン(『伊勢物語』『古今集』『源氏物語』など)のまわりに引いたが、それはその文化資本としての価値を支配し、強化し、伝達するためだった」と述べている。こうしたエリートとしての「カノン」と「非カノン」を分ける鍵の一つとして「カノン化されたテクストが広範な注釈・考証の対象となり、広く学校教科書として用いられるのに対して、非カノン的テクストないしジャンルは、いかに人気があってもそうはならないということである」と結論付けている。もう少し本節に引きつけてシラネの論を引用すると「中世末期において、二つのきわめて異なった種類のカノン形成が起こっている。ひとつは朝廷につながりのある貴族の歌の家による、一対一でのテクストや知識の伝達であり、その究極が「古典伝授」である。同時に、われわれは平安朝の宮廷文化や文学上の人物が、さまざまな媒体を通して、能、連歌、俳諧、御伽草子などの芸能を通して、民衆に知られるものになっていったことを目にしている」と述べている。

こうしたシラネの論理はテクスト(本文)に関するものであるけれども、本稿に沿いながら源氏絵の問題として考えるとどうなってくるか。まず、氏の述べる「カノン」としての源氏絵は、その最高峰が国宝絵巻であり、さらには〝場面の固定化〟〝場面の定型化〟を繰り返しながら伝承されてきた多くの絵であろう。こちらは〝源氏絵〟と断定され、例えば注13前掲書などにまとめられ享受されてきているのである。

一方、『花鳥風月』等奈良絵本や・記録日記に描かれた物語や挿話中の源氏に関わる絵などは、シラネ氏の述べる「さまざまな媒体」の中で名前が記される、実態としての絵ではなく、作中の絵でありつつ、その上判別が難しくて結局は源氏絵ではなかったりする、いわば〝観念としての源氏絵的なもの〟とでも呼べるような曖昧な存在であり、とてもカノンとしての権威にはなり得ない。一方、ここで紹介・考察した扇面図八枚の〝源氏絵〟と銘打たれたものは、こちらは逆に実物そのもの・実態そのものだが、〝源氏絵〟とも断定できず、いわば〝現実としての源氏絵的なもの〟であり、さらに注14にあるように、量産された江戸期の土産品の源氏の流れを汲むとあっては、権威とは最も遠い源氏の一つであると言えよう。しかしこれら物語内の絵と実在の絵は、観念と現実という意味では逆の存在ながら、「非カノン的」な源氏というくくりでは、一まとめにできるのである。何しろ第3節冒頭にも述べたように、現代のアニメーションに至るまで、様々な媒体・様々な位相に源氏絵は存在し続けていたのであるからである。[24] こうして「非カノン的」存在による裾野の広がりこそが、源氏絵が源氏物語同様、定型化へ向かいながらもそれ一方では決してない、収束と拡散を繰り返し幾層もの分厚い層を持つ日本の古典のありようを支え続けてきたということができるのではないだろうか。[25]

6　漫画『あさきゆめみし』の問題について

第3節から第5節までは、韓国に渡った源氏絵の問題について論じてきた。日韓両国での文化的影響力の大きさを考えたとき、絵の中でもとりわけ漫画は単なるサブカルチャーではなく、決して軽視できない存在と考える。そこで引き続き本6節以降では、日本語版と韓国語版の漫画『あさきゆめみし』を中心に据えつつ、呼称の問題を契機に両者の比較について論じる。

最初に『あさきゆめみし』についての基礎知識を確認しておく。

漫画版の源氏物語は、現在は43種類程あり、[26] 古典作品としては非常に数多いものと考えられる。その中でも『あさきゆめみし』は、周知の通り、著名作家の大和和紀による作品で販売数の大きさからも、代表的な存在と言っていいであろう。一九七九年十二月号から月刊『mini』講談社に不定期に連載され、『mimi Excellent』同誌27号（一九九三年）で完結した。売り上げは累計千七百万部を超える大ヒット作品で、各言語に翻訳されている。高等教育の入学試験の古典問題にも頻出してきた。この長編かつ難解な古典を読むのは困難であるが、漫画であれば画の力で頭に入りやすい。そのようなこともあり、源氏物語の多くの漫画の中でも最大の購買数を誇るこの漫画は受験生のバイブル的存在となった(27)。

しかし年間数百本と言われる源氏物語それ自体の研究に比べ、『あさきゆめみし』の研究自体はまだ日本でも韓国でも数は多いと言えない(28)。『あさきゆめみし』の論文の経緯をみると一九九四年から、〝現代の源氏物語絵巻〟という副題で論考が登場し、現時点で論文題目としては23件が検索し得たが、このうち古典教育の副材を内容とするものが3本ある(29)。今回日韓比較を考える立場から、韓国での『あさきゆめみし』出版状況を調査してみると、韓国の論文検索データベースで知り得たものは、2件のみ、このうち김수희（二〇〇八）がやはり古典教育研究の内容である。国宝絵巻の東屋（一）の絵を見る浮舟の姿にもあったように、視覚を活用した王朝物語の原始的な読み方を、文章の読解だけで無味乾燥になりがちな古典の授業に取り入れようという試みは当然のことに思われ、その点についてやはり漫画の影響力の強い韓国も同様の状況である証左と考えられる。

韓国語版あさきゆめみしは翻訳者이길진により二〇〇八年十一月二〇日初版一刷の一巻～二〇〇九年八月二八日初版の十巻までが出ている。現在韓国で入手できるこのデラックス版をここでは使用する。尚、全巻調査したが、言語が異なるだけで、絵画（漫画の絵の部分）は全く同じものである。

内容については既に分析があるが、『あさきゆめみし』は執筆当初は作家大和和紀独自の解釈で、例えば、桐壺帝と更衣の出会いや、更衣の死去の際の幼い源氏との会話などが追加されていたが、徐々に原文に非常に忠実になっていっていることである(30)。注30中川に大和和紀のインタビューが引かれており、そこで徐々に全体の把握の為に原作に忠実である必要性があったこと、更に草子地は臨場感を欠くことになるので採らなかったとの大和和紀の言がある。原作者の言であるから信頼できる証左と捉えることが出来る。徐々に評判の漫画となり源氏の副読書のような稀有の位置を得るにつれて、保守的にならざるを得なかったことも納得できる論理であろう。

また『あさきゆめみし』独自ではなく、漫画というジャンル全体の問題であるが、例えば菊川（二〇〇〇）にあるように「マンガはビジュアル化のために、人物の対話を中心とした事件として展開していくことが要求される。それゆえ、状況の説明や、心中思惟のように動きのないものは描きにくいことが予想される」、中川（二〇〇八）も「マンガは視覚性が勝った表現だから、人々との対話や感情、事件の推移は画によって示される」とする。前掲の김수희（二〇〇八）も「주지하는 바와 같이 스토리 만화는 글과 그림으로 구성되 어 있다. 즉, 만화의 경우는 현대어역이 채워주지 못하는 시각적인 면을 채 워줄 수 있는것이다.」（試訳：ストーリー漫画は文と図で構成されている。即ち、漫画の場合は現代語駅が満たすことができない視覚的な面を満たすことができる）と述べている。つまり漫画は視覚的なジャンルの芸術なので、吹き出しと言われる部分に会話文が記述される対話の形式で作成されるということである。地の文の連続では、漫画としては独白の連続になり読者の側の娯楽という点からも問題があるであろう。『あさきゆめみし』が源氏物語の漫画の中で稀有な位置にあることは前述の通りであるが、同時に漫画である以上は免れられない対話部分の多出という問題を有している。その対話部分の多出という問題は、後に述べるが日韓比較の呼称に関する問題を生み出す元になっている。実際の内容を見ていこう。

高野（二〇〇八）にもある通り、『あさきゆめみし』の冒頭は「わたくしは母を知りません　はかなげで　少女のようで……すきとおるように美しい人だったといいます　愛だけによって生き　その生命を断ったのもまた愛であった……と」（日本語版）と始まる。韓国語版では、「나는 어머니를 알지 못합니다. 가엾고 서녀와 같고 … 투 명할

듯이 아름다운 분이셨다고 합니다. 사랑을 위해서만 살고 그 생명을 끊은 것도 또한 사랑이었다 ……고 합니다」（試訳：私はお母さんを知りません。いたいけな幼児のようで……透明な美しい方だったといいます。愛のためだけに生きてその生命を断ったのもまた、愛だった…そうです）となる。日本語版とほとんど差異は無いが、一点だけ上げれば、日本語版では「美しい人」が韓国語版は분（この方などの「方」）になっている点である。やや敬意が上がっているとみられるが、これについては後に呼称と敬語の箇所で述べる。この冒頭はもちろん原作にはない、『あさきゆめみし』の独自部分である。

この冒頭について高野（二〇〇八）は、「『あさきゆめみし』はなぜ原作から逸脱してまで、冒頭表現をあらたに創造したのだろうか。まず、『源氏物語』の「桐壺」巻の冒頭は、「いづれの御時にか」という表現によって、物語が天皇制という政治システムを物語の展開装置として組み込んでいることを確認したい。天皇と寵妃との個人的な恋愛が、皇位をめぐる政争に発展することを当初から織り込んでいたのである。『源氏物語』第一部の内容は、皇位争いに敗れ、臣籍に下った光源氏が、准太上天皇となり栄華を極めるというものである。王権獲得の物語として読まれることもある。恋愛を横糸に、政治を縦糸として編まれたのが『源氏物語』であった。しかし、『あさきゆめみし』は、政治的物語というよりも天皇と寵妃との悲恋を前面に立てて、構想されたように考えられる」としている。物語の冒頭というのは、その物語の最初の印象を読者に与える重要な場面で、前述のように徐々に源氏物語に忠実になっていった『あさきゆめみし』ではあるけれども、最初の目論見としては、おそらくは女性読者を対象として、作者の考えは愛の物語として執筆する考えであったのであろう。

この点を김수희（2008）は「내용적으로도 천 황의 부인이자 계모에 해당하는 후지쓰보（藤壺）와 주인공 히카루겐지（光源氏）와의 밀통을 근간으로 한 것으로서 왕권에 대한 이해가 없으면 오독하 기 쉽다는 점에서 소녀만화와의

거리감은 상당하다고 할 수 있다.」（試訳：内容的にも天皇の夫人であり継母に該当するふじつぼ（藤壺）と主人公光源氏（光源氏）との密通を根幹としたこととして、王権に対する理解がなければ誤読しやすいという点で少女漫画との距離感は相当あると言うことが出来る）と論文の冒頭近く述べている。ここで、「천황」（天皇）「왕권」（王権）と訳すことが出来る言葉が出てきていることに留意したい。しかし김수희（二〇〇八）も前掲の『あさきゆめみし』の冒頭に触れており、これが『あさきゆめみし』独自のものであることを論じていながらも、その理由としては、「이상과 같은 서정적이고 애상적인 도입부는 겐지의 수많은 여성편력을 용인하는, 즉 어머니에 대한 그리움 때문에 그 모든 것이 시작되었다고 하는 듯한 양상을 취하고 있다. 혼다 카즈코（本田和子）씨의 지적처럼 겐지의 수많은 여성편력의 원인을 어머니에 대한 그리움 때문이었다고 비극적으로 표현하고 있는 것이다.」（試訳：以上と同じ叙情的で哀傷的な導入部は、源氏の数多くの女性遍歴を容認する、すなわち母に対する懐かしさのためにその全てのものが始まったというような様相を取っている。本田和子氏の指摘のように、源氏の女性遍歴の原因を母に対する懐かしさのためだったと悲劇的に表現していることだ）として、亡き母への想いに特化した論調になっている。この論文の冒頭には、天皇や王権への関心を見せながらも、これ以降もこの김수희（二〇〇八）で天皇や王権が論じられることは無い。その理由として考えられることとして、一つには母子の問題に引きつけて考察しているところに、韓国の強い母子文化の問題が浮かんでくる。韓国で「ママボーイ」（韓国語마마보이）という言葉があり、これは日本の所謂「マザコン」のことであるが、兵役のある国として、男子の出生が望まれ、生まれた男子と母との結びつきは日本人の想像以上に極めて強く、韓国人研究者としてこの点に着目したということである。しかし更に考えたい問題点として「천황」（天皇）や「왕권」（王権）を本格的に論じることについての躊躇もあったと思われるのである。

「천황」（天皇）「왕권」（王権）という김수희（二〇〇八）の言葉であるが、王権はともかくも「천황」については、

韓国では通常「일왕」（日王）を使用する原則（傾向）がある。その論拠として、임종건（2012）「일왕이 아니라 천황이 라고 ?.」（日王では無く天皇だと?.）2012 년 11월 02일 (금) 09:37:30を挙げたい。これは新聞のコラムとして記者がまとめているものであるが、この中で

「제국의 천황은 황제 중의 황제, 하늘이 점지한 (Devine) 황제 라는 의미의 덴노 입니다 . 천황의 일가는 만세일계 (萬世一系) 입니다. 기원전 660년부터 현재 125대인 아키히토 (明仁) 황제까지 2,672 년이 지속됐고, 그래서 일본인은 천손 (天孫) 이라고 주장했습니다 .

중국 황제들이 천자 (天子) 라고 한 것에 대해 일본은 중국의 역대 왕조는 역도 (逆徒) 의 무리들이 권력찬탈을 되풀이 한 것에 불과하고 진정 하늘이 내린 황제는 천황뿐이라고 주장했습니다 . 그런 인종우월론 바탕으로 이웃나라들을 교화의 대상으로 보고 침략했습니다. 그 점에서 유태인을 학살한 나치와 크게 다를 바도 없습니다.

지구상에서 제국이 사라지고, 입헌군주제가 채택되면서 황제 (Emperor) 호칭도 사라지고 국왕 (King) 만 남았습니다. 그럼에도 유일하게 살아 있는 황제 로 남아 있는 게 일본의 천황입니다. 인간선언과는 전혀 맞지 않는 호칭입니다 . 일본이 침략을 속죄하지 않을 뿐 아니라 제국주의 향수를 못 버리고 있는 시점에서 우리가 먼저 천황을 고유명사라고 의미를 축소하는 것은 선부릅니다」と述べている部分が重要である。[31]韓国の国民感情を反映したこのコラムのような意見がやはり大勢を占めている現況もあり、そうなると『あさきゆめみし』の元となった源氏物語自体が、〝天皇になれなかった皇子のものがたり〟[32]という内容であり、「천황」（天皇）という言葉を研究者としては使用しつつも、韓国人としては深く追求しづらい状況であろうと述べることは、あながち単なる揣摩臆測と決めつけられないと思われる。但し深入りはともかく、김수희（二〇〇八）に「천황」（天皇）と訳すことができる言葉がそのまま記されている点は事実であり、実際『あさきゆめみし』にも源氏物語の韓国語版にも「천

황」（天皇）の言葉はそのまま出てくるのであり、韓国と日本との特殊な関係はそれとして、一概にこうと結論付けることができないといえるのである。日本を外側から眺めると色々なものが見えてくる。

7 韓国語版『あさきゆめみし』の呼称の論理

前節のような問題意識を持ちつつ、本節では稿者が継続課題としてきた呼称の問題について、『あさきゆめみし』に特化して言及していきたい。

まず桐壺巻から末摘花巻までを収録した第一巻（日韓同じ）では、生まれたばかりの光源氏は『あさきゆめみし』（日本語版）では「ええ御子さまが……」「男御子さまがお生まれになりましたのよ……」（まわりの女御）［美しい……若宮］（桐壺の更衣の独白）となっているのが、韓国語版では「예, 옥 동자가……」（試訳：ええ、貴公子が）「사내아기님이 태어났어요 ……」（試訳：男の赤ん坊様が生まれました）「예쁜 도련님이 ……」（試訳：美しいお坊ちゃまが／独白）となっている。日本版では皇室の言葉である「御子」「男御子」が韓国語版では訳出されず、単に貴顕の人との体の訳である。

次に、更衣の死後三年たち、日本語版「光るの君よ」韓国語版「히카루 도련님」（試訳：ひかるお坊っちゃま）と、女房達に誉めそやされていた場面が描かれている。唐突に「光るの君」が登場するわけだが、日本語版では光の漢字のもつ表意文字としての性格から、この君の呼称の意味は察せられやすい。しかし韓国語版では〝히／카／루〟（HI／KA／RU）という固有名詞的扱いなので、源氏物語に知識を有する読者及び漢字の素養のある読者以外には、この呼称の意味は分かりにくい可能性がある。後に、光源氏が新しく入内した藤壺女御と共に美しさを誉めそやされる場面（日本語版「桐壺の若宮さまのお美しさは光り輝くよう……」「そして藤壺の女御さまは輝く日の神のよう……」）では、

韓国語版「기／리／쓰／보（〝KI／RI／〝TSU／BO〟）도련님의 아름다움은 빛나는 해와같고 ……」「그리고 후／지／쓰／보（〝FU／JI／TSU／BO〟）의 뇨고님은 빛나는 해의 신과같다 ……」（試訳：桐壺のお坊ちゃまの美しさは輝く太陽のよう。そして藤壷の女御様は輝く日の神のよう）がある。ここで輝き合う二人に言及されているが、ここでは「기리쓰보 도련님」（試訳：桐壺のお坊ちゃま）とあり、桐壺の更衣（あるいは桐壺で育った）お坊ちゃまという意味は付加されても、〈히／카／루〉（HIKARU）との関係は読者に不明なままであるから、依然として〈히카루〉は固有名詞扱いといえる。

また、幼い源氏が、更衣の死の記憶が幼かったせいで死に際の事を覚えておらず、何故他の皇子にいる母が自分だけ無いのかと拗ねる場面がある（ここは源氏物語には無く『あさきゆめみし』独自の場面である）。この源氏の問いに対し一人の女房が、日本語版「源氏の君……お小さくて……おかあさまが亡くなったのを覚えてはいらっしゃらないね」と述べている。韓国語版ではここは、「겐／지／노／기／미（GEN／JI／NO／KI／MI）……」「어려서……어머니 가 돌아가신 것을 기억하지 못하는군요 」（試訳：源氏の君……幼いのでお母様が亡くなったことを覚えていないのですね）とある。ここが『あさきゆめみし』の、源氏の君という呼称の初出の場面であるが、この呼称は元服と臣籍降下の後の呼称であるから、日韓ともに『あさきゆめみし』の勇み足と言える。実際はこの後にある元服の儀式の折、帝が、日本語版「きょうよりは源氏の君」韓国語版「오늘부터는 겐／지／노／기／미（GEN／JI／NO／KI／MI）」（今日よりは源氏の君）と述べる場面が『あさきゆめみし』にある。そして韓国語版では欄外に「겐지는 이 이야기의 주 인공」（源氏はこの物語の主人公）「〈기미 〉는 아랫 사람을 경칭으로 부를 때 쓰는 말」（〈君（き／み（기／미）〉は目下の人を敬語で呼ぶとき使う言葉）と注釈がある。日本語版、韓国語版『あさきゆめみし』とも、この場面の前に、高麗の相人が観相をして源氏の類まれな美質に驚愕し国父（국부）の相を見出すが、同時にそうなると国難の相も見

えることを述べる場面が描かれており、その後左大臣と思しい貴顕が日本語版「……それで源の姓をお与えになったと申されるのですか?」、韓国語版「그래서 겐지라는 성을 갖도 日本語版（試訳：それで源氏という姓をもつようにしたということで?）という場面がある。韓国語版のみ「겐지」という言葉に対して、欄外に注があり「당시 황족은 성을 가지고 있지 않았기에 성을 갖는다 함은 일반 백 성이 된다는 뜻」（当時皇族は姓を有していなかったのに姓を持つと言うということは一般の民間人になるという意）と分かりやすく書かれている。日本語版にはこのような説明は無い。『あさきゆめみし』が日韓ともに古典教育の教材としてしばしば取り上げられてきたことは前述したが、この源氏姓の問題（臣籍降下）について、韓国版の方が細かく配慮していると言えるが、一方では「光る君」の説明は無い。漢字〝光〟をハングルで表わすとすると빛（輝く）／광（グァン。一九八〇年五月の光州事件／1980.5 광주 민주화 운동の〝광〟（光））になるがそれは当てず、韓国語版『あさきゆめみし』は、特に源氏物語への知識がない読者に関しては〝히카루〟をそのまま固有名詞としてあえて意識的に読むようにしたと考えられる。

もう一つ、この場面の韓国語版の欄外注で「황족」（皇族）と説明があることに留意したい。先の源氏誕生の折には「御子」という言葉を韓国語版が使用しなかったことを指摘したが、欄外にはこう記述しているのである。また左大臣が源氏の元服の後、日本語版「わたくしの妻は帝の御妹……源氏の君にはおば君にあたります」、韓国語版「나의 아내는 황제의 여동생……， 겐지노 기 미께는 숙모뻘이 됩니다」（試訳：私の妻は皇帝の妹…、源氏の君におかれましては、叔母に当たります）と、「황제（皇帝）」という言葉が出て来ている。「께」は呼称の後に付いて敬意を表す言葉なので、ここで左大臣から光源氏への、帝の皇子への敬意がみてとれる場面である。左大臣との会話の後、源氏は元服後の挨拶に藤壷の女御を訪れるが、その際の源氏と藤壷側のお付きの女房の会話が興味深い。日本語版「（源氏が藤壷付きの女房に）女御さまにごあいさつを……」「（女房が藤壷に）藤壷の女御さま……源氏の君さまが……」は韓

国語版では「（源氏）뇨고님에게 인사를 ……（試訳：女御様に挨拶を）」「（女房）뇨고님 겐지노 기미께서（試訳：女御様、源氏の君におかれましては……）」となっている。韓国語版の傍線部「에게」は目上には使わない呼称の接尾辞であり、これを女御に源氏が使用している体で記述していることと、また逆に女房が、「겐지노 기미께 서」と目上に使う呼称接尾辞께を使いながら源氏の来意を伝えているところに、源氏の元服後の身分の高さを意識させる記述の使用になっていることが、韓国語版からはうかがえる。この後、御簾で隔てられた対面で藤壷と源氏は日本語版「（藤壷）この度はご元服おめでとうございます」「源氏の君」「（源氏）御簾を……あげてはいただけないのですか……」韓国語版「韓国語版「（藤壷）이번에 관례를 올리게 된 것을 축하해요（試訳：この度は元服おめでとうございます）」「겐지노기미（試訳：源氏の君）」「（源氏）발을 올리면 안될까요？（試訳：御簾をあげてはだめですか？）」のようなやり取りである。藤壷の「축하해요」よりも高い敬意を表す言い方である「축하합니다／축하드립니다」は使用されていないし、源氏の返答も同様の語尾「～요」で終わる形である。女房達が媒介する公的な時は官位の敬意が規定通りしめされながらも、当人同士の対面では日本語版のような敬意に対して厳格な表現ではない。

この点は、日本語版の方が、元服後はっきりと距離が置かれた二人の関係を敬語で表していると言えよう。この問題は次節で本格的にみることとして、もう一度天皇の呼称に話を戻すと、「황족（皇族）」「황 제（皇帝）」という言葉が帝に用いられるのが『あさきゆめみし』の第一巻桐壺であり、更に天皇の名前がはっきりと「太上天皇になずらふ」旨が記される藤裏葉巻は、『あさきゆめみし』第6巻にあたるが、ここでは准太上天皇の言葉が「준 태상천황（准／太上／天皇）」と、記されている。「전황」は「천（「천하」（天下）の〝天〟）황（黄／皇の音に当たるハングル）で、合わせると「天皇」そのものの言葉である。「皇帝」であったり「天皇」であったりするところに、韓国語版『あさきゆめみし』の試行錯誤が見てとれる。

もともと『あさきゆめみし』だけではなく、源氏物語自体、전용신（田溶新）（一九九九）訳『겐지이야기』では「임금」（君主）が登場し、김난주（金蘭周）（二〇〇七）訳『겐지이야기』では「천황」（天皇）の記述があるといった具合であった。享受の中に翻訳というジャンルがあり、更にその中で漫画という形態は登場人物の対話が多くなる特徴をもつので、呼称それ自体だけではなく、対話という相手との相対関係の中で呼称がどう使われているかを考えていく必要があるであろう。

特に源氏物語の呼称は、王朝物語故に敬語という待遇表現と緊密に関わりあっている。この待遇の問題は日韓では異なる部分があり、それが呼称の問題を更に複雑にしていると思われる。

8 韓国語版『あさきゆめみし』の上下関係の論理

韓国語は絶対敬語の社会で日本語が相対敬語の社会であるとされている。[33] この韓国語の絶対的上下関係からくる敬語体系が韓国語版『あさきゆめみし』でどのように描かれているか、先に「ママボーイ（마마보이）の例を出したが、これを親子という分かりやすい例を参考として考えたい。

桐壺の更衣がいよいよ死去の際、母桐壺の枕元に呼ばれた幼い光源氏であるが、もちろんまだ母の死など理解できる年齢ではない。いぶかしげな源氏に更衣はこのように語りかける。日本語版「宮さま……おいとまするときがまいりました」がまずそれで、その後に「ああ……おかあさまはあなたにこれ以上何もしてさしあげられない（中略）けれども吾子よ」と、独白のような語りかけのような定かではない台詞が続く。これは源氏物語には無い場面である。韓国語版『あさきゆめみし』を見ると、

「아기야……」「……작별할 때가 왔구나 ……」「아아……이 엄마는 더 이상 너에게 아무것도 해 줄 것이 없나（中略）그러나 내 아들아……」（試訳：赤ん坊よ）（試訳：お別れする時が来たね）（試訳：ああ、これ以上、この母は貴方に何もしてあげられない。（中略）でも私の息子よ）である。

日本語版では更衣は、源氏に語りかけるときは、更衣は源氏に天皇の皇子としての敬語を用いているが、独白風の台詞のときは、母が自身の幼子に語りかけるときの敬語を使わない口調になっている。それに対し韓国語版は、どちらの場合も母子は上下関係として動かず、更衣が源氏に敬語を使うことはない。ここで使われている「아들아」は、母だけではなく、先輩から後輩等年下への呼びかけとしてよく使われる呼称である。その他、『あさきゆめみし』で描かれる更衣と源氏と数少ない対話の場面（散歩の際など）も同様である。韓国語訳では母と子の関係は絶対敬語でつづられている。

その点と比較すると、前章で触れた源氏と藤壷の場合のように、男女の関係や恋愛が絡む話となると、韓国語の敬語の原則も緩んでいる。皇室の敬意のあり方を根底に置いた日本語版の敬意は逆に変わらないのであり、藤壷は源氏の元服後は、源氏に改まった敬語を使いそれが揺らぐことは無い。ただし源氏物語には描かれず匂わせるだけで終わった二人の逢瀬の際の藤壷の源氏への呼称は、最初は「源氏の君」とその突然の来訪を驚き、その後は、二人の逢瀬の実際の場面では「光る君」であった。これは韓国語版でも全く同様で、最初の応対の場面は「겐／지／노／기／미（GEN／JI／NO／KI／MI）」（試訳：源氏の君）であったけれども、後は「히／카／루（HI／KA／RU 도련님」（ひかるお坊ちゃま）という何回も呼び慣れた、昔のままの呼称で行っている。そして二人の二人称は互いに「당신」（日本語版も「あなた」）を使っている。韓国語の「당신」も日本語同様、目上には使えない言葉である。男女の場面には

敬語のオブラードもかなぐり捨てるのは日韓共通ということであろう。

9　終わりに

以上第7章6節以降8節では、『あさきゆめみし』の日本語版と韓国語版を比較し、源氏の呼称を中心として、双方に現れる文化の相違について考察を試みた。

最初に述べたように、源氏物語の享受作品の重要な位置を占めることとなった『あさきゆめみし』であったが、韓国語版は述べたように日本語版に忠実な翻訳を心がけ、更に日本語版では無い箇所に欄外注を置くなどの工夫もうかがえた。しかし日韓の文化の相違が呼称を中心にそれだけではなく、敬意体系に表れていた。特に日本語の敬意の頂点である皇室敬語の問題も絡むわけであり、この点には微妙な距離感をもつ韓国での訳出には、やはり現況から当然と思われる部分と、一方で原文を尊重した部分が両者あることがうかがえた。

「겐지노 기미」（源氏の君）は日本語版そのままを韓国語版も訳出しているが、日本語版の「光る君」は「히카루도련님」（ひかるお坊ちゃま）と、〈히카루〉を固有名詞のように扱っていることが確認できた。源氏物語から来る呼称である「겐지노 기미」（源氏の君）は、作品も『겐지이야기』として韓国でも著名であり、そのままでも「겐지」と記せば、ある程度の知識のある読者に分かりやすいが、「光る君」だけにした場合、これを韓国語で表すとなるとそのままでは誰のことか分かりにくく、そうしたことから訳出の際に、いっそ固有名詞として扱う形を選んだようにしたことが理由として考えられる。今回は紙幅の都合もあり、源氏誕生から元服、少し飛んで准太上天皇のあたりの呼称や敬語に絞って考えたが、源氏の生涯にわたる呼称を、日韓の『あさきゆめみし』で比較する作業は当然残っており次の課題としたい。また『あさきゆめみし』というより源氏物語そのものから派生した問題として、日韓におけ

る皇室への呼称の問題（天皇・日王）の問題は、文学や語学の分野から、所謂日本学（韓国でこの問題を取り合う際のジャンル分けでは通常はここに含まれることが多い）に広がり、難しい問題も含むが資料を中心に客観的な考察を継続して行いたいと考えている。いずれにせよ享受作品として源氏物語の現在に重要な役割を果たしている『あさきゆめみし』であるが、その研究状況は日韓に限らずまだ心細い現況もあり、引き続きこの作品を軸に多方面から追うこととしたい。

【附記】本稿は二〇一二年十二月一五日韓国日語日文学会冬季国際学術大会（於、韓国ソウル／崇実大学校）での口頭発表に基づき、加筆・修正を加えたものである。

注

（1）金鍾徳（二〇〇七）「韓国における『源氏物語』の翻訳と研究―北京『源氏物語』国際会議」（『源氏研究』7号、翰林書房）一六五〜一七五頁。同（二〇〇八）「柳呈と田溶新の韓国語訳について」（『講座源氏物語研究』、おうふう）一〇九〜一三一頁。猶、金鍾徳が二〇〇八年十一月四日、京都での『源氏物語国際フォーラム』にて、大韓民国の源氏研究状況について講演を行っている（稿者は未聴講）。日向一雅（一九九四）「朝鮮語訳『源氏物語』について」（『新・物語研究』2、物語研究会編）一五一〜一六一頁。

（2）染谷智幸・鄭炳説（編）（二〇〇八）ぺりかん社。ここには日本でも著名な『春香伝』など代表二十作品が記載されており、各々の作品の書誌状況が詳細に記されている。

（3）今西祐一郎（一九八二）「「かかやくひの宮」考」（『文学』50-7）七五〜九〇頁）

（4）国冬本桐壺巻の巻末の問題については第5章で詳述した。
（5）国冬本少女巻については、第2章に詳述した。
（6）国冬本の女三宮像については、第3章に詳述した。
（7）国冬本藤裏葉巻の歌句などについては、第4章に詳述した。
（8）このような手法については第9章で詳述した。
（9）拙口頭発表（二〇〇八）「国冬本・高松宮家本の宇治十帖」（大阪大学古代中世文学研究会七月例会）
（10）例えば堀川とんこう監督・早坂暁脚本　（二〇〇一）「千年の恋ひかる源氏物語」（二〇〇一年日本公開の映画）や出﨑統監督・脚本「源氏物語千年紀 Genji」（二〇〇九年公開のアニメ）など。
（11）玉上琢彌（一九五〇）「物語音読論序説」（『国語国文』19-3）また国宝源氏物語絵巻「東屋一」の絵には、女房が詞書を読み、姫君が絵を観ている様が描かれており、当時の貴族階級の物語とその物語絵享受のあり方の一端が窺える。一方『更級日記』本文では中流階級の主人公は絵どころか本文そのものを手に入れるのですら困難であった様が描かれている。
（12）田口榮一・稲本万里子・木村朗子・龍澤彩（二〇〇九）『すぐわかる源氏物語の絵画』（東京美術）引用箇所は、田口の解説部分七頁より。
（13）田口榮一（一九九九）『豪華「源氏絵の世界」』学習研究社（前出巻末の源氏絵別場面一欄、二九〇頁、田口榮一作成）より。孤立例は徳川・五島本を筆頭に以下フリア本元則白描画帖、バーク本（以下同）などあるが、やはり全体の（約252）割合から数は少ない（約45）。
（14）この辺りは慶應義塾大学斯道文庫佐々木孝浩氏から多くの示唆を得た。氏は「間似合紙と呼ばれる石の粉や粘土などを混ぜた紙を用い、大津絵に通ずる民画風の稚拙な絵を描くのが特徴で、江戸前期に流行した奈良絵の流れを汲むもの」と位置付けた。また福岡女学院大学末澤明子氏からは、主に室内調度の観点から教示を得た。例えば襖の引手の飾りなどについてである。そして末澤氏、拙口頭発表時の討論人金孝淑氏が関連資料として指摘されたのが、中野幸一編『九曜文庫蔵　源氏物語扇面画帖』（勉誠出版、二〇〇七年）である。複雑・豪華絢爛ではない筆遣いという点では共通するが、伝住吉如慶筆の白描画で詞書つきのこの画帖との相違は大きい。但し、画帖の初葉、『源氏物語』執筆中の石山寺の紫式部を描いた一枚のみは注目される。これは、画帖そのものとは別筆の土佐派の流れを汲むものとされる、後に付加された一葉で、白描画の本帖とは異なる色鮮やかな色彩であり、やや本稿の扇面画八枚を想起させ注目される。

(15) 宇都宮千郁（一九九八）「平安朝における綺について」（『中古文学』61）、河添房江（二〇〇八）十一「舶来ブランド品のコスチューム　その一　男性の衣装」『光源氏が愛した王朝ブランド品』（角川選書）など。宇都宮によれば、当時既に「唐の綺」は稀な唐物となっていたとされる。

(16) NHK名古屋「よみがえる源氏物語絵巻」取材班編（二〇〇六）『よみがえる源氏物語絵巻―全巻復元に挑む』（日本放送協会）

(17) 諸本は『室町時代物語大成三』（一九七三）に収録されている。それ以外のものについては、高橋亨（二〇〇六）「『花鳥風月』における伊勢・源氏」（三田村雅子・河添房江編『源氏物語をいま読み解く1　描かれた源氏物語』（翰林書房）にまとめられており、韓国にもソウル大学校が奈良絵本二冊を所蔵することについて言及している。その他の『花鳥風月』の論文としては、石川透（二〇〇七）「『源氏物語』と室町物語」（『講座源氏物語研究4　鎌倉・室町時代の源氏物語』（おうふう））がある。尚、この作品については第6章で詳述した。

(18) 注17高橋論文より。

(19) 傍線部の〝源氏〟の表記について。ここでは文禄四年本が「けむし」慶長元和頃古活字本「ひかる源氏」貞観刊本『衣更着物語』が「光君」となっている。『花鳥風月』で源氏が昔話をする場面があるが、その際幼い時の呼称〝光る君〟の話題になる。ここでは高麗人に名づけられた呼称は「ひかる」「ひかる君」であり、〝光源氏〟や〝光る君〟の呼称の混乱はみられない。このあたりのことは拙稿（二〇〇八）「国冬本源氏物語の「光る君」」（『物語研究』）でも言及し第5章で詳述した。

(20) このたび掲出した国冬本の当該箇所は、諸本参照して本文異動の無いところである（国冬本末摘花巻全体が、本文異同がほとんど無い巻である／本書の「国冬本源氏物語一覧表」より）。尚青表紙本でも、末摘花は〝口覆い〟している。

(21) 『京都大学蔵　室町殿日記』（一九八〇）は巻末の解説の笹川祥生によると、室町時代以前の日記を編纂したものであり、江戸期には本居宣長の言葉尚可らも事実の記録と考えられていたようであるが、実際の記録との照合をすると全てそうではないことがいくつかあるとされている。二四〇余の章があり、内容は大まかに軍事・幕府政治および足利家の家政・その他と分かれ、このその他が更に、巷間の話題・伝記的物語・文芸（主として狂歌）などの、説話的色彩を帯びるものであるとしている。この巻十「扇の事」はその他の説話的内容である。なお、諸本によって巻十になったり巻十一に分けられたりしている。関連作品に『室町殿物語』がある。『物語』は『日記』からの抜粋となっている。

(22) 注13前掲書より「源氏絵の系譜―主題と變奏」二九〇頁より。

(23) ハルオ・シラネ（一九九九）「総説　創造された古典―カノン形成のパラダイムと批評的展望」（ハルオ・シラネ／鈴

木登美編『創造された古典』新曜社、三六〜三七頁）

(24) 秋山虔ほか『源氏の意匠』（一九九八）（小学館）には、老舗の和菓子屋虎屋の源氏香とその巻の花を組み合わせた打菓子が掲載されている。虎屋は名高い老舗であり（宮中御用達ともされた）権威とは無縁ではないが、〝様々な位相〟の一例として掲出した。

(25) 本稿は二〇一一年度韓国日語日文学会春季国際学術大会（四月一七日、於江原大学校）での口頭発表に基づくものである。貴重な所蔵絵画を発表する機会を与えて下さった永同大学校日本語科の韓中瑄教授に深謝し、併せて画像データ作成を行った日本語科の李潤榮・方鍾燐に謝意を表する。また発表及び成稿の前後に、松本真輔氏、金鍾徳氏、金孝淑氏、多くの方々の示唆を得たことも、この場を借りて深謝する。

(26) 立石和弘「源氏物語加工文化データベース」（http://homepage3.nifty.com/genji_db/）に拠れば、延べ43の漫画が数えられる。このうち豪華版、翻訳版等繰り返し刊行されるのは『あさきゆめみし』のみである

(27) 河添房江（二〇〇〇）「メディアミックス時代の源氏文化—デジタル時代化への流れ」（『源氏研究』5　翰林書房）、立石和弘（二〇〇五）「源氏物語のコミックとキャラクタライズ」（『源氏文化の時空』森話社）、山田利博（一九九四b）「大和和紀『あさきゆめみし』—現代の源氏物語絵巻を探る」（『新物語研究』2　有隣堂）がこの漫画の他の源氏漫画の追従を許さない跳びぬけた状況について論じている。また、AMAZONの大和和紀（著）、伊藤義司（監修）『試験によくでる『あさきゆめみし』〜受験必勝ー名作マンガで『源氏物語』徹底読解〜』の内容紹介欄には、「受験生＆『源氏』入門者必読、古典入試出題率No.1の『源氏物語』が名作マンガ『あさきゆめみし』＋原文・現代語訳×解説・練習問題の3ステップで、わかりやすく、おもしろく、覚えやすく、すらすら読み解ける」とある。また、김수희（二〇〇八）「소녀만화『아사키유메미시』의 문화론—『겐지모노가타리（源氏物語）』와 고전교육」（『日本語文

學』38）でも「실제로 아사키유메미시를 읽었느냐 말았느냐에 따라 고교 국어 성적이 달라진다고 하는 웃지 못할 이야기가 유포되고 있을 정도이다.」（試訳：『あさきゆめみし』を読んでいないと古典の成績が悪くなるという笑い話がある）とある。

（28）国文学研究資料館の論文目録データベースで見た結果では、あさきゆめみし研究で23件該当する（二〇一六年七月現在）。また韓国語版に関しては、『海外における源氏物語を中心とした平安文学及び各国語翻訳に関する総合的調査研究』（二〇一三年度 基盤研究（A）課題番号：25244012 研究代表者 伊藤鉄也）の論文目録データベースでは〇件（ヒットしなかった）。
한국교육학술정보원[KERIS]（韓国教育学術情報院）では（http://www.keris.or.kr/）2件。김수희（二〇〇八）「소녀만화『아사키유메미시』의 문화론—『겐지모노가타리（源氏物語）』와 고전교육」（『日本語文學』38）（本書で引用した김수희（二〇〇八）中の〝혼다 카즈코（本田和子）씨〟とは、本田和子（一九九七）「少年「源氏」の絵姿を追って」（『源氏研究』2 翰林書房）のことである）。及び、김정희「고전의 만화화를 통한 독자의 스토리텔링 리터러시의 확대＝古典の漫画化による読者のストーリーテリング・リテラシーの拡大—『あさきゆめみし』の戦略」（『일본사상』Vol.～No.27［二〇一四］／刊行者 한국일본사상사학회）になる。このうち後者は論文は未見であるが、要約（韓国語／英語／日本語）を見ることができたので内容をそれで判断したことをお断りする）。

（29）高野英夫（二〇〇八）「マンガによる古典教育の可能性—大和和紀作『あさきゆめみし』を教材として」（『信州豊南短期大学紀要』25）、佐藤ちひろ（二〇〇六）「『源氏物語』副教材としての『あさきゆめみし』」（『横浜国大国語教育研究』25）、菊川恵三（二〇〇〇）「マンガを用いた古典文学教育の試み—『源氏物語』と『あさきゆめみし』—」（『和歌山大学教育学部紀要（人文科学）』50）

（30）山田利博（一九九四ａ）「源氏物語の〝今〟大和和紀『あさきゆめみし』」（『新物語研究』２　有隣堂）、中川正美（二〇〇八）「『あさきゆめみし』と源氏物語」（『講座源氏物語研究』12）など。

（31）http://www.smedaily.co.kr/news/articleView.html?idxno=3206 中小企業新聞、論文中の翻訳は http://blog.goo.ne.jp/akata_2009/e/820e58ce3de8dd86b99eb213647 0ac0 を参考に訳出したが、以下である。「帝国の天皇は皇帝中の皇帝、天が授けた（Devine）皇帝という意味の〝テンノー〟です。天皇の一家は万世一系です。紀元前六六〇年から現在一二五代の明仁皇帝まで二六七二年持続し、そのため日本人は天孫だと主張しました。中国皇帝が天子といったことについて、日本は中国の歴代王朝は逆徒の輩が権力簒奪を繰り返したに過ぎず真に天から下った皇帝は天皇だけだと主張しました。そのような人種優越論を基に隣国を教化の対象と見て侵略しました。その点でユダヤ人を虐殺したナチと大きく異なりません。地球上から帝国が消え立憲君主制が採択されて皇帝（Emperor）の呼称も消え国王（King）だけ残りました。それでも唯一〝生きている皇帝として〟残っているのが日本の天皇です。人間宣言とは全く合わない呼称です。日本が侵略を贖罪しないだけでなく帝国主義の郷愁を捨てられずにいる時点で、私たちが先に天皇を固有〝名詞と意味を縮小するのはおかしなことです。」

（32）三田村雅子（二〇〇八）『源氏物語　天皇になれなかった皇子のものがたり』（新潮社）

（33）白同善（一九九三）「絶対敬語と相対敬語：日韓敬語法の比較」（『日本語教育論集』（国際交流基金）３）

第8章　注釈論的視座から

――桐壺・少女・野分・柏木・鈴虫巻の物語世界を中心に――

1　はじめに

すでに本書では先に第7章で、翻訳論的視座の観点から国冬本の韓国語訳をまとめたために順序は前後するが、本章ではそれらの基になる国冬本の注釈に特化し、更に第7章では扱わなかった箇所も増補して未来の『国冬本源氏物語』刊行を見据えつつ試作版を作成し、その世界を考察するものである。

2　試作『国冬本源氏物語』注釈

度々述べてきたように稿者は一つの伝本を普通に読み進める事を基本理念としている。しかし五十四帖全てに及ぶことは物理的にも無理なことであるしこの度は試作なので、国冬本独特の物語世界や表現世界がよくわかる箇所を中心に作成した。適宜対照する諸伝本は、従来の価値基準にとらわれずに選択し引用した。

2―1　試作版『国冬本源氏物語』

【凡例】

1. 掲出本文は伝国冬筆各筆源氏物語五十四冊（天理大学附属天理図書館　特別本913.36　イ329）である。
2. 国冬本が流通した時期と考えられる鎌倉末期から室町期の注釈書を中心に引用した。
　*注釈書記号　花…花鳥余情　紫…紫明抄　河…河海抄　岷…岷江入楚　湖…湖月抄　提…源氏物語提要（源氏物語の和歌を全て取り込み注釈を施している）　源…源注餘滴
3. 翻刻（丁数・オ（表）ウ（裏）・行数）・注釈・試訳・稿者補記の順に作成した。独自本文なので注釈が付されてない箇所もある。
4. 翻刻は通読の便を考え、私に区切りを入れた。傍線は稿者による。
5. なお試訳では本文に無い部分を補った部分は（　）でくくった。

2―1―1　国冬本桐壺巻（伝国冬筆鎌倉末期一筆本）――桐壺更衣の描写

【本文】ゐにかきたる・長恨歌《ヒヒヒ》の・やうきひか《の》かたちは・いみしきゐしといへとも・ふてかきりありけれは・いとにほひすくなし・たいゐきのふようも・けにかよひたりし・かたちのいろあひも・からめいたりけん・よそほひは・うるはしうきよらにこそ・ありけめ・おはなの・風になひきたるよりもなよひ・なてしこの・つゆにぬれたるよりも・なつかしう・うろうたけなりし・かたちけはひを・ゝもほしいつるに・（一七丁オ6～ウ4）

【注釈】河…京極北政所《従一位麗子》本にはおはなの風になひきたるとあり或本には此句なし
　河…なよひ　たをやかなる心也　又麗

【試訳】長恨歌の絵に描かれた楊貴妃は、どんなに優れた絵師が描いたにしても、やはり絵で表すというのは限界があって、生き生きしたにおいやかなところは殆ど無い。（それに対して桐壺の更衣の方は、「人液（池）の芙蓉」とうたわれた楊貴妃に大変よく似たお顔であり、唐めいた衣装の装いはとても端麗だったのだろうけれど、尾花が風になびいている様よりもなよやかで、撫子の花が露に濡れているのよりもろうたげなお顔やご様子でいらしたことを（桐壺帝は）御想起なさると……

【補記】桐壺の更衣の生前の姿形が「大液の芙蓉」「尾花」「撫子」の三つの花によって象られている。

ここで国冬本と類似する本文を二つ掲出する。

（陽明文庫本）「ゑにかきたるようくゐひはいみしきゑしといへともふてかきりありけれはいとにほひすくなしおはなの風になひきたるよりもなよひなてしこのつゆにぬれたるよりもなつかしかりしかたちけはひをおもほしいつるに」

（高松宮家本）「ゑにかけるようきひのかたちはいみしきゑしといへともふてかきりりけはいとにほひすくなしたいえきのふようもけにかよひたりしかたちいろあひからめひたりけんよそひはうるはしうけふらにこそありけめなつかしうらうたけなりしありさまはをみなへしの風になひきたるよりもなひきなてしこの露にぬれたるよりもらうたくなつかしかりしかたちけはひをおほしいつるに」

桐壺の更衣の容貌有様の描写に「尾花・撫子」を対比した表現で用いている点で陽明文庫本が近いけれども、当該伝本は国冬本と比べれば文章がかなり短い。掲出した高松宮家本のように河内本も「女郎花・撫子」で象っている。「撫子」が他の花と組み合わされて表現の言葉として使用されている例は野分巻にみえる。なお、この箇所に三谷栄一の「尾花か女郎花か」（『物語史の研究』有精堂出版、一九七五年七月）があり、無名草子引用の当該箇所本文は国冬本であろうと述べている。

「大液芙蓉未央柳」は長恨歌の一句であるが、「未央柳」のみ削られている国冬本のような本文がある。伊井春樹は、河内本を作成した光行・親行親子が「未央柳」を見せけちにしている俊成本を不審に思い俊成及び俊成女に問い合わせたエピソードを引き、親子が最終的に〈親本の行成本も見せけちだったのでそれに倣った〉〈若菜下巻で女楽の女三宮の様子が青柳に喩えられているので、二度も女性に柳を喩える重複を避けるため〉〈転写の過程で誤って挿入したが、あまりにも対句めいて表現も適切ではないので〉という理由からそうなったのではないかという結論に至ったことについて、

「河内家の、本文校訂への真摯な態度と判断できなくもないが、俊成の語った行成本のミセケチはどうなるのか、解釈によって本文に手を加えてよいものか、また俊成女の誤写による挿入であるにしても、依拠した本文が存在したのか、定家本はなぜ「未央の柳」を採用しているのか、などと疑問は尽きることがない。これに限らず、証本とされる世に流布する本文において、それぞれ表現が異なるとなると、河内家ならずともどのように判断してよいのか、迷わずにはおられない」（「中世の源氏学」、鈴木日出男編『文学史上の源氏物語』至文堂、一九九八年六月）と記す。国冬本も掲出したように見せけちになっていない。

2―1―2　国冬本桐壺巻――「光る君」の呼称の誕生

【本文】よに・たくひなくをかしけなりと・みたてまつらせたまふ・なたかき女御《宮イ》の御かたちにも・なをこの君のにほはしきかたは・まさりて・うつくしけなること・たとえんかたなくて・よの人・ひかるきみときこゆ・ふちつほの御おもひ・とり〳〵なれは・かゝやくひの宮とそ・きこえける（二六丁オ7行～ウ2行）

【注釈】岷…諸抄一同に弘徽殿はらの宮たちの事と云々　聞書同前名たかうおはするとは春宮なとの事也愚案然らは此よにたくひなしとは弘徽殿の心歟　愚案いさゝか不審なり弘徽殿腹の姫宮たち朱雀院なとの御かたち名たかき事聞こえす前に姫宮たちも源氏の君になすらひたるたになしとこそ見えたれしからはよにたくひなしと御門の御心に藤壺をたくひなくおほしめし生得顔かたちの名たかくおはするにくらへ給ふにも猶源のかたちはにほ〳〵としたる所のまさりたる也前にかきりなき御思ひとちともあり御かたちをもよそへつへきなといへり是等にて了見をくはふる物也是又僻案成へしや

【校異】「女御」に「宮」の異本注記あり。この人物が誰にあたるかは［注釈］にあるように諸説ある。

【試訳】世の人々が類なく素晴らしいとお見あげ申し上げている藤壺の女御様とお比べ申し上げても、なおこの君の美しさは例えようもなく素晴らしいので、世の人は「光る君」とお呼びする。（藤壺の）女御様への帝のご寵愛も光る君と同様厚いので、並び称して「輝くひの宮」とお呼びする。

【補記】国冬本ではこの箇所が「光る君」の唯一の命名伝承記事となる。「照る」「光る」「輝く」は物語で主人公を賛美する常套文句であり、神話にも王権にも繋がる。紫明抄・河海抄などは、亭子院第四皇子敦慶親王が「玉光宮」、式部卿是忠親王が「光源中納言」仁明天皇の皇子に「源光」、左大臣高明を「光源氏」に準えている。

2—1—3　国冬本桐壺巻巻末——強い思慕のとじ目

【本文】さとのとのは・もく・すりしき・たて《く》みつかさなとに・せんしくたりて・あらためつくらせ給・もとのこたちやまのたゝすまひおもしろき所なるを・いとゝ・いけの心も《ひ》ろくしなし・めてたくつくりのゝしる・かゝるところに・おもふやうならん人を・くしてすまはやとそ・なけかしうおほしわたると・なん（三二丁ウ1行〜

8行)」(以下余白)

【注釈】河…二条院事也　大工　修理　内匠寮

「源」に「こゝは池のありさまといふがごとく用ゆるなり」とあるが、傍書「ひ」を取り入れ「広く」の意をで試訳した。

参考　「花」・帚木巻「此発端の詞（稿者注：帚木巻冒頭の「光源氏」のこと。国冬本もこの言葉で始まる）はきりつほの巻の終の詞にひかる君とはこまうとどのめてきこえてつけたてまつれるいひつたへたりとかけるに《を》うけていへるなり」とある。

【試訳】源氏の君の里邸（二条院）には、木工や修理職や内匠寮に宣司が下って、改築なさることとなった。元々あった木立や山の佇まいの趣のあるところや、池のあたりも広く素晴らしく作られた。（源氏の君は）このようなところに、理想と思う人と住むことが出来たなら…とばかりお嘆きになった（とかいうことである）。

【補記】桐壺巻はこうして源氏の君の私邸である二条院改築と、そこに理想の人（藤壺）と共に住みたいものだという源氏の強い思慕で幕を閉じる。「となん」は「とぞ」「とや」「とかや」とともに物語のとじ目の言葉の常套文句。巻末の言葉というのは強い印象を残すものであり、国冬本においては、源氏の藤壺への強い思慕が印象づけられて終わることとなる。[1] この「さとのとの」は諸注二条院である。「花」に「今案法興院は二条京極にありもとは二条院と号せるを正暦二年に法興院とは名をかへられたるなり源氏の御さとの二条院は是になすらふへきにや」とある。この「二条京極」は少女の巻で再度出現する。

2—1—4　国冬本少女巻（伝国冬筆鎌倉末期一筆本）——二条院の増築

【本文】

1. 大との・しのふる御すまひなとん・おなしくは・ひろくみところありて・しなして・こゝかしこの・おほつかなき・山さとの人なとん・つとへすませんと・おほして・二条きゃうこくわたりに・よきまちをしめて・ふるき宮のほとりに・つくらせ給へり（一八丁オ7行～ウ2行）

2. 八月にそ・あのとのへ・わたり給へき・ひつしさるのかたを・中宮のいてさせ給へきをりの御方・とのゝ・おはしますへきかたは・たつみ・うしとらは・ひんかしの院の御方・いぬゐは・あかしの御方と・おほしたち・池山の・みくるしきところは・うめつくろはせ給ひて・水のおもむき・山のおもて・あらためて・さま〳〵の・御ねかひの心むけを・つくらせ給えり・南には・山たかく・春の花の木を・かすをつくして・うへわたし・いけのさま・ゆおいやかに・すくれておもしろく・御まへちかき・せんさいには・つゝし・かえう・たちはなとの・春の物を・わさと・つくしうへて・秋の物は・むらむらほのかに・ませたり・中宮の御方には・本の山に・いろこき・もみちきとん・うへ泉したり・ゆたかになかしやり・水のこゑあさるへく・いまとん・たかく・たてそえ・たきおとして・秋の野を・はるかと・つくれる（一九丁ウ8行～二〇丁ウ4行）（中略）きたひんかしは・すこしかけなる・いつみにて・夏のかけに・よれる・松のき・ちかき・せんさいに・くれ竹・つたの木の・森のやうなる・こえう・おもしろき・山さとめきてそ・見ゆる・卯花のかきね・ことにしわたして・むかしおほゆ（二〇丁ウ6行～11行／次の21丁オから帚木巻の一部が混入しているので二四オに飛ぶ↓）るたち花・なつかしくしやうひん・とこ夏なとやうの・草を・とりわさ・うへて・春秋の花は・むら〳〵みえたり・東おもて・わけて・むまはのおと、・つくり（二四丁オ1行～4行）（中略）その西にあたりて・中はをわけて・ひとつは・みくらまちなりけり（二四丁オ8行～9行）（中略）この御方

の・なかへたて・ついかいなんと・ゆきかふ・こゝろはへ・けちかく・おかしきあはひ也（二五丁オ10行〜ウ1行）

【注釈】湖「むかしおほゆる」…さつきまつ花たちばなの心也

【試訳】

1．源氏の大臣は、私的なお住まいを、同じ事なら広くて見所もあるようにして、あちこちに離れて住まわせていらっしゃる山里の人を（そこに）集めて住まわせようと考えられて、二条京極あたりに、他にも良い場所手に入れて、改築をおさせになる。

2．八月に、増改築された二条院にお住みになる。邸宅の未申の方を、中宮の里邸とお決めになる。大臣は辰巳にお住みになることを決められる。丑虎は今まで東院に住んでいらした花散里の御方、戌亥は明石の御方のお住まいとお決めになる。池や山で見栄えの良くないようなところは埋め立てるなどさせて、水の風情や山の趣も変えられて、色々な方面の御方々のご要望を取り入れてお造らせになった。南には山高く、春の花の木を数多く植え、池の風情も趣あるようにお造りになり、大臣のお住まいの前栽には、つくし・五葉・橘など春の植物を面白いように植えられて、秋の植物は所々に混ぜられた。中宮のお住まいはもともとあった山に色の濃い紅葉を植えられて、泉を綺麗につくり、滝を高くから落として、秋の野をお造りになった。（中略）東北の方は、夏の日差しを避ける涼しげな泉があり、松の木の近い前栽に、呉竹・蔦の木を森のように植え、五葉が山里めいた趣で植えられている。卯花の垣根を格別に作らせて、昔を思わせる花橘、薔薇、常夏などの草をお選びになって植えて、春の花も秋の花もところどころ顔を見せるといった風情である。東面は、敷地を分けて馬場殿を造られた。（中略）ここに集められた方々のお住まいの隔ては工夫されており、御方々は親しみやすい様子になっていらっしゃった。

【補記】2―1―3【補記】に述べたように、桐壺巻巻末は「さとのとの」（二条院）の改築で巻を終わっており、その二条院に「花」は、元二条京極にあった法興院をモデルにあげていた。そしてこの少女巻のこの箇所に「二条京極」（傍線部分）が記されている。他諸本は少女巻といえば六条院造営が描かれている巻であるが、国冬本のみ二条院である。仮に最初は「六」と「二」の誤植だったにしても（字母が似通っている）、最後まで二条院造営で話は進み完結している。四つの〈町〉が記されるところが「方」になっていたり（傍線部参照／また「六条院」→「あのとのへ」、「西の町」→「その西にあたりて」、「この町の中のへたて」→「この御方のなかへたて」などとなっている）、広大な六条院の話とは異なる世界が細部においてもぬかりなく描かれているのがわかるのである。(2)

2―1―5　国冬本野分巻（伝柳原殿淳光卿筆室町末期本）――六条院の童女の描写

【本文】しをん・なてしこの・こきうすき・あこめともに・をみなへしのかさみなとやうの・時にあひたるさまにて・四五人つれて・こゝかしこの草むらによりて・色々〳〵のこともを・もてさまよひ・をみなへしなてしこなとの・いとあはれけなる・枝とも・取もてまいる・きりのまよひは・いと・えんにそ・見えける（一二丁ウ4行～一三丁オ2行）

【校異】「紫」は「きりのまより」に「間也」とする。「まより」「まよひ」と異同あり。

【試訳】（童女が）紫苑、撫子の濃い色や薄い色の衵に、女郎花の色目の上着（かざみ）の、秋に似合った襲を着て、四五人でここやあそこの草むらで虫かごをもってうろうろとし、女郎花や撫子が、野分の風にやられてかわいそうな様子でいるのを取ってきたりしている様子が、霧に紛れながら見えるのは非常に優雅に（夕霧には）思われた。

【補記】桐壺巻2―1―1の【補記】で「「撫子」が他の花と組み合わされて表現の言葉として使用されている例は野分巻にみえる」と記したが、ここでは「女郎花・撫子」の例が見える。桐壺巻でも「尾花・撫子」のあたりの花の描写を省略しない国冬本のような伝本もあれば、省略する伝本もあった。この野分巻でも、「撫子」は「常夏」の詞で入れ替わっても諸本描出されているが、「おみなへしなてしこ」の「をみなへし」は省略している伝本もある。童女の上着の色目に一度出たので、二度の描出をくどいものとしたということが、桐壺巻の例から考えられる。桐壺巻は伝国冬筆鎌倉末期一筆本、野分巻は伝柳原殿淳光卿筆の室町末期本という違いはあるが、同じ傾向をもつことに留意したい。

2―1―6　国冬本鈴虫巻（伝国冬筆鎌倉末期一筆本）――過去を反芻し成長する女三宮像

【本文】世中・ひとへに・おほしおこり・あそひたはふれ事に・うつらせ給に・きしかたこそ・すこし・いはけたる事も・おはしましけれ・よのうきことを人しれす・おほししる・わか御心つからのことには・あらねと・なを・心つかひすへき・よにこそ有けれ・なと・おほしわかるゝ・事ともありて・いとふかう・のとやかに・御をこなひをし（四丁ウ～四丁ウ9行）

【試訳】女三宮は今までは世の中に驕る気持ちがおありで、また遊び戯れる日々を送っていらっしゃった。来し方こそ、（このように）少し幼稚でいらしたけれども、（柏木との件で）人の世の苦しみを人知れず知ることになった。この苦しみは宮が御自らお望みになったことではないけれども、やはり自らよく考えて生きていくべきなのが人生であると、お分かりになるようになって、深い思いをおもちになりつつ、のどやかな仏道生活をなさっていらして…

【補記】全体が国冬本鈴虫巻の独自本文である。国冬本鈴虫巻にはこのような長文の独自本文がいくつか散見する。この箇所は一般には幼い精神性が特徴と思われている女三宮の、珍しい人間的成長の様が見てとれる特異な本文と言える(3)。

2―1―7　国冬本柏木巻（伝国冬筆鎌倉末期一筆本）――「煙比べ」の歌に続く箇所について

【本文】心くるしく・ききなから・いかてか・たゝ・をしはかり・のこさんとか・あるは・たちそひて・きえやしなまし・うきことを・おもひこかるゝ・けふりくらへに・とあるは（七丁オ1行〜6行）

【校異】「おもひこかるゝ」国冬本・東大本―「おもひみたるゝ」他諸本

また諸伝本は歌の後、「おくるべうやは」の一文がある。国冬本のみ無い。

【注釈】提…此歌の心は、そなたゆへにわれもうき名たつ身なれは、立そひてむなしきけふりにのほらはやのこゝろ也去ほとにけふりくらへにとはよみ給へり。柏木の歌に思ひの名をや残さんとあるによりて、たちそひてけふりくらへと云り。

岷…をくるへうやはといへる詞もきこえたる歟

【試訳】（女三宮の柏木への返信）「ご病気のことをお気の毒には聞いてはおりますが、どうしてお便りができましょうか。どうかご推察の程を。「残さん」などと歌にお書きになっていますが、

私も一緒にできれば消えてしまいたい。貴方の苦しみと私の苦しみのどちらが大きいか消えゆく煙で競いながら」とあるのは…

【補記】『無名草子』（群書類従本）では、「『遅るべくやは』とある女宮ぞ憎き」とある。この「遅るべくやは」の言葉は「遅れをとりましょうか、決して後れを取りません（私の方があなたよりずっと苦しみは深い）」と、優柔不

断な宮にしては珍しくきっぱりと言い切り、強い言葉に対する批判が述べられている。諸伝本には存在するこの言葉の無い国冬本は、歌の二句目「きえやしなまし」が強い印象を残し、自分も消えてしまいたいという、ある意味では宮らしい現実逃避的な部分がみえる。

3 終わりに

以上紙幅の都合もあり、ごく一部について国冬本の物語世界がよく分かる箇所に限定して所謂第一部から第二部にかけての数巻を取り上げ注釈の試みをした。

このうち、桐壺巻（特異な呼称「光る君」の象徴する世界）・少女巻（六条院ではなく二条院が造営される世界・鈴虫巻（内省する独自の女三宮像）については、特異な世界をもちつつも、それぞれの巻巻でその世界は完結し発展することがないという共通点をもつ。これらは皆伝国冬筆鎌倉末期一筆本であるが、その流通は、一筆本が一かたまりに、という形ではなかったかもしれない。というのは、それぞれの連続する次巻、即ち桐壺の次の帚木巻・少女の次の玉鬘巻（但し前半のみ）・鈴虫の次の夕霧巻（但しこの巻は後半は紅梅巻に混入）はいずれも伝国冬筆鎌倉末期一筆本であり、錯簡脱落があるにしても、各々の前の巻に見られたそれぞれの特異な世界が次巻で何らの発展・展開を見せていないし、それ以降の巻巻に特異の世界は引き継がれることもないからである。それ故に、鎌倉末期一筆本がもし五十四冊全て現存していたらそこに特異な世界が自己完結することなく展開していたのかもしれないという仮説には、慎重でありたい。

最後に当該注釈の試みの位置づけと意義について述べたい。

まず、こうした試作がいずれ現実となり、我々が見知るのとは異なる源氏物語が、一つの独立した物語として読み

う る形に自立することが可能になるならば、数多の〈源氏物語群〉の集合体こそがこの物語の真の姿なのであるから、その真の姿に接近することが可能になることを最初に述べたい。

また世界的な作品という意味においては、例えば"The Tale of Genji, Kunifuyu Version"という形で、独立した作品として認知させることを可能にし、アーサー・ウェリー訳（英語）、ロイヤル・タイラー訳（英語）、ルネ・シフェール訳（仏語）・田溶新訳（韓国語）などと同レベルで位置づけられ、『源氏物語』の豊かな可能性を、具体的な形で世界文学として認知させることが可能になると考えられるのである。

序章第1章で述べたように、源氏物語の未詳だった世界が次々と明らかになった。源氏物語は本文研究の新時代に名実ともに入ったというべきである。先学の礎の上に成り立っていることを十二分に自覚しつつ、既存の価値観に囚われることなく進めていきたい。その為にいずれ伝本毎の個別の注釈書が生まれることが必要である。その為の最初の試みの一つに本章を位置づけたい。

注

（1）この箇所については第5章に詳述した。
（2）この箇所については第2章に詳述した。
（3）この箇所については第3章に詳述した。

【附記】本章は科学研究費補助金（特別研究員奨励費）の助成を受けた、研究題目『別本を中心とする源氏物語諸伝本の相関・総合的研究—国冬本源氏物語からの展開と探究』の研究成果の一部である。

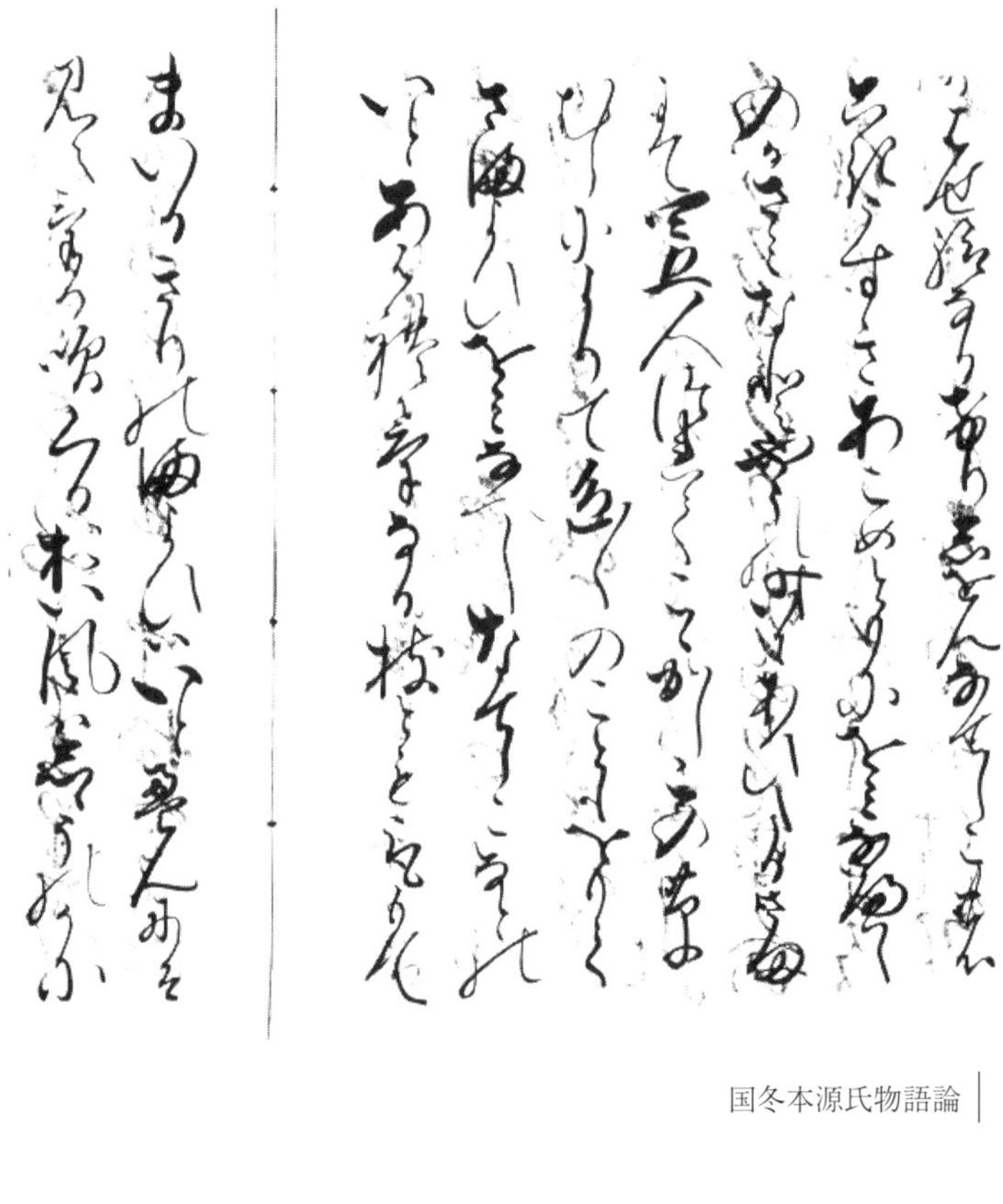

図　野分巻（伝柳原淳光卿筆）一二ウ4～一三オ2行　天理大学附属天理図書館蔵

第9章　統計論的視座から

――シミュレーションを通してみた国冬本の特異性――

1　はじめに

数ある源氏物語の伝本は、それぞれ独自の本文を有しているし、中には表記・表現レベルを超えて、独自の物語世界を有していると思われるもののもある。繰り返し述べてきたが作者自筆本を欠き、更に作者の日記より、既に執筆の時点で質量共に異なる複数の本文が存在していたことから考えるならば、本文の歴史は即ち伝本の歴史であり、総ての伝本がそれぞれ源氏物語そのものである。その為に一つでも多くの伝本の解明がまたれるところであるが、何分にも伝本数が多く、またこの物語自体も長大な為、先学諸氏の努力によってもゆるやかな進みであるのが現状である。

この状況を打破する為、膨大なデータ処理が行える手段として電子メディアという方向が生まれるのは必然だったともいえ、本文を文字列の集成データと捉え、諸本文データを対照して分析・考察が進んできた(1)。それでも結局は正統的な手法――書誌学的考察が主流を占めてきたことも事実である。眼前の文献資料の読解こそが文学研究の基本と稿者も信じるのでそのことに異議は無い。一方で源氏物語の豊かな真の姿に少しでも近づくために、有効と思われる手段は積極的に試していきたくもある。

そこで先学を振り返ると、統計的な文体分析の方法を取り入れた石純姫の論考がある。(2)石は、「文章というのもひとつの与えられたデータである。即ち、何らかの制約や条件を前提として、観察・分析できるものではなく、様々な要因が複合した多面的特性をもつ分析対象である」とし、その「多面的」を統計学的に「多変量的」と言い換え、「多変量解析」という手法を、作者の真偽が問題となってきた『夜の寝覚』『浜松中納言物語』と菅原道真女との関係や、同様に『四季物語』と鴨長明との関係の解明に援用した。係数として「文の長さ・名詞・動詞・形容詞形容動詞・副詞・助動詞・助詞」等で文章データを区切り、対照させ相関関係を探る方法をとっている。

石が述べるようにこれが「作者や執筆年代が不明な著作において、それらを判別する方法の一つ」であることは確かである。そして石が取り扱った作品より、遙かに膨大な分量をもつ作品である源氏物語がその対象となったのもまた必然だったと思われる。この研究でよく知られているものに、村上征勝・今西祐一郎等による源氏物語の計量分析的方法で、宇治十帖のみ文体が異なり、そこから宇治十帖作者別人説が提唱されたものがあった。(3)ただ外部徴証のほぼ皆無と言える源氏物語の停滞した成立論と同様、宇治十帖で文体が変わることは証明されたがその理由が、作者別人説から来るものか、長大な作品を書き進めた時間的経過の中で生まれた作者の文体の変化なのかを判断する資料は現時点では見つけがたく、これもまた有力な仮説に留まっている。

度々述べたように、源氏物語はその起点から質量共に異なる本文を有していたのであり、伝本の歴史からしか近づけない。ということは享受史の中で今日まで残ってきた伝本（断簡、梗概、系図、古注釈所引の本文等も含む）という、確かな眼前にある資料から分かり得ることのみを基に論じるしかないと思われる。

石が「作者や執筆年代が不明な著作において、それらを判別する方法」として使用した多変量解析を、「写本群の近親関係」を知る為に使用したのが、矢野環であった。(4)矢野は、まずは書誌的手法による考証を十分に踏まえた上で、

「幾つかの写本があるときに、それらの差異を数量化して表すと状況が見易くなる。その為には、単なる数量ではなく、距離（distance）と呼び得るものであることが望ましい」と述べ、写本間の近親関係に転用した。

一方、国外では、生物統計学の手法が伝本研究に転用され、成果を上げた（"The Canterbury Tales Projects"（『Nature』vol.394, 1998.8.27）。そして、日本にも著名なチョーサーの『カンタベリー物語』の約八十種類の伝本を splitsTree というプログラムで分析したこのプロジェクトを、源氏物語に初めて適用させ、伝本の分類に新知見を発表したのが、"The Canterbury Tales Projects" から約十年後の新美哲彦であった。[5]

以上ほぼ時系列に沿って統計学的手法を取り込んだ文学研究の流れをみてきたが、統計学的手法が注目される研究動向の一つであることは確かなようである。[6] 稿者は宇治十帖の伝本の対照という研究に着手したことがあるが、[7] 膨大な本文データ数であることから、電子データの援用を必要と考えている。「写本間の近親関係」に統計学的手法を転用する方法を取り入れ、本章でそれを展開していく。

2　伝本間の相違の扱われ方と評価——桐壺・柏木巻を例として

第一章で述べたように、同じ平安の、後期の作品狭衣物語のように、あるいは中世の平家物語のように、まず本文の批判と選定無くして読解へ進むことが出来ない程の混乱した本文をもたない源氏物語であるが、わずかな相違も研究レベルでは看過できない。

そこで例えば源氏物語の伝本のうち、いわゆる従来の二系統三分類による青表紙本系統、河内本系統の大きな相違と言われてきた箇所を二つ示してみる（表1）。

この表1は桐壺巻の著名な「太液芙蓉　未央柳」の箇所である。任意の五つの本文を掲出し対照した。「未央柳」

	からめい	たる		よそひ	は	うるはしう			こそ	あり	けめ
	からめい	たる		よそひ	は	うるはしう			こそ	あり	けめ
も	からめい	たり	けん	よそひ	は	うるはしう	きよら	に	こそ	あり	けめ
	からめひ	たり	けん	よそひ	は	うるはしう	けふら	に	こそは	あり	けめ
	からめい	たる		よそひ	は	うるはしう			こそ	あり	けめ
	からめい	たり	けん	よそひ	は	うるわしう	けふら	に	こそは	あり	けめ

たる	より	も	なよひ	なてしこ	の	つゆ	に	ぬれたる	より	も	なつかしう	ろうたけ
たる	より	も	なよひ	なてしこ	の	露	に	ぬれたる	より	も		らうたく
たる	より	も	なよひ	なてしこ	の	つゆ	に	ぬれたる	より	も		
たる	より	も	なよひ	なてしこ	の	つゆ	に	ぬれたる	より	も		らうたく

にも	ね	にも	よそふ	へき	かたそ	なき
にも	ね	にも	よそふ	へき	かたそ	なき
にも	ね	に	よそふ	へき	かたそ	なき
にも	ね	にも	よそふ	へき	かたそ	なき
にも	ね	にも	よそふ	へき	かたそ	なき
にも	ね	にも	よそふ	へき	かたそ	なき
にも	ね	にも	よそふ	へき	かたそ	なき

表1　桐壺更衣の描写

が無いのがいわゆる河内本系統とされる。図でみるまでもなく「未央柳」以外にも各伝本で大きな差異があるが、誠に乱暴な言い方をすれば、結局は〈桐壺の更衣の優れた美質の描写〉という言葉でどの伝本の該当箇所もくくることができ、その描写が詳細か簡潔かの違いがあるだけで、物語のあらすじに関わることはないので、桐壺帝が亡き更衣を激しく追慕する描写は桐壺巻に他にも多く描かれており、当該箇所はあらすじを左右する箇所ではないが、これだけの差異は注目に値するために、今まで多く論じられてきたところである。

あらすじ・梗概・年立の類のものは、数え切れないほど多く刊行されている。また源氏物語事典の類のものにもある。今、幾つかある中から『湖月抄』の年立（二巻収納されているうち、「永世七載季夏中吉云々

本文（桐壺・更衣の描写）

三条西家本	太液	の	芙蓉	未央	の	柳	も	けに	かよひ	たりし	かたち	を	
正　徹　本	太液		芙蓉	未央		柳	も	けに	かよひ	たりし	かたち	を	色あひ
国　冬　本	たいゑき	の	ふよう				も	けに	かよひ	たりし	かたち	の	いろあひ
高松宮家本	たいえき	の	ふよう				も	けに	かよひ	たりし	かたち		いろあひ
保　坂　本	太液	の	芙蓉	未央	の	柳	も	けに	かよひ	たりし	かたち	を	
陽明文庫本													
河　内　本	たいえき	の	ふよう				も	けに	かよひ	たりし	かたち		いろあひ

三条西家本	なつかしう	らうたけ	なり	し							
正　徹　本	なつかしう	らうたけ	なり	し							
国　冬　本							おはな	の	風	に	なひき
高松宮家本	なつかしう	らうたけ	なり	し	ありさま	は	をみなへし	の	風	に	なひき
保　坂　本	なつかし	うらうたけ	なり	し							
陽明文庫本							おはな	の	風	に	なひき
河　内　本	なつかしう	らうたけ	なり	し	ありさま	は	をみなへし	の	風	に	なひき

三条西家本					を	おほし	いつる	に	花鳥	の	色
正　徹　本					を	おほし	いつる	に	花とり	の	いろ
国　冬　本		なりし	かたち	けはひ	を	ゝもほし	いつる	に	花とり	の	いろ
高松宮家本	なつかし	かりし	かたち	けはひ	を	おほし	いつる	に	花鳥	の	色
保　坂　本					を	おほし	いつる	に	花鳥	の	色
陽明文庫本	なつかし	かりし	かたち	けはひ	を	おもほし	いつる	に	はなとり	の	いろ
河　内　本	なつかし	かりし	かたち	けはひ	を	おほし	いつる	に	花とり	の	色

前博陸捜　後成恩寺殿御息一條殿冬良公也」等の巻末の記述がある、一条兼良作の前者一巻を使用した。伊井春樹編『源氏物語注釈書・享受史事典』にも記すように「全巻にわたる年立としては嚆矢といえる」。尚、本居宣長が簡潔な修正版を付しているのが後者一巻である）と『小学館古典全集』の巻末年立（鈴木日出男氏編／なお「○」は記号）を使用し以下に並べると、

・御門御覧長恨歌繪事
・同戀慕故御息所給事　（以上『湖月抄』）
・秋○、亡き更衣を追慕、靫負命婦を勅使に更衣の里邸にその母を弔問、その後も悲嘆の日々を送る。　（以上『小学館』）

となり、当該描写もここにまとめて含まれる。

ところが柏木巻巻末は（表2）、「秋つか

いふよしもなうおかしけなれは）				人め	のみ	に	も	あらす	ま事	に	いと	かなし	と
いふよし	なく	をかしけ	なれは	人め	のみ	に	も	あらす				かなし	と
いふよしも	なく	おかしけ	なれは	人め	のみ	に	も	あらす	ま事	に	いと	かなし	と

表2　柏木巻末

たになれはこの君ははひゐさりなと」（日大蔵三条西家本）と「あきつかたになれはこの君ははひゐさりなとし給さまのいふよしもなうおかしけなれは人めのみにもあらすま事にいとかなしとおもひきこえ給てつねにいたきもてあそひきこえ給」（尾州家河内本）となると、単なる乳児の薫の這う姿の描写だけではなく、その様が「いふよしもなくおかしけ」なので、源氏は「人めのみにもあらす」いつも「いたきもてあそひきこえ給」というのは、

・秋若公《ギミ》葡匐《ハラバミ》給事（以上『湖月抄』）

・秋〇薫、このころ這いはじめる。（以上『小学館』）

でこの巻を終わる従来のあらすじでは済まない内容が含まれていると思われる。

源氏が薫を胸に抱き万感胸に迫った箇所は既に物語に出てくるが、出生の秘密を知っている源氏が、柏木の面影を既に宿している幼い薫の元に（裏切った三宮への感情も相まって）、五十日のような行事以外に、それ程頻繁に訪れたとは思われず、それが、常におかわいがり遊ばしたとなる尾州家河内本のような本文は、単なる描写の違いでは済まないものがあると思われ、先の桐壺の用例とは異なる。以上二つの著名かつ対照的な個所を挙げてみたが、この度稿者が行うような統計学的処理による諸伝本の対照・分析の際に、この相違を取り入れてみたいのである。

本文　柏木巻末

三条西家本	秋つかた	に	なれは	この君は	はひ	ゐさり	なと			
正　徹　本	秋つかた	に	なれは	この君は	はひ	ゐさり	なと			
国　冬　本	あきつかた	に	なれは		はひ	いさり	なと	し給		
高松宮家本	この部分は傍記（あきつかたになれはこの君ははいゐさりなとし給さまの									
保　坂　本	あきつかた	に	なれは	このきみは	はひ	ゐさり	なと	し給	さま	の
陽明文庫本	秋つかた	に	なれは	この君は		ゐさり	なと			
河　内　本	あきつかた	に	なれは	この君は	はひ	ゐさり	なと	し給	さま	の

三条西家本									
正　徹　本									
国　冬　本									
高松宮家本	思	きこえ	給て	つねに	いたき	もて	あそひ	きこえ	給
保　坂　本	おもひ	きこえ	たまふ	つねに	いたき	もて	あそひ	きこえ	たまふ
陽明文庫本									
河　内　本	おもひ	きこえ	給て	つねに	いたき	もて	あそひ	きこえ	給

3　統計的手法による【凡例】
——新美理論をたたき台に

統計的解析に移る。新美[5]に「データの解釈（異同）の解釈には、恣意性の幅が大きく、それが、論者によって系統分類が異なる、ということにもつながっていた」とあるけれども、確かに、論者によって異なる結果が出るのではなく、同じ手順を踏めば誰が行っても限りなく同じ結果が出ないと、科学的信憑性は得られない。この弊害を防ぐためには、データ作成に至る理論・ルール（文学では通常「凡例」と述べているもの）を出来得る限り明瞭に、誰にも誤解無く実行出来るよう記述することが重要となる。この度は源氏物語に「写本間の近親関係」のために生物統計学的手法を初めて取り入れた（新美注5／四六～五一頁の理論の一部・特にデータへの重み付け）をたたき台にさせて頂き（以下「新美理論」と記す）、凡例を記述した。

【凡例】

・以下の凡例は新美理論を稿者の解釈で記したものである。使用伝本など稿者独自の部分は文頭に中黒でなく★を付して区別した。新美理論に私に付け加えた場合は「★・」という形になる。また傍線は特に断らない限り稿者に因る。

★目的① 国冬本の独特の物語世界を有する世界を、如何に有効に統計学的手法により、可視化が可能かを知ること。

★目的② ①を通じて、現在進めている国冬本宇治十帖の本文データのような大量のデータを解析する為に、どれだけ有効な手法かを知ること。

・対象となる伝本データは紙焼きまたは影印の形のものを稿者が翻刻して用いる。

★使用伝本は五または六種類選択した。使用した伝本は左記のとおり。

国冬本（伝津守国冬筆等各筆源氏物語五十四冊揃い／天理大学天理図書館蔵→紙焼き）

保坂本（伊井春樹編　おうふう→影印）、陽明文庫本（『陽明叢書』思文閣出版→影印）

日本大学蔵三条西家本（『日本大学蔵源氏物語』八木書店→影印）

正徹本（国文学研究資料館蔵→紙焼き）(8)

尾州家河内本（日本古典文学会→影印）

高松宮家本（国立民俗博物館蔵　臨川書店刊行→影印）

源氏物語の伝本系統はいわゆる二系統三分類について疑義が出されており揺れているのが現状ではあるので、ある程度三分類全てから伝本を選択したがあくまで任意である。

★データをグラフ化するときに、伝本名が長いと重なったときにわかりにくいので、単に「国冬本」「三条西家本」「保坂本」「正徹本」「高松宮家本」「陽明文庫本」「河内本」と記した。

★・傍書、ミセケチ等はとらず、本行本文のみを対象にする。必要があれば（　）で括ってメモ書きを残す。

・「六條京極のわたりに…よまちをこめて」（正徹本・傍線部の傍記で「し」異本表記あり）なお、このケースは誤変換に準ずるものと見なし、大きな重みは与えない。

★・翻刻文章を語単位に区切り、新美理論に則り、言葉そのものの相違（名詞・形容詞形容動詞・副詞の語幹）など大きい異同には大きな重みを与え（記号（abc）を与える）、小さい異同（語尾変化等）には小さい重みを与える（数字（123）を与える）。

★・表記の相違は無視する。ex.「ひかるきみ」「ひかる君」

★・明らかに誤変換と分かる類のものは、大きな重みを与えない。

★・Excel の表に任意の基準本文を筆頭に並べる。これを a1 と記す。稿者は基準本文を三条西家本（日大蔵）にした。それ以下は順不同で並べた。a1 a2 a3 a4 b1 b2 b3 c1 c2 c3 × の11種類のどれかが基本的に出現することになる。ex.「すへて」=a「くして」=b、「山さと人」=a1「山さとの人」=a2

★・この a1 等の記号をそれぞれ任意の数値に変換し、電子メディア（コンピュータ）が読める言語＝数字にする。置換する数値については、扱ったソフトの特質上、新美理論と異なる（但し内容が異なるわけではない。これについては後述する）。

★「脱落」は新美理論では「?」で記述している。これをどう数値に置換したかは直接は述べられていない。一般にプログラムにかけるとき、「?」などの数値が入っているときは、除外して扱う。「脱落」をどう解釈しどう扱うかは難しい問題を含んでいるので、後述する。稿者は「×」で表し、係数「0」を与えた。但し、前掲「山さと人」「山さとの人」のような表記の相違に類似するものを、「山さと／人」「山さと／の／人」と分けて、前者に助詞「の」がないからといって0の数字を与えるようなことでは信憑性を損なうので、語の分割の際には留意する。

★プログラムにかける。今回稿者は市販ソフト「EXCEL 数量化理論 Ver.3.0」（株式会社エスミ http://www.esumi.co.jp/）のうち、「コレスポンデンス分析」を使用した。(9) そして妥当な相関図が得られるまで、データの区切り方であるとか、与える数値などを工夫し、これを繰り返した（この試行錯誤の作業がシミュレーションと称されるものである）。(10)

★プログラムに入れる数値であるが、今回扱った「EXCEL 数量化理論 Ver.3.0」では、数字が大きいほど親近性があると見なすため、本来新美理論では〈a1=0 a2=1 a3=2 a4=3 b1=4 b2=5 b3=6 c1=7 c2=8 c3=9 ×=10〉であったが、逆に a1=10 a2=9 a3=8 a4=7 b1=6 b2=5 b3=4 c1=3 c2=2 c3=1 ×=0〉と与えた（内容に変わりはない）。

稿者の凡例でも同様にした。

4 問題点――その1 国冬本桐壺巻末一文を如何に扱うか

まず桐壺巻末について。巻末が三重の説話調の終わり方である「とそ」「と」「なむ」となるもの（日大蔵三条西家本・正徹本）、「とそ」のみで終わるもの（高松宮家本・陽明文庫本）とあるが、そもそも巻末の一文（高麗相人による「光る君」命名伝承記事）を全く欠いている国冬本が全く異質な様相を呈していることについては既に論考がある。(11) この最後の一文は源氏の綽名の由来に関する重要な一文だが、第2節にならい主なあらすじ・年立の桐壺巻末の様はどうなっているかをみる。

・造作二條院　内御曹司は猶淑景舎也（桐壺巻巻末）　（以上『湖月抄』）

・○源氏の里邸として二条院を造営　源氏、藤壺へのひそやかな　恋慕を募らせる　（以上『小学館』）

で両年立とも桐壺巻を終わっており、命名伝承記事は両者ともあらすじに入っていない。但し、『湖月抄』は帚木巻巻頭に、

・光君稱號事（帚木巻巻頭）

とあり、『小学館』も桐壺巻の年立の途中で、

・世人、源氏を「光る君」、藤壺を「かがやく日の宮」と賞賛する。　（以上『小学館』）

とある。また源氏物語が成立した平安の後期に既に最初の系図（『古系図』）が成立しているが（最古は『九条家本』）、そこに既に

・「ひかる君とはこま人つけたまへりけるとそ」（以上『九条家本』／六条院の系図略伝中の言葉と内容から判明するが冒頭は虫喰）とあり、世人による旨は記されていない。以下『為氏本』『正嘉本』もこま人の命名伝承記事のみ略伝に記載がある。それ故に「質量共に複数の伝本がある物語でありながら、高麗相人に拠る命名伝承の記述が物語成立後の早い時期に、既に動かし難い重要な文言として存在していたということを示している」と述べた（注11拙稿）。源氏を「光る君」と命名する記事は重要な案件であり、従来の年立・あらすじにあがっていないからといって、無視できる事柄ではない。そこで相応の係数（「意味係数」と仮に名づける）を与えなければならないと考えるのである。

そこでまず、新美理論をたたき台に稿者の解釈で統計的に可視化した相関図が〈図3　桐壺巻末　比較図〉の左図である。

こちらをみると、巻末の重要な一文を丸々欠く国冬本も他の伝本とは離れているが、それよりも陽明文庫本の異質さが目立つ。陽明文庫本が単語単位で特異な語が多いのが理由であるが、これでは国冬本の巻末の異質さ・独自性を明確に可視化し得ない。今はまだ短い文章での試行錯誤であるけれどもいずれ、確固とした凡例ができあがれば大規模データに適用し、多くの伝本の独自世界の可視化につながるのであり、凡例を固めることが何よりも重要である。

そこでもう一度図3左図を検討してみると、語の切り方が細かいことに気づく〈左図上部の単語分割表〉。細かいと、助詞・語尾の有無などの些細な違いも、情報の無い部分として「脱落」となってしまう。助詞・語尾の数は、分割が細かければ細かいほど増えるので、最大値（10）と最小値（0）の繰り返しが頻繁に起こり、これが結果として集計数の値に大きな影響を及ぼしてきたと解釈できる。これを解決するために、語を、意味をもつ最低限の任意の長さで区切ることにした。それが〈図3　右図〉である。こうすると、下図相関関係を表す解析図では、図3　左図と随分結果が異なる。陽明文庫本・国冬本の独自性が、グラフぎりぎりの位置関係から分かってくる。

桐壺巻末に関しては、『湖月抄』『小学館』その他いくつか瞥見に及んだが、巻末の命名伝承記事があらすじとして立項されているものはなかった〈わずかに『岩波新体系』総索引篇の総目次・桐壺巻最後の項目の説明の文章中に、命名伝承記事が書かれてはいる〉。それ故に、「意味係数」の設定を桐壺巻末では見送った。現時点では意味係数についてはいわば〈第一版〉の段階であり、確実にあらすじを左右する記事以外には、どのくらいの値を挿入すればよいか試行錯誤（シミュレーション）の途上故、見送ったというのが実情である。

表3と図3　桐壺巻末の解析図（左：語単位の区切りのもの／右：語を意味単位で結合したもの）

	三条西家本	正徹本	国冬本	高松宮家本	保坂本	陽明文庫本
かゝる	10	10	10	10	10	10
所に	10	10	10	10	10	9
おもふ	10	10	10	10	10	10
やう	10	10	10	10	10	10
ならん	10	10	10	10	10	9
人	10	10	10	10	10	10
を	10	10	10	10	10	10
すへて	10	10	6	10	10	6
すまはや	10	10	10	10	10	10
と	10	10	10	10	10	10
のみ	10	10	6	0	10	0
なけかしう	10	10	10	10	10	0
おほし	10	10	10	10	10	9
わたる	10	10	10	10	10	6
ひかる君	10	10	0	10	10	10
と	10	10	10	10	10	9
いふ	10	10	6	10	10	0
名は	10	10	0	10	10	0
こまうとの	10	10	0	10	10	10
めて	10	10	0	10	10	9
きこえて	10	10	0	10	10	0
つけ	10	10	0	10	10	10
たてまつり	10	10	0	10	10	10
ける	10	10	0	10	10	6
	0	0	0	0	0	10
とそ	10	10	0	10	10	10
いひ	10	10	0	10	10	0
つたへ	10	10	0	10	10	0
たる	10	10	0	10	10	0
と	10	10	0	10	10	0
なむ	10	10	0	10	10	0

	三条西家本	正徹本	国冬本	高松宮家本	保坂本	陽明文庫本
かゝる所に	10	10	10	10	10	9
おもふやうならん人を	10	10	10	10	10	9
すへて	10	10	6	10	10	6
すまはやとのみ	10	10	9	8	10	8
なけかしう	10	10	10	10	10	0
おほしわたる	10	10	10	10	10	6
ひかる君といふ名は	10	10	0	10	10	9
こまうとの	10	10	0	10	10	10
めてきこえて	10	10	0	10	10	9
つけたてまつりける	10	10	0	10	10	10
	0	0	0	0	0	10
とそ	10	10	0	10	10	10
いひ	10	10	0	10	10	0
つたへたる	10	10	0	10	10	0
となむ	10	10	10	10	10	0

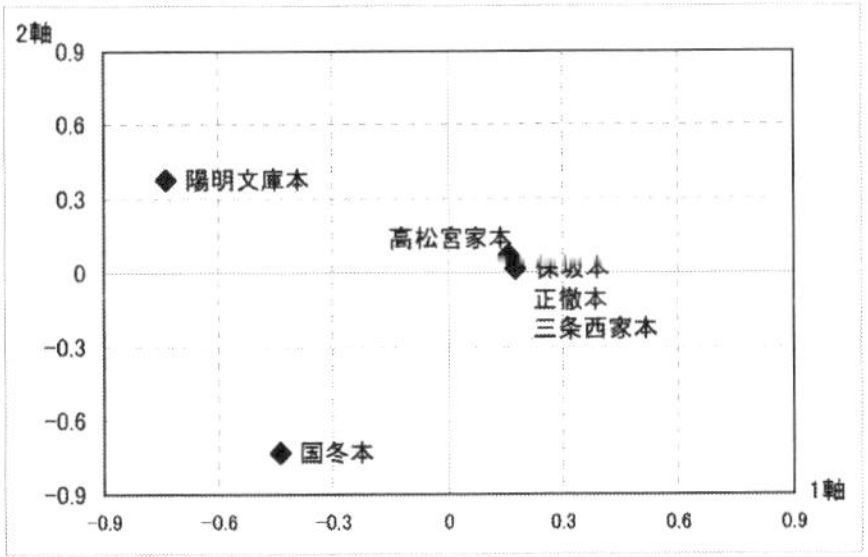

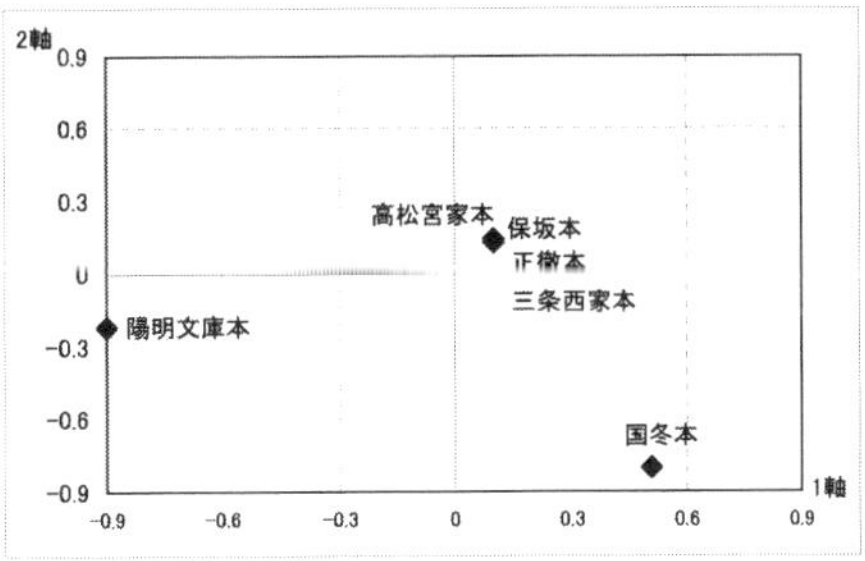

5　問題点――その2　物語のあらすじに関わる場合

もう既に国冬本少女巻の独特な物語世界については述べてきたが、(12) 脱落錯簡の多い巻であり多々問題点はあるけれども、最大の特徴は六条院が造営されず二条院が増築されるというあらすじに関わる重要な、他伝本との相違が記されている点である。現存本では「六条」「二条」の字母が似通っており、最初は誤写だったかもしれないが、巻末に至るまで二条院増築の話になるように破綻無く細部に至るまで記述されていることも同拙稿に述べた。前述同様あらすじ・年立をいくつかみたが（傍線稿者）、

・秋◯六条院落成

・八月六條院造畢御方々移徙事（以上『湖月抄』）

・六條院造作事　六條京極中宮御故宮邊四町云也（以上『小学館』）

・八月、源氏、六条御息所の旧領地を中心に六条院を造営する。

（以上、秋山虔・室伏信助編『源氏物語必携事典』角川書店）

など少女巻のあらすじに六条院造営は必須である。となると国冬本少女巻のこのあらすじに関わる問題は、前節までと決定的に異なることとなる。

そこでまず、前節と同様、新美理論をたたき台に稿者の解釈で統計的に可視化した相関図をつくる。手順は今までと同様、最初は、新美理論をたたき台に稿者の解釈で作成した語の分割（図4）を、意味をもつ最低限の任意の長さで区切ることを、今まで同様行った。そして、それらをもとに前記の凡例に沿って、プログラム（コレスポンデンス

表4　新美理論をたたき台に稿者の解釈で作った単語分割表

	三条西家本	正徹本	国冬本	高松宮家本	保坂本	陽明文庫本
大殿	10	10	9	10	8	7
しっか	10	10	6	10	10	10
なる	10	10	0	10	10	10
御すまひ	10	10	10	10	10	10
を	10	10	6	10	10	10
ゝなしく	10	10	10	10	10	10
は	10	10	6	10	10	10
ひろく	10	10	10	9	10	9
みところ	10	10	10	10	10	10
ありて	10	10	10	10	10	10
	0	0	10	0	0	0
こゝかしこ	10	10	10	10	10	10
にて	10	10	8	10	10	9
おぼっか	10	10	10	10	10	10
なき	10	10	10	10	10	10
やまさと人	10	10	9	10	10	10
なと	10	10	10	10	10	10
を	10	10	9	10	10	10
も	10	10	0	10	10	10
つとへ	10	10	10	10	10	10
すませむ	10	10	10	9	9	9
	0	0	0	10	10	10
の	10	10	0	10	10	10
御心	10	10	0	10	10	10
に	10	10	0	10	10	10
て	10	10	9	10	10	10
	0	0	10	0	0	0
六條京こく	10	10	6	10	10	10
の	10	10	0	10	0	0
わたりに	10	10	10	10	10	10
中宮	10	10	0	10	10	10
の	10	10	0	10	10	10
	0	0	10	0	0	0
ふるき	10	10	10	9	9	9
宮	10	10	10	10	10	10
の	10	10	10	10	10	10
ほとり	10	10	10	10	10	10
を	10	10	9	9	10	10
よまち	10	10	0	10	10	10
を	10	10	0	10	10	10
しめて	10	9	0	10	10	10
つくらせ	10	10	10	10	10	10
たまふ	10	8	7	9	10	9

分析）にかけて解析図を出した。それが（図5　少女巻六条院造営　解析図）の左図である。図5　左図では、既に国冬本と他伝本の違いが現れている。六条院造営あたりの本文の語が「なとん」「よきまち」など国冬本のみ独特であることが原因である。だから、左図の段階で既に国冬本は独特であることは分かるところであるが、ここに、前節末尾で述べた通り、紛れもないあらすじに関わる例（「二条」→「六条」）故、意味係数を適用する。

次に意味係数の数字をいくつにするか考察した。あらすじ、すなわち根幹に関わる相違故に、この箇所がこの図の全ての要素の数を超えている必要がある。それ故に、あらすじと異なる箇所に、「分割された語の数（縦列）×伝本の数（横列）」を加算した。この数値は、縦列 20×横列 5=100 となった。この数値をもって同様にプログラムにかけて解析した結果が、図5の右図である。右図の解析図では、国冬本は他との相関距離においてあまりの大きな相違故に、図から飛び出し図が成立していない。国冬本少女巻の独自性が破格のものであることの可視化が出来たことになる。

表5と図5　少女巻六条院造営の本文の解析図（左：語単位の区切りのもの／右：語を意味単位で結合し「意味係数」を適用したもの）

	三条西家本	正徹本	国冬本	高松宮家本	保坂本	陽明文庫本
大殿	10	10	9	10	8	7
しつかなる	10	10	6	10	10	10
御すまひを	10	10	6	10	10	10
ゝなしくは	10	10	9	10	10	10
ひろく	10	10	10	9	10	9
みところありて	10	10	6	10	10	10
こゝかしこにて	10	10	8	10	10	9
おぼっかなき	10	10	10	10	10	10
やまさと人なとをも	10	10	9	10	10	10
つとへすませむの	10	10	9	6	6	6
御心にて	10	10	6	10	10	10
六條京こくの	10	10	6	10	9	9
わたりに	10	10	10	10	10	10
中宮の	10	10	6	10	10	10
ふるき	10	10	10	9	9	9
宮の	10	10	10	10	10	10
ほとりを	10	10	10	10	10	10
よまちを	10	10	0	10	10	10
しめて	10	9	0	10	10	10
つくらせたまふ	10	10	9	10	10	10

	三条西家本	正徹本	国冬本	高松宮家本	保坂本	陽明文庫本
大殿	10	10	9	10	8	7
しつかなる	10	10	6	10	10	10
御すまひを	10	10	6	10	10	10
ゝなしくは	10	10	9	10	10	10
ひろく	10	10	10	9	10	9
みところありて	10	10	6	10	10	10
こゝかしこにて	10	10	8	10	10	9
おほつかなき	10	10	10	10	10	10
やまさと人なとをも	10	10	9	10	10	10
つとへすませむの	10	10	9	6	6	6
御心にて	10	10	6	10	10	10
六條京こくの	10	10	106	10	9	9
わたりに	10	10	10	10	10	10
中宮の	10	10	6	10	10	10
ふるき	10	10	10	9	9	9
宮の	10	10	10	10	10	10
ほとりを	10	10	10	10	10	10
よまちを	10	10	0	10	10	10
しめて	10	9	0	10	10	10
つくらせたまふ	10	10	9	10	10	10

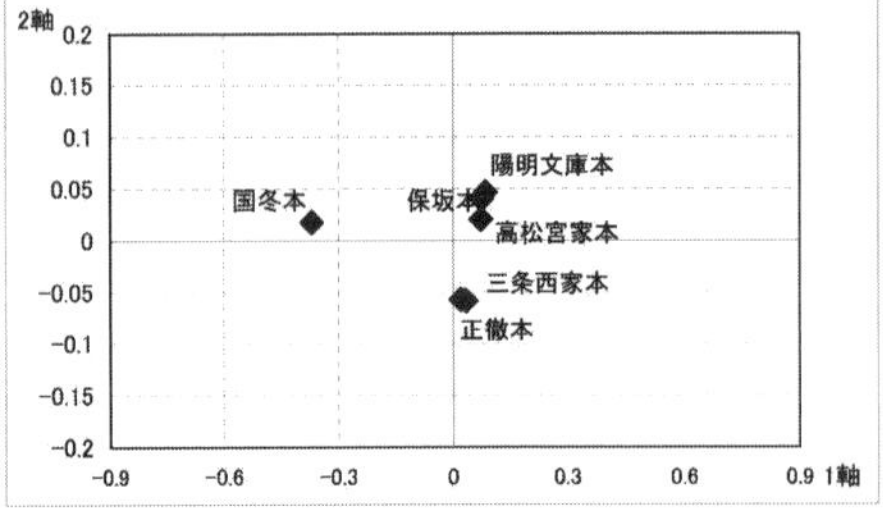

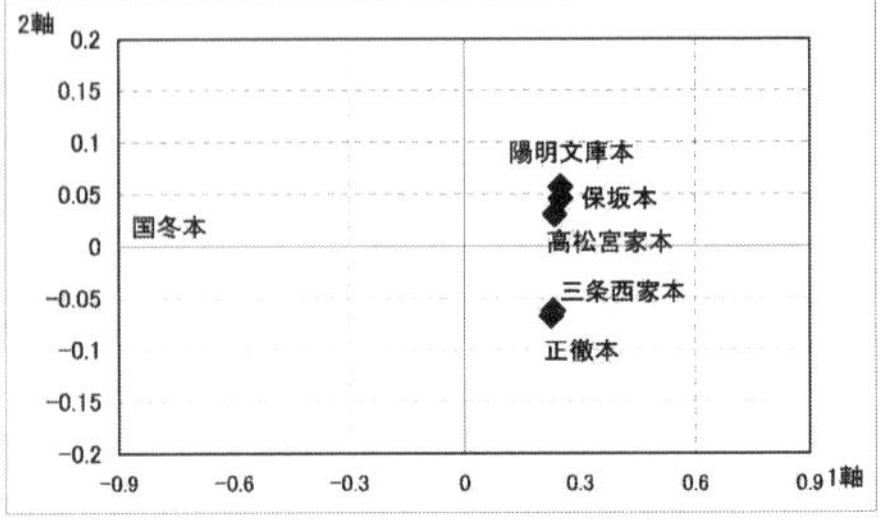

6　終わりに

以上、この度は、源氏物語に「写本間の近親関係」を読み解くために生物統計学的手法を初めて取り入れた新美氏の理論の一部、特にデータへの重み付けをたたき台にし、稿者なりの凡例を作成した上で、「意味係数」という内容に関わる相違を表す係数を新しく追加し、写本独自の世界の可視化の問題を統計学的手法で処理してみた。伝本の数も少なく、また対象箇所も限定されているという課題は勿論あるけれども、これを〈第一版〉とし、改良を繰り返してより強固な凡例を作成して大量の本文データに適応可能なものにしていく所存である。第4節のような、あらすじとまではいかないまでもそれに準じるような重要な相違を、意味係数で如何に表すべきか、これも今後の大きな課題として残された。

また新美注5著書で述べているように、「複数の研究者で分析」することの必要性は強く感じることである。今回理系の研究者との対話から得ることが多く、文理融合の必要性を今更ながら感じもした。

但し常に文学研究の根幹である、眼前の文献資料の読解を中心に据えてのことであるのは云うまでもない。

注

（1）源氏物語では伊藤鉄也、中村一夫、大内英範に一連の業績がある。なお、和歌では小野みゆき、中世物語では中村康夫等が、電子メディアを積極的に取り入れた業績がある。

（2）石純姫（一九八四）「多変量解析による文体分析―孝標女をめぐって」（『中央大学大学院論究（文学研究科篇）』19-1、一九八七年三月、同「多変量解析による「四季物語」の考察」（『解釈と鑑賞』49-11、一九八四年九月）

（3）村上征勝・今西祐一郎（一九九九）「源氏物語の助動詞の計量分析」（『情報処理学会論文誌』40-3、一九九九年、上田英代・村上征勝・今西裕一郎・樺島忠夫・藤田真里・上田裕一『源氏物語語彙用例総索引』自立語篇・付属語篇一九九四〜一九九六年、など。

（4）矢野環（二〇〇二）『君台観左右帳記の総合研究』（勉誠出版）より。同書では多変量解析を適用している章がある。その他、同（一九九九）「『君台観左右帳記』と『柳営御物集』の研究」（『人文学と情報処理』№20）がある。

（5）新美哲彦は生物統計学を応用した"The Canterbury Tales Projects"（『Nature』vol.394, 1998.8.27 及び "The Canterbury Tales Projects" occaisional papers vol.1 Edited by Norman Blake and Peter Robinson 1993）で実績のあったプログラム SplitsTree を適用して新しい諸本分布図を表した。（二〇〇六）「揺らぐ「青表紙本／青表紙本系」（『国語と国文学』83-10二〇〇六年、同（二〇〇七）「『源氏物語』諸本分類試案―「空蝉」巻から見える問題」（『国語と国文学』84-10、十月一日）→（『源氏物語の受容と生成』武蔵野書院、二〇〇八年）。がある。なお、生物学を核としてしかし生物学だけではなく無生物の写本にまで言及して示唆に富む三中信宏（二〇〇六）『系統樹思想の世界―全てはツリーとともに』（講談社現代新書、八月）、また中尾央・三中信宏著（二〇一二）『文科系統学への招待』（勁草書房、五月）がある。

（6）二〇〇九年度の科学研究費補助金：挑戦的萌芽研究に、松田信彦「多変量解析を用いた日本書紀の区分論・編纂論に関する基礎的研究 研究課題番号：21652025 が採択されたことが発表されている。

（7）稿者が進めてきた国冬本の宇治十帖と高松宮家本の宇治十帖の類似に着目し、二〇〇八年口頭発表「国冬本・高松宮家本の宇治十帖」（大阪大学古代中世文学研究会）を行い、橋姫巻の最初の本文十丁や書誌の相関関係等を述べた。

（8）ここにあげた正徹本は桐壺巻から紅葉賀巻まで正徹の奥書がある、江戸初期写五十四冊揃いで、国文学研究資料館蔵のものである。詳細な書誌は『国文学研究資料館　平成20年度研究成果報告　物語の生成と受容④』（国文学研究資

料館　文学形成系「平安文学における場面生成研究」プロジェクト編、二〇〇九年三月）に森田直美が述べている通り、青表紙本の系統とされてきたが、伊藤鉄也が桐壺巻に既に別本の形跡を見つけている（「新収資料紹介49『国文学研究資料館報』第59号、二〇〇二年九月）。未詳の伝本の周知に関わりたく当該伝本を選択した。

（9）専門の統計解析ソフトで、今回のように、与えられた質的データの親近性を数値化して解析するのに適する「数量化理論」が含まれているので、これを選択した。「数量化理論」にはⅠ～Ⅳ類まであり、この度のようなデータの親近関係を求めるのには、Ⅲ類・Ⅳ類が通常適用される。このうち、端的に記述すると、例えばＡＢ両者のデータがあった場合、Ａ↓Ｂ、Ｂ↓Ａの距離が異なる場合（ＡからＢへの好感度が強いが、ＢからＡは弱い、など）、その双方向の距離を測る必要がある場合、Ⅳ類を使用する（故にクロスチェック表を作る必要がある）。Ａ↑↓Ｂ双方向で距離が同一の場合はⅢ類を用いる。今回は、国冬本と三条西家本があるとして、相違を距離と捉えこれを測定するのに双方どちらから測っても同一なので、Ⅲ類を使用した。但しⅢ類では距離を数字で表すのに限界があるので（0か1しか入力出来ない・判断できない）、段階的な数値の使用が可能な、Ⅲ類の中の「コレスポンデンス分析」を適用した。

（10）シミュレーションにより、「厳密にいうと、研究者が考えたモデルが、研究者が思ったように動いた、つまり研究者の頭の中のモデルが、少なくとも研究者自身が想定した論理的整合性をもっていることが証明されたと言える。（人文科学では、それほど容易なことではない）。」と原俊彦は述べている（一九九九「人文科学のためにコンピュータ・シミュレーション入門　連載第1回【コンピュータ・シミュレーションの勧め】（『人文学と情報処理』No.20）。

（11）このことについては第5章で詳述した。

（12）第2章で詳述した。

【附記】プログラムでの数値の設定等、山口敦の協力を得た。また貴重な所蔵和古書である正徹本の実見に便宜を図って下さった人間文化研究機構　国文学研究資料館に深謝する。

本章は科学研究費補助金（特別研究員奨励賞）の助成を受けた、研究題目『別本を中心とする源氏物語の相関・総合的研究—国冬本源氏物語からの展開と探求』の研究成果の一部である。

終　章　今後の課題とあとがき——国冬本を端緒に広がる未来へ——

以上本書には、国冬本源氏物語の世界について論じた稿者の博士論文（二〇〇七年）と、それ以降（主に享受史的そして国外から）の論考をまとめた。本章は博士論文の終章に記したものを踏まえつつ、現時点での自分の考えを述べて本書を締めくくる場としたい。

本文研究にまま見られることであるが、ともすると書誌的視座と作品読解の視座が分離してしまいがちである。文学作品ことに古典作品の読解には、文献そのものの正確な把握が必須なのは言うまでもない。特に稿者が取り扱った国冬本のような、落丁・錯簡を含む伝本を基とする作品については、一層そのことに留意すべきであろう。と同時に文学作品であればこそ、作品世界を読み解くという姿勢が、やはり次になくてはならない。ここで稲賀敬二のこの言葉を引く。

池田博士は本文研究だけにとどまらず、本文研究を架け橋としてその彼方に開ける夢を追い続けておられた。『源氏物語大成』以降の本文研究には、そういう夢が失われてしまったように感じる。そういう夢の中にこそ、文学研究があるように私は思うのだが……。

こんなことを池田博士に申しあげたら、笑いながらなんとおっしゃるだろうか。(1)

故に本書では、国冬本の書誌的な現状を踏まえつつ、できる限り俯瞰的な視座で、国冬本五四冊の物語世界がどのような問題点をもち、それぞれが全体からみたとき、互いにどのように連関し、どのような意味をもっているかを探る点が重要であることを考察した。その為に、独自本文をもち、かつ、それが国冬本独自の世界の読解に繋がると思われる箇所に着目し、まずはそれぞれを任意の五つの視座――作品論的・人物論的・和歌論的・象徴論的・享受論的視座から論じた（第2章～第6章）。博論の時点では、それぞれの問題点が連関を持つか、即ち五つの視座から考察した結果から、〈国冬本源氏物語の世界は、このような物語世界である〉と包括的に述べ得るかにややこだわり、「われわれの見知っている源氏物語が、先駆的な世界を切り開いているのと比較して、国冬本の独自の物語世界は、〈古代的な物語の世界の中にあり、その表現は、独創的であるよりは、保守的・伝統的である〉（博論より引用）と結論付けていた。

しかし〈古代的〉〈保守的・伝統的〉という概念的な言葉はやはり曖昧であるし、こう言い切る前にもう少し段階を踏まえなければならないことを現時点では実感している。

国冬本源氏物語五十四冊の物語世界は、当然のことながら稿者の都合の良いように作られた訳ではない。研究対象に対して自らに都合の良い恣意的な結果だけを取り出して、それをまとめて論じることは断じて行うべきではない。眼前の現存伝本を尊重し、そのありのままを読み解くというのが稿者が選び取った研究方法なのだからそれは当然のことである。

しかし一方で全体が一点に収斂はしないが、いくつかの抜粋部分から、様々な特徴が見てとれたことも事実である。各章でそれは述べたので繰り返さない。

本書所収の表（国冬本源氏物語一覧表）に示した通り、表記レベル・表現レベルを超える独自本文で、かつ独自の世界を有するものは、各章で論考にまとめた関連の巻巻以外は、管見の及ぶ限り、現時点では見つけられなかった（他伝本も同様であるが、国冬本五十四冊の巻々全てが問題をもっているわけではない）。故に国冬本の独自の物語世界には全て言及でき、稿者の最初に設定した目標は達成し得たと考える。もちろん不足な点も多々あると承知しており、本書読者の忌憚ない御指導と御叱正をお待ち申し上げる次第である。

それから国冬本の独自本文といっても、それは現在見ることの出来る伝本との間でのものであり、すでに序章および第一章でも述べたが、二〇〇八年にはいくつかの伝本が発掘されたし、また稿者自らも未詳の伝本を今後も積極的に精査することで、独自本文が独自本文でなくなり、国冬本の類似本の発見に至る可能性もある。独自本文の再検討が可能となる。そういう観点から国冬本を見ることを今後は考えたい。

・・・・・・・・・・・・・・・・・・・・・・・・・・・・・・・・・

稿者の研究者のとしての人生は二〇〇九年以降大きく変わった。そのことが自身の研究観および研究傾向に大きな変化をもたらした。

一年四か月の日本学術振興会特別研究員（RPD）を経て、縁あって大韓民国の永同大学校に赴任し（二〇〇九年〜二〇一二年）、次いで中国の福州大学に赴任し（二〇一二年十月〜）今日に至ることになった。

学振時代には科研費の恩恵を受け、博論以降の世界の追及を多角的視座で目指した。第8章注釈論的視座からは、現在の源氏物語現代語訳の底本は例外なく青表資本系統であるが、それを国冬本源氏物語で試みたものであった。

学振時代は恵まれている部分もあったが、育児との両立を計りつつの日々で将来も見えず、不安であった。ただこの期間に韓国で学会発表したこと（二〇〇八年十二月）が結果として韓国赴任に繋がった。

今はもうすでに中国の教員生活も四年目に入ったが、本書では韓国時代の論考についてここで一区切りをつけておきたい思いで第6章6節から第7章全体にまとめた。韓国時代はやはり日本にいた時よりも資料調査の時間が限られる。そのことで悔しく歯がゆい思いをしばしばしていたが、一方で国内では得られない視座を得られた。

国内にいたときは本文研究――なかんずく国冬本という一伝本の世界にいた。それが広がったことはやはり〝非居住者〟（主な収入が外国からのみの邦人を公的にいう言葉）になったことの、大きな利点であった。

もちろん良いことばかりではない。外国という異文化での生活は、東アジアという近距離国であっても過酷なものであった。適応能力の低い稿者は、筆舌に尽くしがたい思いに駆られたこともしばしばであった。非常勤講師の経験すらなくいきなり海外に渡った自分には日々が戦いだった。ただ幸運だったのは初めて教壇に立った時から、文学専攻という稿者の専門にご配慮いただき、文学の授業を常にすることができたことであった。これは更に中国の現勤務校に移った時もそうで、現勤務校の元主任及び先輩同僚のご配慮もあったのである。

既に七年目の海外勤務生活の中、日本を常に見据えている。稿者の専門は日本古典文学であることは、それがどのような広がりを見せようとも変わりがないからである。しかし一方現勤務校のあるこの中国は思えば日本古典文学が最も大きな影響を受けた地でもある。また稿者の勤務する福建省福州市は古くは空海入唐の地とも言われ、そんな場で自分の専攻を考える時間を与えられたことは何とも贅沢な幸せである。そのことをかみしめ、常に文学研究とは何かという問いを忘れることなく、今後の考察を進めたい。

簡単に謝辞を述べさせていただく。多くの方に支えて頂かなければ今の私は存在しない。本来は私の人生で関わった全ての方の御名前を記すべきであるが、遺漏があるとかえって失礼の極みであり、その無礼を何よりも恐れるものである。よって極々限らせて頂き述べさせていただく。上智大学の指導教員野口元大先生（私に文学の世界への扉を開いてくださった）、本書に序文をお寄せくださった大阪大学時代の指導教員伊井春樹先生（場違いな自分の大阪大学の大学院への入学をお許しくださった御恩は終生忘れられるものではない）、博論主査をしてくださった加藤洋介先生、博論副査をおつとめくださった飯倉洋一先生、一年間指導教員をしてくださり博論副査をしてくださった荒木浩先生[2]、蜂矢真郷先生、韓国永同大学校（前任校）日本語科の学科主任韓中瑄先生、中国福州大学の元主任潘秀蓉先生と、学生時代及び職場に限定して謝辞を述べさせていただく。また、学振研究員の受け入れ教員をお引き受けくださった伊井先生及び伊藤鉄也先生に深謝申し上げる。国冬本の掲載等に関して天理大学附属天理図書館に深謝申し上げる。

本書出版にあたり多大のご尽力をいただいた上原作和氏、武蔵野書院及び前田智彦院主には本当に多くの御迷惑もおかけしてきた。心からの御礼を申し上げたい。

最後に私事を述べさせていただく。私の人生と海外単身赴任を支え続けてくれる山口敦及び山口力里阿に深い謝意と深甚の愛を捧げる。

注

（1）「『源氏物語大成』から半世紀―本文研究の未来像は」（『源氏物語注釈史と享受史の世界』新典社、二〇〇二年）

（2）荒木浩（二〇一四）「背伸びと軽さの限界点―海外で古典を教えるということ」（『リポート笠間』№57）。拝読し強く勇気づけられた。

国冬本源氏物語一覧表について

この表は、本論文で取り扱う国冬本五十四帖について、備考も含め8項目を挙げてあり、書誌的項目（書写期・錯誤等本文の状態）について言及している項目もあるが、一番の目的は内容からの観点——それぞれの巻巻の連関性の項目、また独自本文の有無とその意味するところについてまとめた項目である。その他、書写の時期については、鎌倉末期（即ち伝称筆者が津守国冬のもの）は全てこれを記し、室町末期各筆についても適宜これを記し（項目が無記入のものは室町末期となる）た。概略的ではあるが、独自本文についてはこの表に示した通り、表記レベル・表現レベルを超えるものは、第2章以降の論考にまとめた関連の巻巻以外は、管見の及ぶ限り現時点では見つけられなかった。また表には本論文で関わった巻についてなど、特に問題のある箇所のみ記述してあり、空欄は特に記す必要のなかったことを表している。その他表という性質上、略号をいくつか使用したので、最初に略号が出現した巻巻などで、なるべくわかりやすく説明した。

国冬本源氏物語一覧表

	書写期	伝称筆者名	本文の情報・系統	錯簡・脱落	独自本文の有無	他巻との関係等	翻刻所収書名	備考
桐壺	鎌倉末期	伝津守国冬	別本（『大成』の分類等による）	巻末の高麗人に拠る命名伝承記事欠如	河内本と青表紙本の最大の異同とされる箇所あり	巻末の高麗人の命名伝承記事内の「ひかるきみ」の語が欠如しているので、巻末から次巻帚木冒頭「ひかる源氏」の接続が不自然になっている	『大成』『別本集成・正』『別本集成・続』『本文研究（翻刻）』所収。以下略号で表示（大・別・別続・本）	
帚木	鎌倉末期	伝津守国冬	別本	錯簡・脱落有り（全五折りのうち、三～五折りが少女巻の最終の第三折りに混入）		巻頭については上記参照。「雨夜の品定め」では戯画的な博士の家が描かれる→×少女巻の博士の描写とは視点が異なる	大・本・別	
空蝉							本・別続	
夕顔							本・別続	
若紫				綴葉装によくある錯簡一折りあり			本・別続	
末摘花	室町末期	伝飛鳥井頼孝卿1（冊目）			表記レベル以上のもの無し		本・別続	
紅葉賀							本・別続	
花宴							本	
葵				錯簡あり（入れ替わり）			本	
賢木	鎌倉末期	伝津守国冬	別本		いくつか独自本文が見られるが、表現レベルの特性と推測される		大・本・別	
花散里							本	
須磨							本『別本集成・続』ここまで	

	書写期	伝称筆者名	本文の情報・系統	錯簡・脱落	独自本文の有無	他巻との関係等	翻刻所収書名	備考
明石							本	
澪標				錯簡あり（入れ替わり）			本	
蓬生							本	
関屋	室町末期	伝飛鳥井頼孝卿2			表記レベル以上のもの無し		本	
絵合							大・本	
松風			別本（『河内本源氏物語校異集成』の凡例より）				大・本・別	
薄雲		伝鳥居小路経厚			表現レベルでやや独自		本・別	
朝顔	鎌倉末期	伝津守国冬	別本	錯簡あり（入れ替わり）			大・本・別	
少女	鎌倉末期	伝津守国冬	別本	二五～六丁の大量脱落、帚木巻の一部混入	当初の構想の二条院の邸宅造営記事がある（六条院造営記事は無い）	「二条院」→螢巻、野分巻では「六条院」と記されている	大・本・別	
玉鬘	鎌倉末期	伝津守国冬		全二折りのうち、第二折りは全て紅梅巻の巻末部『大成』採用の紅梅はここから			大・本・別	
初音				錯簡あり（入れ替わり）			本・別	
胡蝶							別・『本文研究』翻刻本文はここまで	

	書写期	伝称筆者名	本文の情報・系統	錯簡・脱落	独自本文の有無	他巻との関係等	翻刻所収書名	備考
螢							別	
常夏							大・別	
篝火							大・別	
野分							別	
行幸							別	
藤袴				脱落一丁親本を二枚めくったか			別	
真木柱				脱文一行目移りか			別	
梅枝					表記レベル以上のもの無し		別	
藤裏葉	室町末期	伝飛鳥井頼孝卿3			和歌が字下げしていない　二十首の内六首が地の文に混入　四首が独自歌句を持つ　独自本文が目に付く	同一伝称筆者とされる他五冊に独自本文も歌句も見当たらない	大・別	
若菜上	鎌倉末期	伝津守国冬	青表紙本			女三宮描写に特筆すべきもの無し	大・別	
若菜下	室町末期	伝飛鳥井頼孝卿4	河内本		表記レベル以上のもの無し	女三宮描写に特筆すべきもの無し	大・別	
柏木	鎌倉末期	伝津守国冬	別本		文章がこなれていなかったり表現が省略化されている。現存絵巻絵詞との類似はみてとれるが、絵詞には尾・東・御とも類似する部分があり国冬本だけをとりあげて一概に言えない部分がある	柏木巻の文章・表現の特異性のままに女三宮の描写も省略されて描かれる	大・別	略号はそれぞれ尾州家河内本・東大本・御物本

	書写期	伝称筆者名	本文の情報・系統	錯簡・脱落	独自本文の有無	他巻との関係等	翻刻所収書名	備考
横笛							別	
鈴虫	鎌倉末期	伝津守国冬	別本	錯簡・大量の独自本文有り	五三九字の長文の独自本文をもつ	人間としての成長を見せる女三宮が描かれる	別	
夕霧	鎌倉末期	伝津守国冬	別本	後半部分脱落匂宮の巻に収録	前半部分も国冬本のみ欠けている部分いくつか散見		大・別	『別本集成』は同じ国冬の題箋の匂宮巻の本文を合体させている
御法					絵詞との近似なし		別	
幻	室町末期	伝飛鳥井頼孝卿5			表記レベル以上のもの無し	相変わらず成長したとは言い難い宮が描かれる。→鈴虫巻の宮の描写との連続性はみてとれない	別	
匂宮	鎌倉末期	伝津守国冬		題簽「匂ふ兵部卿」だが中身は夕霧巻の後半部	匂宮本文は現存しない	桐壺巻の次に登場する「光る君」の記述も当然無い		
紅梅							大・『別本集成』には、国（天理図書館）玉（玉鬘後半部分）と分けて所収。「国」は室町伝佑範筆、「玉」は鎌倉伝国冬筆	
竹河	鎌倉末期	伝津守国冬		脱落有り　親本を二丁めくったか	表記レベルでやや独自		大・別	
橋姫			別本	脱落有り　親本を二丁めくったか　複雑な錯簡有り　錯簡を補正する付箋あり			大・別	

	書写期	伝称筆者名	本文の情報・系統	錯簡・脱落	独自本文の有無	他巻との関係等	翻刻所収書名		備考
椎本		伝甘露寺伊通卿	河内本			椎本・総角とも河内本隣接する二巻が本文系統では連続している点着目されるが、伝称筆者名が異なる	大・別		
総角		伝和州十市殿遠忠	河内本	二種類の錯簡が存在			大・別		
早蕨							別		
宿木							大・別		
東屋				全五折りのうち第四折りに錯簡			大・別		
浮舟				全五折りのうち第二折りと三折りが入れ替え			大・別		
蜻蛉							大・別		
手習	室町末期	伝飛鳥井雅敦卿			桐壺巻以来の「光る君」の文言が登場するが、前後に特段の独自本文は無い　従って桐壺巻で他伝本とは異なる独自の命名伝承より生まれた呼称「光る君」の問題との連関をみることはできない		大・別		
夢浮橋	室町末期	伝飛鳥井頼孝卿6			表記レベル以上のもの無し		大・別		

初出一覧（※それぞれに加筆修正を施した）

序　論　博士論文より
第1章　博士論文より
第2章　「源氏物語別本の世界―伝国冬本少女巻を中心に」（『文学・語学』一八二号、二〇〇五年七月）
第3章　「国冬本における女三宮について―鈴虫の巻を中心に」（『国語国文』七十一巻二号、二〇〇二年二月）
第4章　「伝国冬本源氏物語の世界―藤裏葉巻をめぐって」（『詞林』三十五号、二〇〇四年四月）
第5章　「国冬本源氏物語の「光る君」―特異な桐壺巻巻末が物語るもの」（『物語研究』8、二〇〇八年）
第6章
・「「柏木」、「柏木の右衛門督」、「柏木権大納言」のこと―享受史を巡りつつ」
（『詞林』三十八号、二〇〇五年十月）
・「源氏物語の享受作品の呼称について―〝須磨源氏〟の呼称を中心に―」
（『日語日文学研究』韓国、韓国日語日文学会第84輯、二〇一三年二月）
第7章
・「『國冬本源氏物語』と韓国語譯について―未詳の傳本がみせる多様な物語世界」
（『日語日文學研究』韓国日語日文学会、第69輯2号、二〇〇九年五月）

・「源氏絵享受の一考察―個人蔵扇面図八枚紹介を契機にして」
（『日語日文学研究』韓国、韓国日語日文学会、第79輯2号、二〇一一年十一月）
・「源氏物語の享受作品〝あさきゆめみし〟の日韓比較」
（『詞林』、日本、大阪大学古代中世文学研究会、第53号、二〇一三年四月）

第8章
・「『国冬本源氏物語』注釈書の試み―桐壺・少女・野分・柏木・鈴虫巻の物語世界を中心に」
（『国文学研究資料館紀要　文学研究篇』35（大学・研究所等紀要）、日本、国文学研究資料、二〇〇九年二月）

第9章　「独特な物語世界の解析及び可視化方法の一考察―国冬本源氏物語を素材として」
（『研究と資料』、研究と資料の會、61輯、二〇〇九年七月）

終　章　本書のための書きおろし

本文研究及び外国語（韓国語）を中心とした人物・事項・書名索引

◆著者紹介
越 野 優 子（こしの・ゆうこ）

1965年生。1988年上智大学文学部国文学科卒
1994年3月　上智大学大学院博士前期課程修了
2000年3月　上智大学大学院博士後期課程単位修得退学
2007年3月　大阪大学大学院博士後期課程修了（博士）
2008年4月～2009年8月　日本学術振興会特別研究員RPD
2009年9月～2012年8月　韓国 永同大學校　外国語学部　日本語科 専任教員
2012年10月～中国 福州大学外国語学院日語系専任教員。現在兼職教授（特聘副教授）

実績等
「朝顔の姫君」（『源氏物語事典』大和書房・2002年）、「影印本を読む―国冬本「梅枝」「藤裏葉」巻」（『源氏物語の鑑賞と基礎知識　梅枝・藤裏葉』至文堂・2003年）等がある。

国冬本源氏物語論

2016年9月15日 初版第1刷発行

著　者：越野優子
発行者：前田智彦
装幀者：武蔵野書院装幀室
発行所：武蔵野書院
〒101-0054
東京都千代田区神田錦町3-11 電話 03-3291-4859　FAX 03-3291-4839
印　刷：三美印刷㈱
製　本：㈲佐久間紙工製本所

ISBN 978-4-8386-0296-4 Printed in Japan